結束的旅程

小黑小說自選集

小黑 著

本書由「方北方出版基金」贊助

「馬華文學獎大系」總序

葉嘯（馬來西亞華文作家協會會長）

一九八九年，吉隆坡暨雪蘭莪中華工商總會創設了「馬華文學節」，馬來西亞華文作家協會倡議配合文學節，舉辦「馬華文學獎」，獎勵表現優秀的馬華作家。這個建議獲得多個團體回應支持，作為文學節的重點專案，每兩年主辦一次，至今已進入了第十一屆。每屆只頒發予一位得主，除獎狀外，獎金為馬幣一萬元，是為馬華文壇最高榮譽的文學獎。「馬華文學獎」的意義在於主辦單位為工商團體，首開風氣，體現了「儒」和「商」的結合，志在提高馬來西亞華文文學水準與作家社會地位，為馬華文學增添了實際的推動力。

「馬華文學獎」的評審除了評估候選人的文學創作成果和文學創作思想之外，也必須衡量候選人在推動及發揚馬來西亞華文文學方面的成績與貢獻。由此可見，「馬華文學獎」的得主不單具備顯著的創作成績，更需積極推動馬華文學的發展。

「馬華文學獎」的歷屆得主如下：

第一屆（一九八九）：方北方

第二屆（一九九一）：韋暈

第三屆（一九九三）：姚拓
第四屆（一九九五）：雲里風
第五屆（一九九八）：原上草
第六屆（二〇〇〇）：吳岸
第七屆（二〇〇二）：年紅
第八屆（二〇〇四）：馬崙
第九屆（二〇〇六）：小黑
第十屆（二〇〇八）：馬漢
第十一屆（二〇一〇）：傅承得

馬來西亞華文作家協會作為歷屆「馬華文學獎工委會」顧問，在評選過程中，提供了實際的諮詢，確保「馬華文學獎」評審公正及嚴謹，以致「馬華文學獎」成為最具代表性的文學獎項之一，而歷屆的得主，可說是實至名歸。

工委會於二〇一〇年籌辦第十一屆「馬華文學獎」，我代表馬來西亞華文作家協會提出有意為所有「馬華文學獎」得主出版選集，以表揚、肯定他們在馬華文壇的貢獻。這項提議獲得工委會一致通過，並且邀請作協成為應屆的協辦單位，進一步加深了作協和「馬華文學獎」的關係。事實上，歷屆的得主幾乎都是作協的歷任會長或理事，因此，為歷屆得主出版選集，更是作協當仁不讓的使命。

在作協秘書長潘碧華博士的穿針引線下，我們獲得臺灣的秀威資訊股份有限公司支援，應允出版全部選集，並徵求「方北方出版基金」贊助部份經費。如此一來，解除了作協需動用龐大出版經費的顧慮，可以全力以赴。

秀威的挺身而出，讓「馬華文學獎大系」的出版更具意義，這亦可視作馬華文壇前輩作家在馬來西亞以外的國家，首次作大規模的作品展示。我們不敢奢望選集暢銷熱賣，卻極期盼能夠藉此向大家推介「馬華文學獎」諸位得主，尤其是前行代作家如方北方、韋暈、原上草、吳岸、姚拓、雲里風、馬漢，代表了馬華文壇早期的鮮明特色；而年紅、馬崙、小黑，以至傳承得的中生代，顯現的又是另一番景色了。

本大系由潘碧華（大馬）、楊宗翰（台灣）兩位負責主編，每部選集特邀一位評論作者為「馬華文學獎」得主撰寫評介，相信有助於讀者更深一層瞭解馬華作家。我也要在此向秀威同仁致謝，因為大家的努力，本大系才得以順利誕生。

代自序　馬華文學獎得獎感言

小黑

主席，各位嘉賓。大家早上好。

一生只有一次機會站在這個平臺上致詞，如果我的感言很長，希望大家多多原諒。而且，為了表示我對這個文學獎的敬重，我想我也應該發表一篇很冗長的講稿。

首先，我要感謝投票給我的評審委員。是你們勇敢的決定，我才有機會上臺領取這個意義重大的文學獎。希望你們不會是因為我眉毛變白了才頒獎給我。

我也要誠懇的向主辦當局致以最崇高的敬意。在經商賺錢之餘，並沒有忘記支持文學，帶給寫作者希望和溫暖。我會向老天爺祈禱，希望他保佑關懷文學的生意人。讓你們事業興隆，身體健康，將來可以繼續大力扶持文學，給作家更多的獎勵。

我們華人在東南亞，因為不是主流，要發展華文文學，一向就面對很大的阻力。不過，華人天生堅韌的個性，並沒有輕易被斷根。

在這麼多國家之中，我們馬來西亞的情況最好，因為前輩們對華文教育的堅持，政府也相應開明，因此我們的華文文學在國際上也有良好的表現。近年來，有很多年輕的作者在海外屢屢獲獎，是一個很好的現象。

我最近受邀請出席印尼華文作家協會，在棉蘭舉辦的新書發布會。他們從一九六六年開始，華文教育受到嚴厲禁止。一直到一九九八年瓦希德上臺，才對華文禁令解除。三十二年沒有機會學習華文，但是，解禁後不過八年，當天早上就一口氣推介三十九本文學讀物。他們的文學活動，也一樣靠的是民間團體的資助。籌委會必須上下奔走，才能夠籌足幾億盾的經費。

大家都知道，作家一般只會爬格子或者敲打電腦鍵盤，賺錢印刷書本的事，一概不通。如何出版，如何推銷，如何將書籍送到讀者的面前，就變成一項很艱巨的工作。這許多年來，幸虧有不少對文學有心的鄉團以及非盈利機構，如貴會中華總商會、福聯會、南大校友會、留臺聯總的捐助，以及個人方面如童玉錦先生支持的興安文叢，使到不少作家受惠。謝謝你們。

當然，我也要感謝曼絨文友會的年輕朋友們。他們都是一群淳樸，熱愛文藝的青年。是他們的推薦，今天讓我僥倖得到了這份榮耀。

很多人也許不知道，曼絨是什麼地方？它就是當年的天定，邦咯島是他轄下的海島。邦咯島在我國的歷史上，就像當年的山海關，是一個重要的地方。因為就是一八七六年，霹靂州蘇丹和英國在邦咯外海簽了合約，才開始了英國人進入馬來聯邦的殖民歲月。

一九八九年，我因為工作，來到了這個濱海的小鎮。每個早上與週末，因為工作輕鬆，常常騎了腳車四處遛達。很意外發現，原來這裡竟然有好幾個緊急狀態時期建立起來的新村，而且當時不方便提起的馬來亞共產黨總書記，居然就是我服務的學校的老校友。

一切過去的記憶馬上就浮現了出來。

我一向喜歡嘗試將政治滲入小說，尤其是一些禁區的題材，更是充滿誘惑。我既然來到了實兆遠，曾經是共產黨居住的地方，我可以放棄這麼豐富的題材嗎？

這裡有被共產黨燒毀的村莊，也有英國殖民政府圍攏緊盯的家園。當年可憐的老百姓，手無寸鐵，夾在殖民政府與共產黨之間，何去何從？我不禁想起，曾經聽說的各種經驗。我國的華人，在緊急狀態時期，一共被集中四百八十六個新村，過的是無比艱苦的日子。

在這樣的感動下，我寫下了《白水黑山》、〈細雨紛紛〉。一些評論朋友認為我很勇敢，其實不是。我敢這樣寫，因為我認為，一九八九年是我國的政治分水嶺。那一年之前，共產黨是敏感的名字。那一年以後，我國的華人已經可以自由進出中國大陸。一切過去的，都過去了。我們還有什麼避忌？

當然，寫小說，和寫言論版文章或者歷史篇章是不同的。當我想要寫遊擊隊為背景的文章，我馬上想起，應該如何切入？我的腦海裡浮現的是《齊瓦哥醫生》、《飄》這些戰爭背景的電影。甚至小學時候讀過的〈最後一課〉。戰爭是殘酷的，但是文學是優美的。如何以文學的優美來記載政治的暴戾？是我最興趣的範圍。

許多人都會喜歡李白的「朝辭白帝彩雲間，千里江陵一日還。兩岸猿聲啼不住，輕舟已過萬重山。」事實上，那是李白無意間捲入一場政治糾紛，被關進監牢後，釋放出來時的愉快心情。蘇東坡的明月幾時有，把酒問青天……但願人長久，千里共嬋娟。寫得多麼優美，其實是他因為與王安石政見不同，被流放異域，觸景傷情，寫給他兄弟的一首詞。

我國的政壇上，政治題材不勝枚舉。但是，關於政治的書寫，我們常常會失去控制，使小說弄糊了。一九八七年茅草行動期間，真是群情譁然。如何表達這樣熱門的題材？我最後決定，用繪畫上常見的拼圖Collage手法，寫完〈十·廿七的文學記實及其他〉。不少人都會提起這一篇的表現手法。那是我認為在當時最恰當的技巧了。

安祿山之亂會過去，但是李白的朝辭白帝彩雲間會留傳下來。人們會對王安石那個時代的政治鬥爭模糊，但是不會忘記那一場政變受害者蘇東坡寫的那些膾炙人口的篇章。文學的魅力永遠凌駕於政治的粗暴。我還在學習中。

我時常記得，一九六八年南洋商報編者完顏籍先生說過的一句話：

文學不如柴米油鹽，但是沒有文學的人生會是怎麼樣的人生呢？

謝謝大家。

導讀　真實的虛構：小黑小說世界的建構

潘碧華（馬來亞大學中文系）

一、前言

小黑，原名陳奇傑（一九五一—），出生於馬來西亞吉打州，祖籍廣東潮陽，馬來亞大學數學系畢業，曾任中學數學老師、國民型中學校長。現任檳城日新獨立中學校長。善寫散文和小說，已經出版的散文有《玻璃集》、《一本正經》、《和眼鏡蛇打招呼》、《擡望眼》。小說也有五本，即：《黑》、《前夕》、《悠悠河水》、《白水黑山》和《尋人啟事》。小黑小說以揭示現實社會和前衛技巧著稱，是馬來西亞重要的小說家之一，他於二〇〇六年獲得第九屆馬華文學獎。

《小黑小說自選集》乃作者從五本小說集裡選出最具代表性的十九篇出版，篇章和目次的編排如下：

	文章	小說集	出版年
1	（貓）和小鳥和螞蟻和人	黑	一九七九
2	黑	黑	一九七九

3	謀之外	黑	一九七九
4	失落了珍珠	尋人啟事	一九九九
5	人鼠	尋人啟事	一九九九
6	聖誕禮物	尋人啟事	一九九九
7	前夕	前夕	一九九〇
8	遺珠	前夕	一九九〇
9	十•廿七的文學紀實與其它	前夕 悠悠河水	一九九〇 一九九二
10	悼念古情以及他的寂寞	悠悠河水	一九九二
11	黯淡的大火	悠悠河水	一九九二
12	Sayang, Oh! Sayang	悠悠河水	一九九二
13	一名國中生之死	悠悠河水	一九九二
14	如何建立一座花園的夢	悠悠河水	一九九二
15	樹林	前夕	一九九〇
16	細雨紛紛	白水黑山	一九九三
17	白水黑山	白水黑山	一九九二
18	煉丹記	未結集	二〇〇三
19	結束的旅程	未結集	二〇〇六

從創作的時間來看，作者所選的這些小說創作於一九六九年（十八歲）至一九九九年（四十八歲）之間，[1]時間跨越三十年。在目次排列上作者對作品的先後做了修正，目次不依照小說集的出版年，而是還原作品的創作年代，作者有意為自己的作品重新安置在恰當的時期，免得後來研究者錯誤判斷，[2]所以才有最後出版的《尋人啟事》在目次上反而在前的現象。[3]

二、實驗中的現代性：黑色與心靈

小黑的小說內涵豐富，技巧多變，讓人不得不將他歸為「現代派」。他在一個訪談中，說明自己寫小說「純粹是靠自己的摸索」，[4]沒有刻意使用任何文學主義手法，不過肯定的是早期作品尤其受到

1 小黑在第一本小說集《黑》的序文提到，《黑》收錄了一九六九年至一九七八年間的作品，《尋人啟事》則出版於一九九九年。

2 此自選集的前面六篇，分別出自《黑》（一九七九）和《尋人啟事》（一九九九），出版日期相隔二十年。這六篇作品中，除了〈失落的珍珠〉和〈人鼠〉發生在同一個超市周遭場景之外，其他四篇的內容各異，若要論其相同之處，那便是寫作風格之相近，應該產生於同一個階段。根據作者在《尋人啟事》序文〈二十四段往事〉中，也說明該書收錄的都是「舊作」，諸如〈失落的珍珠〉發表在小黑女兒二、三歲時；〈胡青捉鳥〉發表時商晚筠已經過世多年等，詳情請參閱小黑〈序〉，《尋人啟事》，新山：彩虹出版社，一九九九，第vii頁。

3 《尋人啟事》是小黑的最後一本小說集，然而該集的三篇小說在此自選集裡排在第一本小說集《黑》之後，爾後《前夕》、《悠悠河水》及《白水黑山》卻依照順序入編。若以出版年來看，這樣的編排讓人感到突兀，然而從種種的跡象來看，作者的安排，有其道理。陳鵬翔在〈論小黑小說書寫的軌跡〉中，把《尋人啟事》看作新作，以致在分析小黑的寫作風格時，出現前後矛盾的現象。見許文榮主編《回首八十載，走向新世紀——九九馬華文學國際學術研討會論文集》，柔佛：南方學院，二〇〇一年，二八五至三〇五頁。

4 潘友來〈小黑談小說〉，收入小黑著《黑》，八打靈：蕉風，一九七九，第一三一至一三七頁。

魯迅、周作人、郁達夫和沈從文等五四名家作品的影響。小黑的小說緊跟著時代的變化，緊扣現實的脈搏，用最恰當的方式表現了那個時代的精神面貌。[5]

一九六九年「五一三」事件後，馬來西亞種族關係變得緊張，政府制定「內安法令」嚴禁傳媒上出現敏感課題，寫實派作家感受到言論上的鉗制，意志消沉，減產或停筆，因而現代主義適時引進。小黑正是崛起於六十年代末，七十年代現代主義盛行的時代，他的小說內容非常生活化，寫作技巧卻暗合當時的現代主義潮流，他把那個時代人們的迷茫心理，時代的壓抑和現實的荒誕巧妙融合在一起。小黑那段時期的作品，比較多去處理人物心理的深沉變化，如〈黑〉、〈失去了的珍珠〉等以相當長的篇幅、反反覆覆、不厭其煩地描述人物心理微妙的轉折，或就任由人物心裡微妙的變化推進情節的發展，也因此小說的情節在讀者閱讀中進行，結局總是留下無限的想像空間。

小黑在七十年代從鄉下到吉隆玻馬來亞大學就讀，七十年代的馬來西亞也是城市與鄉村發展失衡的年代，社會上金錢掛帥，許多人迷失在發展的潮流中，人性、價值觀也跟著扭曲。〈謀之外〉的白色賓士的主人，象徵是都市、財富、高貴、地位及權力，與福安這「在小山鎮裡生也在小山鎮裡長大」，沒有野心、安貧樂道的鄉下人形成強烈對比：強與弱、富與貧、明與暗。白轎車經理是城市現代化後的得利者，即使介入別人婚姻生活也身處強勢。原本安份守己的福安戴了綠帽子，受盡了街坊的奚落，經過了痛苦的心理掙扎，他別有陰謀地狠狠地假造了結紮手術，心裡抱著一點點希望可以讓妻子懷孕，說不定就可以把妻子留在山上。然而這個陰謀被精明的妻子暗地識破，她心裡感到悲哀，卻不道破，只是「又開始吃避孕藥」為結，讀者會意之餘，還對福安這個人物可笑的行動，和他們之

5　〈馬華文學獎感言〉，見本書〈代自序〉。

間的關係感到憐憫悲哀。

小黑早期的小說中總有一襲揮之不去的陰影，這陰影在缺席的狀態下左右人物及敘事的發展。〈（貓）和小鳥和螞蟻和人〉在標題上已將貓在此文中「去除」（然經歷過必留下痕跡），而在冷峻的敘述中，我們看見從現場退出的貓所留下的狼藉；這與〈謀之外〉存在情節中，卻沒露面的——白色賓士主人兼淑娟的經理一樣，他的賓士車一開走，就在福安和淑娟的婚姻生活中留下了滿地狼藉。這些不在場者都不是主角，也處於事件之外，但是他們卻是小說情節的催化劑，推動著情節的發展。

〈黑〉裡的人物——描寫「他」與「她」從文明都市搬入山上小鎮，在一次停電面對黑夜的恐懼，那感覺是「剎那間她得從現代的文明回去原始的黑暗。她怕。她怕。」彷彿那些「電鍋電水壺電風扇電燈，都是列隊受檢閱的士兵」在黑暗中嘲笑她的膽怯。缺席者阿侵是在黑暗中的光明對象，彷彿他生在黑中，為養尊處優的現代都市人「他」與「她」提供原始的生活指南。作者盡情刻劃人物的內心感受，並放大都市文明人「淪陷」鄉郊野外的不知所措及對酒醒的嚮往。〈黑〉所提及的阿侵藏在女主角的心中，在小說敘述中神龍不見首尾，只知道他有剛猛威武的輪廓，在黑暗中他是有擔當的「原始的孔武」的角色，在黑暗中，內心的嚮往自幽深的心裡浮現。這些小說情節之外的陰影，似乎有所象徵，而小黑並無解開謎底，任由讀者自己的闡釋和推敲，也讀者感受到情節可以無限發展的可能，甚至自己參與結局的設計。

〈人鼠〉也是描寫人性的黑暗面，性與殺戮的糾葛。小說描述天寶在一棟簡陋窄仄的舊型雜貨店，面對對街新建起的超級市場競爭（那也是《失落了的珍珠》的超級市場），產生第一層焦慮。天寶母親的一心向佛，雜貨店裡的鼠害不盡，卻不允許天寶殺鼠，新婚妻子以滅鼠的成績來交換性事，形成天寶第二層焦慮。天寶至孝，不敢忤逆母親。新婚妻子逼天寶殺鼠，等於向家婆的權威宣戰，天寶必須以在床笫性事和母親的權威之間作出抉擇，這是第三層焦慮。妻子與母親的輕重、殺戮與孝心的掙扎、殺鼠和性事的選擇，還有小雜貨店遭受超級市場的壓迫，形成他內心糾結不清的焦慮。在殺與不殺間，一邊是對母慈子孝的道德束縛，一邊是原始的情慾。而殺戮亦是人類深埋心裡最原始的欲望，只在文明的訓練下被暫時馴服。小說替天寶安排一個出口，即天寶的母親會在每個月外出朝拜一次，天寶於此時抓到交換性愛的肥鼠後解決了情慾，卻也將自己推向黑暗的深淵。他在近乎虐殺老鼠的過程得到對街超級市場民眾的矚目圍觀，得以吸引人潮，為黯淡許久了的傳統雜貨店添增幾分熱鬧，這舉動漸漸形成一場殺戮的演出。這裡反映了大寶對超級市場的報復、對自己窩囊的反抗、在新婚妻子的誘導下，借殺鼠對母親的約束作出折射性的反抗，也體現出長期受寡母擺佈的孩子強烈擺脫母親束縛的欲望，「老鼠就是他自己。籠子即是牠的命運。」經不起外界誘惑的人性在得意忘形下的醜態畢露。小黑這時期的筆調是如此的冷峻，近乎殘酷地敘述一件件黑色的故事。

〈失落的珍珠〉和〈聖誕禮物〉這兩篇早期小說，生活情節寫得很隨意，卻充滿濃厚的象徵意味，意圖表達失去的某種美好時光、過去、感覺或是信念。〈失落的珍珠〉題目就充滿了想像，其實內容就是描述一對夫妻的某一天的平常生活，小倆口細細碎碎地磨蹭著一些平常家事，反反覆覆地重複很無聊的對話和動作。「珍珠」是妻子的名字，一家三口過著平凡的日子，有一天他們上街去買東西，在菜市場，妻子對著小販討價還價，不耐煩的丈夫帶著小孩走開，一路踢踏，轉眼看不到妻子身影。丈夫也不著急，在可找和不可找之間，找不到也無所謂，父女倆就這麼回家了。看到戲院，他們買了票就去看戲。當他「他牽了小蘭的手撿開布幔，眼前只見一片黑暗。」小說就此戛然而止。讀者這一方已經看到落幕，然而小說裡的主角看戲才開始。

和〈失落的珍珠〉一樣，〈聖誕禮物〉寫一家三口的生活。小說中年輕的父母擺脫了以往的貧窮，夫妻倆想盡辦法讓女兒小玉得到最好的教育，也希望她能夠保持心靈上的純真和美好。他們給小玉講許多神話故事，包括聖誕老人的來歷。每逢耶誕節前夕，他們還冒充聖誕老人半夜裡把禮物放進女兒床頭的襪子裡。然而教育與純潔心靈不能共存，去學校上課的女兒因為相信世間有聖誕老人而被同學笑話，覺得受騙，回家後跟父母賭氣。年輕的父母探明真相，仍然不願意破壞自己和女兒共同建構的童話世界，堅持有聖誕老人。眼見童話就要破滅時，他們聽到了悅耳的音樂，聖誕老人站在由八隻花鹿拉著雪橇上經過他們的窗前，讓所有的傳說都變成了真實，女兒摟著爸爸的脖子，高興得說不出話來。爸爸呢？

爸爸疲倦地在她的背後輕輕地拍拍：

「聖誕老人要走了，你再看一看。」

他們夫妻兩人對望一眼，看見彼此的眼眶裡都噙著淚水。

讓小說留下出乎寓言式的的結局，是小黑慣用的手法。真與假、虛和實的交錯，理想與現實的對立，構成小黑小說的特有風格，我們甚至無法用特定的主義去圈定他的小說。[6] 在現代主義思潮盛行的年代，正值創作興旺期的小黑多方吸收當時可以接觸到的文藝思潮，根據不同的題材，實踐到他的小說中，因此他的小說出現了多樣化的寫作手法，卻又無法明確歸類的現象。早期小說重意象、重心靈

6 小黑〈二十四段往事〉，見《尋人啟事・代序》：「請你不要用十多年前現代派、寫實派的術語來批評它們，免得讓人掉了大牙」，第viii頁。

描繪多於情節的鋪成，契合了當時現代主義意識流書寫、象徵主義、拉丁美洲的魔幻現實主義、荒誕表現的潮流，辛勤創作小說的小黑經過無數的實驗，憑著自己的摸索，開啟了他自己的小說風格，穩穩地走在時代的前端。[7]

三、後現代的憂患：政治與文化的角力

從第七篇到第十四篇共八篇，分別出自兩本小說集《前夕》和《悠悠河水》，是《小黑小說自選集》所要呈現的第二部分。[8]這些篇章寓寄了他對華社政治（〈前夕〉、〈十•廿七文學記實及其他〉、〈Sayang oh Sayang〉）、教育（〈黯淡的大火〉、〈一個國中生之死〉、文化（〈遺珠〉、〈如何建立一個花園的夢〉）和文壇現象〈悼古情之死和他的寂寞〉的探討。

從一九七九年出版了第一本小說集《黑》之後，小黑的第二本小說集《前夕》出版已經是十年後的一九八九年了。八〇年代是馬來西亞政治風起雲湧的時代，民族主義高漲，這十年間，也是華人在政經文教最受壓制的十年。〈前夕〉寫的是一九八六年的大選，各政黨競爭激烈，在朝在野的政黨都在爭取華人知識份子的選票，一個家庭父子、兄弟之間對參政競選的不同立場，不同的觀念。兄弟尚且為了不同的政治理念成為競選對手，各出奇招，何況在五花八門的馬來西亞華人社會？一家人幾種政治立場，也體現了馬來西亞華人社會多政黨、互不相讓的現象，猶如一盤散沙，同時也再現了馬來

7 潘友來〈小黑談小說〉，輯入小黑《黑》，八打靈：蕉風，一九七九，第一三三至一三四頁。

8 《前夕》中的一篇〈樹林〉在此自選集中被作者挪到〈悠悠河水〉之後，《白水黑山》之前。因為〈樹林〉的內容與〈白水黑山〉描述馬共的記憶同出一轍，故做此安排。

西亞年輕一代的華人對政治的反思。

〈Sayang Oh Sayang〉[9]與〈前夕〉，可說是姐妹篇。此篇通過替人養狗的山地人「馬念素素巴杜」的視角看一位華人政客的奢侈的生活。服侍名種狗的馬念素素巴杜從不以別人稱他為「狗奴才」而生氣，還很樂意接受了把狗養好，對主人忠心耿耿的任務。政客拿督生活荒唐，代表華人政黨，卻在關鍵時刻出賣了華人的利益。作者一再安排作為旁觀者的狗奴才拿督借「灑狗血」轉運的過程，說明年華人的歷史「源遠流長，文化博大精深」，只有華人自己體會，外人無法瞭解，小說滑稽得來又充滿嘲諷。

小黑小說的關切面從早期細微的心理轉折描寫，在八十年代中期之後，轉向書寫國家、歷史、政治、教育等議題。過去馬華文壇遇到此類題材時，慣用現實主義的寫法去表現，然而在言論還不十分自由的時代，小黑後現代主義的小說技巧具有突破性，適合表達家國憂患的情懷，他用各種形式去再現事件的原貌。小黑大膽觸及國家敏感又確實存在的問題，對後來的馬華文壇喜以後現代手法處理政治的主題，小黑可說是先鋒，具有前瞻性的。這也顯示了隨著時間的推進，小黑的小說從個人的關注轉向對家國、民族的關切，其書寫技藝逐漸純熟。

〈遺珠〉和〈如何建立一座花園的夢〉可以放在一起閱讀。這兩篇充滿象徵意味，值得玩味。〈遺珠〉的敘述者「我」追尋在歷史中失落在馬泰邊境一座印度廟的珍珠，珍珠的尋回，可以證明有個古老的文明曾經在這裡建都，地方歷史將改寫。此篇小說寫在一九八八年，馬來西亞種族關係緊張的時刻，因此寫得有點晦澀。由於無法明說，作者只好採用這種寓言式結構，「使他能把看似荒誕的

9「Sayang」乃馬來語，可作為「親愛的」解，題目可譯為〈親愛的啊親愛的〉。

情節或是有關族群的互相猜忌等這種比較『敏感』的課題都納入其虛構的世界中。」[10]珍珠象徵某個種族的「希望和生命之泉源」，珍珠一旦現身，可能對其他的民族的傳統信仰和「土地之子」[11]的地位造成無法估計的禍害，因此受人尊重的老漁民「督」看到敘述者身懷寶珠，大為震驚，要把寶珠奪走，不能讓它現身博物館。印度廟、華人、珍珠還有馬來老漁民等，構成了八〇年代許多事件的象徵，其中包括族群權利的鬥爭、多元文化的衝突、政治的較量等問題。〈如何建立一座花園的夢〉寫一名一向敬業樂業的公務員，把工作環境打理得像花園。退休之後，也想在自己居住的社區後面的荒地開闢成花園，卻得不到眾人的支持，直到有個小孩從荒地上冒出來，交給他所謂寶物的碎片，眾人才譁然前去荒地挖寶，幫他開墾了那片許久無人問津的荒地。小孩的出現是真是假，都不重要了。

〈黯淡的大火〉和〈一個國中生之死〉是姐妹篇。背景在一間從華文獨立中學改制成國民型中學的華校。〈黯淡的大火〉再現五〇年代末某間華校改制的過程，敘述者的父親曾經北方小鎮一間華校的校長，當年改制風潮吹到小鎮，大部份學校董事同意改制，以獲得政府的資助，唯有黃校長堅持不同意，認為不改制才能夠保留華校的傳統。後來一場大火燒毀了他們的宿舍，敘述者的母親在這場大火中燒死，父親因此離開該地，三十一年來從未回到舊地。作者再回到小鎮時，該校建立起宏偉的校舍，成為完全接受政府津貼的中學，教育部甚至每年安排一些不會華文的非華人進到該校就讀，華校的身份已經名存實亡。小黑在小說中探討歷史，習慣透過第二代的眼睛回溯，其中有質疑、重建歷史的意味。〈黯淡的大火〉的敘述者「我」為了完成撿拾母親的骨灰，企圖梳理、參與、整合、探究父

10　陳鵬翔〈論小黑小說書寫的軌跡〉，第二九一頁。

11　馬來西亞的馬來人擁有「土地之子」（Bumiputera）的身份，意指他們最先來到這片土地，是土地的主人。其他民族是外來者，不能享有同等地位和權利。

親的過去。父親一言不發離開小鎮，三十一年來堅持不回去，到底當初的決定是對是錯，這些爭論一直籠罩在華校改制的歷史事件，直到今年遺波依舊存在，影響了幾代人。

〈一名國中男生之死〉大量運用文體拼貼的方式，利用新聞與社評依時序（chronology）相互穿插，編織成一名國中男生之死的真相。報章新聞的客觀性及社會評論的主觀性相互交織，更全面的建構事實後面的事實。因為國中男生之死就像一個骨牌效應，牽連開去，許多問題浮出水面，先是私會黨滲入中學，學生紀律敗壞；接著暴露不諳華語的校長派往華校，華校的特徵名存實亡；再來食堂招標經營涉及董事利益問題，最後還扯出小鎮的幫派、校方董事會理事、家教協會、校友會、政治立場不同參與其中的弊端。國中男生之死事件在媒體的推波助瀾之下，越演越大，愈發愈誇張。〈一個國中生之死〉藉一個命案把八〇年代華社和華文學校最根本的問題帶到小說的層面，真實再現當時社會的弊端。

八〇年代正值馬來西亞政治風雲變幻，種族關係緊張。最常被提起的小說〈十‧廿七的文學紀實與其他〉後設意味最為濃烈，小說以互文性（interteXuality）和拼貼（collage）組成一個故事或歷史。第一層敘述聲音是「小黑先生」，時空是以「多年後向歷史追述，回頭追蹤一樁懸案」的角度出發，企圖重建一九八七年十月二十七日的「茅草行動」大逮捕事件中漢生逃亡的真相。[12]第二層敘述是記載「漢生」在一九八七年茅草行動時逃亡的過程。敘事以全知角度出發，娓娓道來小說故事的中

12 「茅草行動」是馬來西亞民主歷史上最具詬病的政治大逮捕之一，共有一一九名朝野政黨領袖、華教人士、環保份子、宗教人士被政府援引「馬來西亞內安法令」拘留，卻無法提出具體危害國家的證據。此外，尚有三家報紙被勒令停止出版，包括了華文報《星洲日報》。關於茅草行動的來龍去脈，可參考何啟良著〈獨立後西馬華人政治演變〉，見林水檬、何國忠等編《馬來西亞華人史新編》（第二冊），吉隆玻：馬來西亞中華大會堂總會，二〇一一年，第一二三頁。陳鵬翔〈論小黑小說書寫的軌跡〉，

樞。第三層是以客觀報導的口吻，拼貼、拉攏、集合了關於茅草行動的各種文體及文字。這裡高度使用後現代拼貼及互文手法，形成小說的氣勢澎湃、龐雜。此文多次被評論家舉例為互文和拼貼的方式，把文學和文化的文章穿插其中，成為記實的證據，再加上自己的評述，被譽為「最真實」也「最虛構」的一篇小說。[13]

〈悼念古情以及他的寂寞〉是一篇偽祭文的小說。小黑虛擬了作家「古情」及他身邊的文壇生態，面對古情的死及作家之間的巧妙互動，道出人情冷暖，作家生前沒有受到同行和社會的重視，死後第二天各報章用顯著的版位刊登文友們的懷念文章，眾作家對故友之死的熱情反應，形成極大的嘲諷。小黑運用自己同是作家的優勢，輕易戲仿（parody）了看似真實的文壇人情世故，煞有其事地敘述古情的生前、死後的強烈對比，讓人發笑之餘還升起無盡的悲哀。為了不隨波逐流，敘述者努力完成「古情的世界」的問卷調查後，決定不發表，而是到古晴的墓前焚燒給他，以顯敘述者出自心底的哀悼。

後現代的自我解構、自我否定等的形式本身就具有遊戲的娛樂性。小黑在其小說中煞有其事的敘述歷史、重建歷史和所謂敏感話題時，文本在後現代的機制下難免帶有戲謔、詼諧的成分。也就是這些戲謔、詼諧的元素讓原本沉重的命題變得似真還假。

13　陳鵬翔〈論小黑小說書寫的軌跡〉，第二九四頁。除陳鵬翔之外，探討小黑小說互文性和拼貼法的尚有孫彥莊，〈眾聲喧嘩——論小黑小說揭示現實的文本構成〉，見潘碧華主編《馬華文學的現代闡釋》，吉隆坡：大馬作協，二〇〇九年，第八十至九十頁。許文榮《南方喧嘩——馬華文學的政治抵抗詩學》，新山：南方學院出版社，二〇〇四年，九六至一一五頁。

四、建構的記憶：未完的馬共書寫

小黑先後在吉打居林和霹靂實兆遠掌校，這兩個小鎮曾經是馬來亞共產黨黑區，小鎮也保留當年「緊急狀態」所設立的「新村」，而且這種小鎮毫無例外地有一所當年培植左翼思想溫床的華文中學。一九八九年，也是馬來西亞政治史演進的分水嶺，馬來西亞政府和馬來亞共產黨的和談，讓馬共正式進入歷史，馬共支持者可以走出森林，回到正常的世界。多年來的政治禁忌獲得解放，有關馬共的話題不需要避諱。小黑對一向對時事敏感，歷史的契機，讓小黑適時掌握了許多馬共的題材，就在幾年之間，小黑陸續寫了多篇有關馬來亞抗日軍、馬共、新村、華校、馬共家屬的故事，[14]這些故事足以建構一部戰後埋藏在許多馬來西亞華人的共同記憶。

〈樹林〉寫於一九八五，收錄在《前夕》，作者把這篇小說和《白水黑山》的幾篇放在一起，更可以看到小黑書寫馬共課題的軌跡。寫〈樹林〉的時候，馬共禁忌還沒解禁，敘述者的母親走入了「樹林」，再也沒有回來。當時還是孩子的敘述者跟著父親生活，父親每隔一段時間，就要進入森林轉一圈，敘述者還小，不明白父親究竟在尋找什麼。直到有一天，父親和母親一樣，進入森林之後再也沒回來了。〈樹林〉寫得很含蓄，情節也故意含糊，在那個激情燃燒的年代，許多家庭的成員為了理想，走入「樹林」，再也沒有走出來，那是許多家庭只能深深壓抑的悲痛。此篇小說自始至終，沒有提到「馬共」或相關的字眼，甚至父親收集瓶子的意圖，和「賣掉」瓶子的真正意圖也成了小說的

14 小黑〈馬華文學獎得獎感言〉，見本書〈代序〉。

暗喻，讀者也只能從各種蛛絲馬跡去心領神會。

隨著年代來到一九九〇，再寫「樹林」，小黑有了不同的闡釋。〈細雨紛紛〉的家庭則是父親早年追隨馬共進入森林，兒子和母親相依為命，一起等著不知生死的父親。馬共放棄武裝鬥爭之後，兒子陪著母親到泰國南部和平村和父親相會。在兒子的回憶中，女友死在馬共策劃的戲院爆炸中，是他心中永遠無法消解的痛，也使他始終無法諒解父親追隨的那方。母親等了幾十年，終於等到和父親團圓。但是時間給他們開了玩笑，父親已經不是以前的父親，他在森林時和女戰友另組家庭，兒子已經十多歲。分別之前，他留下一封信給敘述者，承認他就是那場爆炸的策劃人，他們堅持著他們的鬥爭方式，當年為了剷除內奸，不惜犧牲無辜性命，乃是無奈之舉。父親將終身理想付諸與森林和原野，已經不能回到正常的社會。敘述者帶著傷心絕望的母親踏上回家之路，和記憶中的父親作真正的告別。

小黑通過馬共家庭的第二代視角，追溯家族曾經避諱提及的歷史，再現馬共走入森林的之後，他們對留在森林外的個別的家庭、後代的影響，甚至影響了整個社會、國家人民的意識形態。小黑的馬共書寫是對過去的審視和對歷史敘述的反思。小黑的壓卷之作〈白水黑山〉，是小黑唯一的中篇，小說從三十年代寫到九十年代，比較之前的短篇，所描寫的層面更深更廣，以一群人的經歷為主線，他們經歷從反殖民、抗日、抗英，到馬共放下武裝鬥爭、直到九零年之後，理想退居到歷史背後，經濟效益成為現實考量。〈白水黑山〉再現了馬共轟轟烈烈的鬥爭史和他們最後的遭遇。

〈白水黑山〉寫敘述者「陳白水」正在進行小說〈白水・黑山〉的撰寫，小說中套有小說，情節虛實相間，交替著交代情節的進展。此篇小說「貫穿了許多重要歷史事件」，「彰顯再現的時空事故極為浩瀚雄奇」[15]，陳白水的父親陳立安和二舅楊武是抗日時期的戰友，抗日戰爭後，楊武的隊伍決定留在森林與高山中繼續理想鬥爭。在一場伏擊中，楊武中槍失蹤，大家以為他已經陣亡。陳立安一直守在森林外，遙望當年他們付出理想的高山和森林，一直無法融入現實社會。〈樹林〉裡失蹤的父母親、〈細雨紛紛〉失蹤的父親，以及〈白水黑山〉的父親都是歷史的見證者，他們的政治立場足以影響了他們的一生的抉擇，他們為了理想，甚至放棄了正常的生活的方式。當我們仍然為他們不放棄的理想感歎的時候，〈白水黑山〉卻安排失蹤了的楊武回來！三十九年過去，楊武以一個退休的老教授出現，他從中國來到南洋來探訪親戚，他的外形「雍容華貴、氣色紅潤、臉頰圓滑、眼睛銳利」，和那個堅守遙望高山的陳立安形成強烈的對比。小黑的「馬共書寫」到了最後，歷史彷彿和堅守理想的人開了個很大的玩笑。

小黑在〈白水黑山〉中，先是煞有其事地建構馬來西亞華人過去敏感悲痛的歷史，在建構的同時，他也在解構大家記憶中的歷史畫面、甚至質疑歷史的真實性。他參與敘述之中，又在敘述之外，主觀和客觀不停地拼湊轉換，小說的「實」和故事的「虛」的互相交映構成繁複的主題，也因此留下許多思考的空間。歷史究竟是誰的歷史？理想究竟是什麼？現實又是什麼？在歷史的敘述中，誰的敘述才值得信賴？「小說的敘述方式本來就是一種『斷裂』，已暗示我們如何也拼湊不了那個時代完整的歷史面貌，正如父親也一樣難以看見歷史的真相，他對黑山鎮複雜的家國感懷，對個人道德的判斷，還需要不斷反思才能評價。」[16]身為讀者的我們，不也一樣需要不斷地反思嗎？

---

15 陳鵬翔〈論小黑小說書寫的軌跡〉，第二九四頁。

16 伍燕翎〈英雄現世，歷史退位——淺論小黑的〈白水黑山〉〉，《中文人》第二期，加影新紀元學院，二○○六年，第五十二頁。

小黑在〈白水黑山〉之後的十年，對「馬共書寫」又有了不同的詮釋，二〇〇三年他還寫下〈白水黑山〉的「外二章」，讓讀者繼續玩味，這兩篇小說分別是〈煉丹記〉和〈結束的旅程〉。〈煉丹記〉寫一群在小鎮上苦拼了大半生的老男人，晚年最大的享受是迷戀來自「家鄉」的年輕女人，他們不惜放棄為人丈夫和父親的尊嚴，對「溫柔鄉」視死如歸。當年中國輸出的革命，如今輸出征服男人的女性，似乎也是一種反諷，當年的政治理想變奏之後，居然是這樣的局面嗎？

〈結束的旅程〉可說是〈白水黑山〉的「注腳」，如同電影結束後，真正的主角現身螢幕，告訴觀眾剛才看的是戲，真人在此。〈結束的旅程〉寫當年在戰鬥中失蹤又再現的「三叔」，六十年後，回到了當年進行政治革命的舊地，回味當年的情景和舊事。小說到了這個時候揭露三叔才是〈白水黑山〉中二舅的原型，進一步強調〈白水黑山〉的虛構性。到此，小黑的馬共書寫才算真正結束。人生如小說，還是小說如人生？小黑讓〈結束的旅程〉交代了他宏偉澎湃的馬共書寫的最後結局，是讓虛構更接近歷史真實，還是要讓歷史敘述退回到虛構的世界？

〈結束的旅程〉真的是小黑馬共書寫的最後一篇了嗎？會不會有一天，小黑又把〈結束的旅程〉再重新解構、重新詮釋一番？

五、結語

《小黑小說自選集》收錄了大部分小黑最重要的作品，我們可以從中看到這幾十年來馬來西亞華人完整的鬥爭故事。小黑的小說承載了馬來西亞華人在歷史的發展中，最受關注的敏感事件，如反殖民、抗日、馬共、新村、「五一三」種族衝突事件、華校改制、茅草行動等，在當時屬於國家敏感課題，一般文人不敢輕易下筆。小黑勇敢走在時代的前端，敏銳和準確第把握了馬來西亞華人經歷的重要歷史事件，通過後現代的寫作手法，避開國家法令的地雷。為華人記下了民族在夾縫求存的慘痛經歷。比較起同期的小說家，無可否認，小黑對歷史事件的冷靜描述和客觀處理，提供我們許多反思的空間。

目次

（貓）和小鳥和螞蟻和人

一隻小鳥斷了頭（貓咬的？貓咬的。）。許多螞蟻啃噬牠。一個人走過，拾起鳥屍丟進火堆。鳥屍和螞蟻都燒死在火中。地上還有亂竄的螞蟻。那個人用腳抹一抹，螞蟻都死了。

黑

他在陰暗的角落抽火水。一下兩下。有一口兩口擠了出來，濺在手腕，也濺在地上。

他靜靜的抽著。

一樽快滿了，他停止原始的動作。氣燈在門檻邊。他旋開加油蓋，用一個塑膠漏斗導引火水進氣燈壺。空的肚子激起了清脆的迴響，多多多。貪婪的。倒得快了一些，空氣被封鎖住了，火水便溢出漏斗，再溼了他的左手。嘖。他輕輕的吐了一口。將漏斗略微挪高，火水像日子飛逝，消失在無煙的多多聲裡。

我說過不要搬進來的。她的眼光看著他的動作。怨語是一條新抽的絲，從口中吐出來，長長的。她在廳裡轉了幾圈。不愜意了，便頻頻擡頭看那管無精打采的霓虹燈。

他沒有說什麼。

他將打風泵拔出來，然後一下一下慢慢的抽。有秩序的。一、二、三……的數著。他也覺單調的。只是沒有表現出來。

你會的。噢？她蹲下來他身邊。

電流突然中斷（突然中斷），她沒有預料過的（她沒有預料過的）。剎那間她得從現代的文明回去原始的黑暗。她怕。她怕。這是一個無形的是退也是進的浪潮，她有說不出的恐怖。她受不了。

拿火柴給我。好嗎？他略微把臉側向她。又低頭繼續打他的氣。

她站起來走向廚房探索探索探索。已經陰霾了。兩手是雙觸角，她在靠窗平坦的灶摸索。不小心，手肘撞上電鍋。砰碰，翻了。

電鍋電水壺風扇電燈。都是列隊受檢閱的士兵，擠過她的腦壁。這時才想起懂事的十多年所享受的現代文明。

她已不記得這些。

呀——

——啊。

不應該在廚房裡找火柴的。她不需要火柴的，這些日子。燒飯的時候，把米洗了放進鍋裡，就可以去廳裡聽立體的唱機旋自己心愛的歌。不必擔心飯燒焦。有時趕著泡茶給他，水在壺裡燒，她打了一個圈子，已經都熱得冒氣。哪裡像以前用的柴燒，生個火已經要了五分鐘。屋頂、鍋與壺都燒得黑黑。既不方便又氣人。

這代的人真幸福。

我去哪裡找火柴呢？她旋來轉去，腦子也跟著打圈圈，很想找個靜止點。

噯——

他打好風，再檢查一下那座有好幾年沒用的氣燈。搬來郊外兩年，一切都逐漸由電代替，氣燈差不多給他遺棄。或者氣燈遺棄他，如果不是那個紗罩還在，如果不是家裡有燒屋外的垃圾用的火水，今夜準得在黑中度過。他不怕黑。誰沒經過一段黑的日子。只是過慣了白晝的夜，突然間要接受一個無燈光的晚上，他也真不太喜歡。也想像不起有多大的難受。

他蹲著，但不見她來。他立在門外。那片稻田。遠遠的遠遠處那片已經綠墨的山。夕陽殘死，仍不忘記把最後的餘喘灰白一小片的天空。籬外是一條馬路，通向北方。馬路過去，田的左邊那片膠林，葉子落了，都禿禿暮暮。遲暮的光禿和欲老的灰白交織纏綿良久。他轉回身。灰色的牆上，玻璃窗上豁然有瘦瘦長長的影子。朦朦朧朧。寂寞孤單。他錯愕。

他想起自己。

她找不到火柴。她想起阿侵。更不能找到火柴了。

（那個臂膊是堅韌，胸膛是鋼鐵，騎了拖泥機在稻田馳騁的青年。原始的孔武。）

阿侵阿侵阿侵。

她不知道自己怎麼找到打火匣的。握著它在手裡，才想起來已經擁有它了。

他的步子由慢加速。由速減慢。來回踱著。有一種甩不開的衝擊在心中。他的拳頭緊握，但捏不死什麼的。

他注入槽子半槽火酒，把它點燃了。藍藍的火焰昇上來，輕輕的舔著紗罩。慢慢地紗罩也一閃一閃的有了亮光。

對著這燈光，他視而無睹。焰火的搖曳，就像往事在迴射，有時清晰，有時模糊。他全不想用心去分析它。

如果阿侵在就好了。

他無語。火焰已經沒有剛才那麼高昂。當它漸漸熄下，他即緩緩地旋開紗罩突然燒起來了，黑黑的煙沖上了他的臉頰。她尖銳的嘤了一聲。他忙把奶子旋回去。自己也沒料得的。呵呵呵，他笑了。笑的滋味他都不知道，他又試了一次。這回紗罩的火雖然依舊熊熊，他已經不再那麼慌張。她亦不再輕嚶。但依然撫搓胸口。

不要試了吧。讓阿侵等一會回來才上。她半帶央求。

那個現代原始青年的阿侵。

他把奶子旋扭。煤油化成牛毛蓬雨噴下來，著了火，便開起一陣黑煙。他把奶子關小了一點再放開。一陣黑煙，又一陣火。斷斷續續，已不再有黑煙了。紗罩發出亮光，呼呼的叫。但他把奶子關了。

為什麼？她驚愕。

但他頹然。

黑，剎那間從遠從近逼近屋宇。是趄趄的侵略者。

謀之外

禮拜天是休息日。福安沒有開店。前一個晚上他就這麼告訴淑娟。醒來時他再提醒淑娟一次，他今天要去看醫生，動手術。私心裡只希望淑娟能產生一點興趣。但是淑娟正趕著出去，匆匆忙忙地，看都沒看他一眼。

我今晚可能會遲回來，看看淑娟走到大門口，他大聲的說。

好。只聽見淑娟漫應一聲，就鑽進車廂去。

那是一輛白色的馬賽地280SE。白茫茫的在陽光下閃爍，刺痛了他的眼睛。也不知道有多少次了。墨色的車窗絞得密不透風。福安恁是怎樣伸長了頭，莫說聽不到兩人的談話，就是要從淑娟翕翕而動的唇形猜臆出什麼話來也不能夠。

黑黝黝的車窗，根本看不透。真是太可怕了。

就是動手動腳，我們也不知道。

淑娟才走，便有一個男人推了架腳車過來停在福安店門外打風。他一邊去取壁上掛著的橡皮管，一邊說。劣質的雪茄叼在嘴邊，一抖一抖，沒有一點煙燃起。

福安轉過頭去替他開了鍵，摩多便「打打打」的吵。

自從淑娟半年之前去紡織廠工作，福安心裡就憋足了氣。雖然稍稍的略施壓力，依然不能令淑娟回心轉意。

福安是一個安貧樂道的人。在小山鎮裡生也在小山鎮裡長大。他的生活就似他從已故的父親處承襲過來的腳車店那麼簡單乏味。恰恰能滿足他沒有野心的性格。

但是淑娟不同。淑娟從山下嫁上來給他只有兩年，就開始眷戀山下。山上的風，山上的樹都留不住她。

我們一定能趁著年輕努力賺錢，將來才有好日子過。她要出去工作的那個晚上，這樣安慰福安。

淑娟是一個對生活有企圖的人，她所說的話，頭頭是道。福安也想不出什麼不對的地方。

開始的時候，每個早上或黃昏淑娟都在鎮上破陋又潮濕的車站等工廠的巴士。車站就在斜坡下面。要上工的時候，精神飽滿，又順著斜坡走，一點疲倦也沒有。只有回來時，拖著疲累的身體，爬上斜坡，喘得她半死。那已經是半年之前的事了。才開始學習掌管線軸，莫說對硬硬邦邦的機器生疏，就是圓滑的同事也沒認識幾個。等到兩個月之後，淑娟升了組長，工廠的巴士便自自然然的停歇在淑娟門口，只是老舊的油屎車，引擎沒有關死，吵得人家耳聾。

那個男人把橡皮管按在輪胎上打風，還兀自喋喋不休。

剛才那個女人，是你的查某吧？

福安沒有睬他。男人又再接下去：你的查某真美麗。

福安突然渾身不自在。

你不害怕她走掉嗎？

淑娟三個月前的一個黃昏突然不坐嘈雜的巴士而改乘一架白色漂亮的汽車回來。下車的時候，頻頻的謝了又謝。福安蹲在地上補貼轎車的內胎，抬頭望出去，只見妻子左手拉開的門裡，坐著一位瀟灑的男人。筆挺的白衣，紅豔豔的領帶。臉上正堆滿笑容。福安抬起手來招呼，沾了萬能膠的食指和中指涼颼颼的，直涼進心底。

要不要進來坐？他提高了嗓子。

那男人只把巴掌搖了搖，也不知是不是回答他。妻子把門一推，呼的一聲關上了。車子一呼便直往更高的山上衝去。

他媽的。

那個人是誰？黃昏以後，關了店門，福安頭也不抬，仔細地盥洗十根沾滿油垢的手指。

誰？鳳凰的經理呀，你不認識？

淑娟除了淺灰色的制服，套上一件沙龍。乳罩沒有脫掉，兩條吊帶黑墨墨的嵌在白嫩嫩的肩上，泛起了一片光彩。

福安抹乾了手，便在餐桌旁坐下。

他的馬賽地真漂亮。

五萬多元呢，淑娟一口飯還在嘴裡嚼，聲音也含糊了，我們這一輩子也休想要坐上這款車。

馬賽地？有什麼稀奇，街上的德士多的是，五角錢就有得坐了。

福安知道那傢伙明明就是要取笑他，卻又不太敢做得太露骨。這一陣子，他已經是小山鎮出名的人。哪個人不認識那輛車、淑娟？還有他。

起初大家都只在遠處觀望白色的馬賽地把淑娟載來載去。彼此像懂得很多似的發出曖昧的微笑。淑娟走後，福安便蹲下來裝配或者修理腳踏車。從一開始，福安就這樣蹲著了。廿多年來，有哪一天不是這樣子蹲在人家腳下再抬頭向上望？斜斜的向街對面的店鋪望，油漆剝落後的竹簾捲起來，那些洋貨店的小老闆們白皙的臉上就像是諷刺。看到這裡，福安就好比聽見他們說：

你看，又載走了。

福安有一種恐慌。感覺上，淑娟和他是越來越生疏了。淑娟有的是向上衝的力量。福安要想留她在身邊，他出盡九牛二虎之力，卻又不肯讓人看出來。甚至是淑娟。在淑娟面前，她的鋒芒蓋過他了。

每天你看著自己的老婆給人載東載西，會不會生氣？

生氣？笑話。我的老婆可是監督，那男人是經理呀。

那男人還想要說什麼。福安將摩多加速，急急躁躁的叫，一眨眼間，只聽得「呼」的一聲巨響，輪胎爆了。

其實福安並沒有真的下山看醫生。下山的路蜿蜒漫長，九九八十一彎似的，沒有一個不艱險。他看見椰樹上的果實都遠遠的在他腳底下，頭便會暈。太難走了。

可惡的男人走後，福安就把門關起來。他在樓下沖了一個涼，把身體洗得像嬰兒那麼乾淨。然後一步一步咚咚咚的步上高樓。陰暗的樓梯，發出一陣陣難堪的聲音，使他的心情更沉重不安。

一切都已經準備好。剃刀剪刀火酒和藥水皆鎖在梳粧檯的抽屜裡面。他知道，淑娟一定不曾發覺這些東西。就是發現了也好，她也不會有什麼懷疑。都是些剃鬍子用的傢伙，又有什麼稀奇？雖然他一根鬚也沒有。淑娟的興趣越來越廣了，不再拘限於閨房。淑娟的慾望大，她的企圖，福安不能控制。

都市的發展就像一粒吹漲了的皮球，慢慢地擴展到他們的山腳下。工廠天天似小兒的熱痱般冒出來。福安住在山上，雖然又高又遠，依然得竭心盡力的和這種發展競爭。在他的感覺中，他差不多已經失敗了。疲倦已經在無聲無息間爬上來。

淑娟第一次給馬賽地載回來，滿面春風。原來她又高升了。手下有四十八人。權力的滋味使她高興得哼起小調四周團團轉。福安燒好的菜也不吃。那個晚上，淑娟興奮之極，破例允許福安壓上她冰清玉潔的身子，而且高潮還來了幾次，抱著福安頻頻地呼喚他的名字。福安只覺得肩頭一陣刺痛，原來淑娟禁不住竟然狠狠咬噬他的肩膀。福安一時也慌了手腳。那時候，淑娟還吃避孕丸。興之所至，便可以為所欲為，不帶一點牽掛。

福安解下褲子，一把瘦嶙嶙的骨頭即映現鏡子中。一對多心事的眼睛只顧往生殖器凝視。這是一副健康的器官。黑茸茸的恥毛茂盛的滋長，蓬蓬鬆鬆蓋過了一片兩巴掌大的地帶，對照下，不見陽光的大腿是那麼蒼白無血。

已經很久沒有發洩了。

自從淑娟出去工作以後，福安寂寞空虛越來越濃。他的心煩躁似十二月的野草，一把火就要熊熊的燃燒起來。

淑娟自從那個晚上因為升為監督興奮忘形之後，便開始不給他一絲絲機會。連碰一下也不可以。

福安拿起剃刀在巴掌上刷了刷，便往大腿外側開始朝內剃刮。捲曲的毛如風吹過的蘆葦，紛紛飄落。

淑娟拒絕的理由是，她不再吃避孕丸了。避孕丸害她開始浮現一個不美麗的肚腩。

誰告訴她的？

同事都說。淑娟把福安探索的手拿開。

是不是經理？

你——

用如意袋也可以嘛。

那只有九十多巴仙。

子宮帽呢？

不要就是不要。

為什麼？

我怕萬一。

生一個孩子不是熱鬧嗎？

你知不知道？有了孩子我就休想再爬上去。

這樣才好。

你那麼想要，去絕育啦。我就夜夜都給你。

恥毛雪雪掉下，在福安腳下積成一個小灘。黑亮亮的，刹那問便浮現一片青慘慘。

福安撕下一塊棉花，蘸了一點火酒在大腿內側近私處上抹了又抹。福安掄起剃刀再在口邊呵了一口氣，刀鋒上便蒙上一層白霧。剃刀靜靜的舉在空中。對福安來說，這一刀已經是他全部希望的投注。這一刀割下去，也不知是否能挽住塞滿慾望的淑娟。但是這究竟是一種嘗試。如果再不採取這個動作，他差不多就要被壓下去了。彷彿是山下的工廠突然飛出來一個齒輪，碾過他的身軀。福安的左手在青慘慘的皮膚上撫摸了幾下，右手的剃刀終於割下來。一陣刺痛從表皮上迅速的傳至他握刀的手。劇痛並沒有令福安停止割下去。開始的時候，血球只像汗珠一點點的泌出來。慢慢的匯成一道又一道，便滴落在福安蒼白浮現青筋的腳掌上。福安用棉花按了又按，血終於不再洶湧的滾出來。他抹了一些藥水，乾了後再交叉地黏上一塊藥布。事情弄妥，虛脫的福安已經倒臥在柔軟的床上。

福安有太多的幻想。他想到淑娟上當後挺著一個大肚子的醜態。而他便可以準備做爸爸了。不過最少這也是三個月後的事。這幾個星期他一定要努力控制自己不衝動。再過一段日子，等疤結了，福安便可以展示給淑娟看。這一道又黑又紅的疤。他已經付出多少心血。淑娟一定不會知道他騙她。因為她絕不會看過紮輸精管的手術是應該在哪裡留下疤痕。他只要告訴她，丁醫生說這只是一個小手術。而且這幾星期內還不安全呢。淑娟看看他沒有那麼急躁騷擾，還會不相信嗎？一旦淑娟曉得，她都已經懷孕了。計謀已逞，福安只希望那時候，淑娟將會和他乖乖守住這一間破舊的腳車店，在這冷寂的山鎮上。

淑娟將會多麼憤怒和痛苦呢？福安不禁開心的笑。

暗淡的燈光下，淑娟只覺赤裸的福安站立在那兒是那麼的孤立無助。可憐得像小丑。燈光在他憔悴的身上印下凹凸不平的陰影，一泓泓的似乎盛滿他的心事。在淑娟的注視下，福安居然靦腆了。

我已經動過手術。你知道嗎？很安全的。

他向淑娟展示。黑暗中，淑娟的手觸及福安小腹上的疤，悲哀還勝於訝異。福安向她示愛，淑娟答應了，而且答應得很爽快。福安心裡盡是驚喜。淑娟也沒有向福安提起什麼，甚至連你的手術是假的，她都沒有揭破。淑娟又開始服食避孕丸。這是一個秘密，只屬於淑娟一個人。

一九七八年正月底

失落的珍珠

珍珠在百無聊賴的午後翻閱牆上的跑馬日曆。發覺今天是保安的母親的忌辰。她在年頭的時候怕忘記，從日記本中一樁樁把重要的節日忌辰都抄寫在牆上的日曆。做人家媳婦，又沒有長輩。珍珠在不知不覺中竟然扮演起另一種她絕不想要的角色。就是這樣，有時忘了翻閱，日子在渾噩中過去，等她察覺了，都遲了。

珍珠步進房間，保安還睡得像豬一樣死。他的報紙歪斜了，遮住他的一顆眼睛，另一隻嵌在報紙旁半關半開。不知是睡還是醒。珍珠看看壁上的鐘，四點左右，遲疑著不知要不要喚醒保安。這幾年，保安賺了一點錢，買洋房買汽車，生活安定下來，脾氣反而變得陰晴不定，珍珠想到這裡，便決定要搖醒他。

今天是十七了。珍珠說。

保安沒有反應，又是瞪著她。

都四點了，還要不要買點東西。

嗯。

一過十二點，聽過鬼都回去了，還要拜嗎？

當然要。

你相信會吃到嗎？

不相信你又何必提醒我？讓它靜悄悄溜過去不是好嗎？

難道是我故意忘記的嗎？這樣兇，我還以為今天是你媽媽的忌辰，你忘了會傷心。

我能夠記得才是傷心呢。保安爬下床後，前後左右地甩手。

那麼，究竟要不要買？

要，誰說不要？

去哪裡買？

巴剎。難道還有哪裡可以買的？

你不是答應小蘭今天帶他去超級市場坐碰碰車麼？

今天是什麼日子？帶她去娛樂場？

是你媽的忌辰。只有你才忘了。

就是你一人記得，值得那麼高興嗎？

至少我記得記在日曆上。還有，至少我記得從日曆裡邊挖出來，讓你記得。要不然，這一天就這麼靜悄悄地過去了。

靜悄悄過去才好。

那麼為什麼今天又要拜？

我是因為你提起了害得我不能靜悄悄地讓它溜過去。

你媽知道要很傷心了。

你又沒見過我媽，又怎麼知道她會生氣？

我雖沒見過，不過記得今天忌辰的還是我。如果沒有我，今天就沒有人拜了。

是你記得的吧又怎麼樣？

你媽就有得吃了。

珍珠和保安整理妥當就駕車出去。他們離開了住宅，一直向巴剎駛去。他們的三歲的女兒一路上都追問保安怎麼不是向超級市場的路走。保安避過了一輛後面開來的汽車，大聲地喊：為什麼你和你媽一般聰明？

小蘭告訴爸爸，媽媽聰明就不用讓爸爸罵了。

超級市場，超你的頭。

不要亂亂超，教壞孩子了。

你要去買什麼？

花生。

火氣那麼大，究竟為什麼？

是誰的火氣大了？

難道是我？

我又沒說是你。

我知道一定是你生氣我提起你媽的忌辰，你已經忘了，怎麼我又會記得。你覺得很傷心。怎麼你的媽媽那麼疼你，你竟然忘了。讓一個不相干的我來提醒你，所以你就生氣了。

為什麼你不去超級市場買呢？

去超級市場幹什麼？

買雞買肉買罐頭呀，拜你媽媽呀！
我要買鴨。
你媽是不吃鴨的，是你自己對我說過的，怎麼你這點也忘記了？
我喜歡。
你受得了巴刹的齷齪？
超級市場有賣鴨的嗎？沒有，是不是？所以我們要去巴刹。
巴刹也沒有冷氣設備，你受得了？
現在幾點鐘？
四點十七分半。
太陽都快下山了，你害怕什麼？
太陽還能夠曬熱你的屁股呢！
我說我要去巴刹買，你聽到了沒有？
這樣惡，幹嘛呀你？
吃掉你，怎麼樣？
他們的車子踅進去巴刹邊的小巷，人山人海，真是最熱鬧的時刻，有很多下班後的婦女都在這種時間順道來買菜。溝渠的惡臭一陣一陣地蒸發。保安的腳才踩出去，就趕緊的捏鼻子，小蘭也跟著捏。
爸爸為什麼那麼臭？鼻音濃濁。
這裡是巴刹。你不知道嗎？
爸爸哪裡臭，是巴刹。

啊，是巴剎。

我早說過了，不要來巴剎買，你要。你看小蘭也說巴剎這麼臭，只有你頑固。

巴剎才買得到新鮮東西，你知不知道？

哦，超級市場就買不到麼？

不能。

難怪這條水溝這麼臭了。原來新鮮的東西是臭的。

保安抱著小蘭，一攤走過一攤，珍珠跟著在後面。保安走過賣菜的攤子，看見雪白的包菜花，買了一點，又看見青綠的豌豆，也秤了幾兩。珍珠說，為什麼不買點紅蘿蔔，保安說我最討厭吃紅蘿蔔的了。甜不甜鹹不鹹，為什麼炒包菜花拌豌豆就一定要加紅蘿蔔？不要。珍珠說，我最討厭吃豌豆了。貴又貴死了。為什麼你就一定要買？兩個人站在菜攤子前細細地爭執。後來，爭執不出結果。保安抱著小蘭站在一邊，不理不睬。這本是他一貫作風。珍珠又蹲下去選蔬菜。賣菜的說一斤白菜賣四十五分。珍珠堅持只給三角。保安冷眼旁觀，實在受不了了，大聲地說。四十五分就四十五分，減什麼價。珍珠擡起頭瞪了他一眼。她最討厭保安在眾人前奚落她。不知勸告過幾次了，還是老樣子，保安也忍不住珍珠冷冷的目光，抱著小蘭盲無目的地走開了。經過了賣雞的攤子，他停下來，小蘭看見籠子裡的雞有一下沒一下的將頭探出來啄食，高興地拍拍手：

Bird，Bird。

保安在心裡嘆息。他回頭看。遠遠地望見珍珠還蹲在那裡選菜。又要選什麼呢？

不是Bird，是雞。

是Bird。

雞。

Bird。

我說雞、雞，知道嗎？

我說Bird、Bird，知道嗎？

保安刮了小蘭一個巴掌，她媽的一聲哭出來。賣雞的忙碌得很，根本沒聽見看見小蘭哭。保安急急抱著小蘭走去賣魚的攤子。一路哄著小蘭還是哭。地上很滑，保安滑走半步，差點跌倒，這一下震盪，帶給了小蘭刺激，笑了。但那只是剎那的事，她又繼續哭下去，她本來並不是這樣子的，平常很少哭，有哭也短暫一會兒，也許是有媽媽在身邊才哭得這麼啼啼。保安嘗試哄騙她。他抱了小蘭去乘坐電梯，從左邊乘上去，又從右邊坐下來，如此這般重複了四五次，小蘭停止了哭，卻又不肯讓他下來。保安只好抱著她上上落落。許多次後，小蘭還是不肯讓他離開。有些在選買鹹鴨蛋的婦女不自禁的向他們父女兩個投過了諮詢的目光。保安假裝不知道，繼續他和小蘭的遊戲。當電梯慢慢升高起來，他伸長了脖子探望，就是望不見失落了的珍珠。電梯徐徐緩緩地下降，保安又張開了雙眼探索，也是遍尋不著珍珠失蹤了的影子。小蘭玩得很快樂；一次又一次，不肯讓保安離開。

保安左右環顧，終於發現不遠之處有人賣花。菊花芍藥胡姬，一叢一叢的，在陽光下開放，今天是十七，買花的人比較少，還是擠得屁股撞屁股。

爸爸帶你去看一樣好東西。

什麼好東西？吃的嗎？

吃吃吃，整天都想著吃。

不是吃，是什麼？

爸爸帶你去看就知道了。
保安再回首前後左右看，依然沒有看見珍珠。
死去哪裡了？
爸爸你說什麼？
爸爸帶你去買花要不要？
什麼花？
菊花。
菊花是什麼？
菊花是一種花。
一種花是什麼。
是菊花。
賣花的胖女人聽說保安只要買一朵菊花，一臉錯愕。在保安的眼中，那女人是那麼蠢胖，可惡，實在是不配賣花的。花是美麗的。美麗的東西怎麼可以讓一個醜惡的女人來兜售呢？
什麼？你只要買一朵？
什麼？你說我要買一朵？
你不是說要買一朵花嗎？
是的。不是的。
什麼是的不是的。
我是要買花，可是不是一朵。

我明明聽你說只要買一朵。

我幾時說過？

剛才。

有錄音機嗎？

你。

我。

你。

我。怎樣？

保安咧開嘴，微微地笑。

我要買你全部的花。請你賣給我，好不好？

買這樣多，做什麼？

不關你的事。

你真的要買？

全部多少錢？

賣花的女人開始計算車上的花。

芍藥一朵五角，菊花一朵三角，胡姬只剩這種了，一枝六角，五十一朵芍藥二十五塊五角，一百十七朵菊花三十五塊一角，胡姬四十三枝二十五元八角，全部八十九塊四角錢。

保安買花，最高興的還是小蘭。她一個人就搶著抱了十七八枝在胸前，花遮住了她的視線，害得她連前面的路都看不見了。保安抱著小蘭又抱著花，繼續在人叢間擠。他的花掃在人肩膀上，有好幾朵胡姬都隕落了。人們走過都踐踏上去，花終於新鮮地潰爛了。

突然有人在背後呼喚保安，保安辛苦地掉轉頭，原來是多年不見的芬芳。

我遠遠就看見你了。

是嗎？

我們已經有好幾年沒見面了。

是呀。你看我的孩子都這麼高大了。

你在買花，我就注意到你。你還是像以前做事常常出人意料之外嗎？

你還沒有結婚嗎？

你說呢？

你走幾步我看看。

你，這樣專家了嗎？

他們走幾步，芬芳要小蘭叫她阿姨，小蘭害羞不肯叫。

小蘭，阿姨抱，好不好？你爸爸一定手瘦？

小蘭還是要我抱，保安說，這些花送給你了，好不好。

為什麼？

算我向你求婚的吧！

你這個壞蛋，竟然真的留意我走路的姿態麼？

為什麼還不結婚？

怕你傷心啦，你不知道？

你這樣講，不怕我傷心麼？

真的？

假的。

豈有此理。

芬芳抱著保安的一束花走後。太陽還是很猛烈。還是沒有看見珍珠的影子。到底去哪裡了呢？保安逐漸感覺焦躁。保安有點奇怪自己為什麼剛才會吃芬芳的豆腐。而且芬芳竟然也變得那麼大方起來。他們只曾是一對朋友也沒有什麼深入的認識。兩個闊別的人在繁忙的街場竟然胡謅了一會兒。真是莫名其妙。保安的汗漸漸從額頭上滾下來。小蘭還抱著十多株花。保安要擦額上的汗，總是有那幾株花擋在前面，礙手礙腳的。他從小蘭手中搶過幾株菊花和芍藥棄置在地上。終於可以順利的抹揩掉臉上的汗珠，小蘭嚇了一跳，竟然遲了一會才敢哭出來。

哭哭哭哭什麼？

保安還是看不見珍珠在哪裡。

最好是死掉了。

保安的衣服開始溼了，他今天穿的是尼龍質的襯衫，不能吸收流出來的汗，所以不一會兒，衣服即濕黏黏的貼在他的背部。他的褲子又是上一次發福量做的尺碼。現在抱著小蘭一面走即一面掉下來，保安得走了五六步即托一托褲子，其實褲子是無論如何都不會掉下來的。他過分小心翼翼了。地上低窪處積了一漥淺淺的水，原來是早上工人洗巴剎流出來還未掃除的積水。保安走了幾步，托高褲子，又擡著再走，那種黏黏的感覺，從腳掌心傳上來直透心底，他一面走一面後悔為什麼剛才會忘記穿上短褲呢？

小蘭還是哭不停。

保安在不知不覺間竟然爬上了超級市場的階梯，小蘭靜止了哭，馬上笑了。進進出出的人很多，而且冷氣拂面，究竟是冷氣好，保安放下小蘭，牽著她的手在零食的部門巡走。小蘭掙扎脫了保安的手，盡向售賣巧克力的擺格跑去，保安盡量壓低了嗓子喊：

回來，爸爸牽。

小蘭聽見了還是照樣向前奔跑。

我不會跌倒的。爸爸不要害怕。

小蘭用手一拉。七八包的塔標花生倒下了。保安趕過去，拾起來，放回原來的位置，但是幾座塔依然滑溜倒下。保安在心裡嘟囔，要開口罵小蘭，可是她已經跑去另一個角落。保安仔細瞧，原來她在觀摩架子上的玻璃器皿，這一驚，保安差一點叫出來。他輕輕地急趕過去，小蘭看見父親追來了，以為跟她玩捉迷藏，高興地拍拍手。

她的笑聲逗引了人家的矚目。

回來，媽媽來了。

哪裡？

那邊——

小蘭張望一會，笑了。

爸爸騙人的。

保安無奈，只好亦步亦趨跟在小蘭後面。

珍珠還沒有出現，她當然是不會上來超級市場的。她在那喧囂的街場或許已經迷失了。或許她還以為他們父女兩人已先回去車上等候她。或許她還蹲在地上撿菜，講價錢，或許她和他一樣遇見了老朋友，在人群的一角落談著闊別後幾年的寂寥，或許對方也像他吃芬芳的豆腐一樣的吃吃珍珠的豆腐呢。或許珍珠還開心地笑。

或許珍珠給腳車撞倒了。

活該。

小蘭還在選玩具。突然她又提議要去騎大笨象。保安牽她走到超級市場門口，只有火車的位子空著，其他的都有小孩子騎在上面搖晃。小蘭堅持要騎大笨象。不要火車。保安只好陪她等，騎大笨象的藍裙子女孩下來了。小蘭急急忙忙地爬上去，保安塞了一個兩角錢的錢幣，大笨象開始有規律地搖擺，幾下以後，保安才想起為什麼不數一數，便一、二、三……地開始，當他數到四十七，大笨象即戛然而止，小蘭爬下來，又繼續爬上火車頭。

要坐要坐。

為什麼你和媽媽一樣？保安敲她的頭，還是塞進一個錢幣，火車嘟嘟地叫了，究竟只能搖，不能走。

保安想起當年珍珠送他，火車開的時候，兩人都捨不得分開，火車移動離站，保安就歪躺著看路過的人。女人漂亮地閃過去，保安睜大了眼睛偷偷地瞧，今年流行的是窄裙，窈窕的曲線一具一具地流過去，保安看得也不似當年的偷偷摸摸，畢竟是一個孩子的父親了。

哪，媽媽媽媽。保安匆匆地抱起小蘭，趕到樓梯口，他向人群中間亂指，當然不是真的看見珍珠的。

哪裡哪裡？

那邊，喏那邊。

哪裡？

那個紅紅衣服的auntie後面啊！

哪裡有？爸爸騙人的，我要坐火車。

火車不要坐了。保安板起臉，小蘭嚇了一跳，又再哭。

爸爸買冰淇淋給你。

小蘭馬上停止了哭泣說：

爸爸眼睛吃冰淇淋，嘻嘻。

胡說！

媽媽說的。

都是你媽媽。王八蛋。

王九蛋。

誰說的？

媽媽。

太陽已西斜，人群逐漸散去，依然看不見珍珠，珍珠究竟去了哪裡？

珍珠會不會給搶劫了？

珍珠難道是外太空來的人，突然回去來處麼？

難道說珍珠先搭車回家了嗎？

保安牽著小蘭走回去泊車的地方，他向車內張望，沒有珍珠回來過的痕跡，他又打開車後面的廂子，也沒有珍珠的菜籃。

珍珠怎麼還不回來？

賣花的女人推著三輪車回去，經過保安的身旁，對他笑了一笑。

還沒有回去嗎？

當然是還沒有。你沒有看見嗎？

你的花呢？

丟掉了。你還要回去嗎？

女人瞪了保安一眼，喃喃地走了。

有好多攤子都收了，只留下一片淒愴的齷齪，紙屑菜根魚鱗處處。保安又一次小心的拎著褲管走，他經過賣蝦的老同學的攤子。

你太太呢？

不知道。大概是跟人家跑了吧！

那可不是玩的。

我就是在找呀！

放心，這樣大的一個人不會失蹤的。

死了才不會。

街燈亮了。保安還是沒有看見珍珠。

他開動汽車，向回家的路走。一路上人很多。是看戲的時間了。保安的車經過戲院門口，他佇立一會兒，閱讀新片預告板上的片頭設計。珍珠當然沒有出現在當中。她究竟回家了嗎？保安如果還沒有回，她找不到保安的車子，當然會自己回去。如果她就那樣不告而回，保安不知道回家以後要不要生氣。保安不知道。他覺得自己大概是會生氣的。問題現在她究竟是沒有回去。保安不知道。他還是看他的電影劇照。許久他才發覺原來今天上映的是戰爭片。戰火連天的海報，龐大的豎立在他眼前，太近了，反而不清楚。他轉頭引誘小蘭。

今天爸爸帶你去看打槍打槍的戲，要不要？

小蘭說：那天呀我和阿吉舅舅玩打槍，站在樓梯上，抨抨抨抨抨抨，呀，阿吉舅舅死了，抨抨抨抨抨抨抨抨……

要不要看？

保安看見她牛頭不對馬嘴，抨個沒完沒了，大聲地叫了一聲。

要。

小蘭意興索然地說。

他們父女兩個繼續在路上兜了幾個圈子，終於在路旁泊好車子，他們即朝戲院走去。保安買好戲票，又再在戲院門口買了幾個肉乾麵包，他牽了小蘭的手撿開布幔，眼前只見一片黑暗。

一九七九年十二月

人鼠

豐收超級市場的玻璃大門口這幾天又換上一座牌樓。本來的牌樓是秋季大贈送的。現在已經是冬季。雖然冬季不在這裡。冬季大贈送還是要推出去的。連日來，豐收門口麇集了駐足圍觀廣告畫的人。牌樓上的廣告畫原來是可以畫好才安裝上去的，但是豐收有他的招徠術，一定要畫師爬上樓梯去一抹一抹地塗以收益外的宣傳效果。廣告畫師是個年輕的小伙子，數日來爬上爬下，冬天便漸漸開始呈現在眾人面前。也不是冬天的卻突然下雪了。棉絮般的雪花從牌樓上一波一波地滾將下來，耀眼又刺人。吵吵鬧鬧的鈴聲響起，原來是聖誕老人花白了一把鬍子還童心未泯穿戴一身火紅趕著八隻鹿兒坐在雪橇上趕來了。牌樓下眾人皆不約而同讚歎不已。天寶多的是閒空的時間，常帶著複雜的心情佇立牌樓下觀望。牌樓並不算很高，只是天寶的人本來瘦小，仰首望了一陣子即感覺眼痠脖子疼軟。

十四的黃昏，月亮像張透明幽藍的紙貼在天空。天寶的媽媽打點好兩件衣服，即走出徽晦陰暗的雜貨鋪，朝太清齋堂出發。二十年如一日，欲墜的殘陽異樣的燦爛。天寶一轉身媽媽漸行漸遠小的髮髻已漸漸隱沒於煩囂洶湧的人潮。媽媽臨行前還頻頻回首，天寶只見她老人家顫抖著嘴唇嗡嗡然似乎還企圖要交代些什麼話，天寶微微地點了幾下頭，他媽媽這才轉回頭放心而去。天寶一點也聽不到媽媽的叮嚀，不過他明白媽媽究竟要吩咐什麼。還不是那些老鼠。媽媽就是這樣，年歲加了一把，執拗亦更深一層。

這時候是一天裡最涼爽的時間。廣告畫還沒有真正畫好，總是有幾處要做最後的修飾。天寶再一次擡頭看，驀然間老人的車就要壓降下來了。有兩個工人正在牆上裝燈泡，今夜大概就可以大放光明。不知道到時候將有多麼美麗？

豐收的售貨員停了又叫又停重複她甜蜜誘人的聲音：

Selamat petang tuan-tuan dan puan-puan. Selamat datang ke Supermarket Lumayan. Sekali lagi kami akan mengadakan peraduan tekateki yang sangat senang dan mudah dimenangi. Hadiah-hadiah seperti motosikal Honda CB100, peti sejuk National dan banyak lagi hadiah yang menarik mesti dimenangi. Tuan-tuan dan puan-puan, janganlah lupa sertai peraduan ini……（馬來語：購物抽獎大賽廣播）

（音樂過門）笛子吹奏起花好月圓。人來人去。人開始從四方八面冒出來。他們從巴剎那邊熙熙攘攘地走過來，跨上鴻業雜貨店的走廊即踅進豐收超級市場。豐收有中央系統冷氣設備，就是天寶站的地方也可以感受到拂面的冷氣沁人心脾。

阿寶。春花突然尖起嗓子呼喚慢慢地陷入人群間的天寶。

天寶回過頭望，一時間竟然看不見春花在哪裡。原來春花是站在鴻業雜貨店的黑影中。

人家要買東西啦。春花說。天天站在那裡看人家賺錢分你哦？圍觀廣告樓牌的人群即笑了起來。

嘿嘿，阿寶你這查某真厲害呀。買東西的中年人打趣道。

豬尾兄，你說我難道不對嗎？生意一天比一天難做。人家本錢大，一個罐頭可以少賣一元八角，我們就是想照成本賣，都比不上呀。還天天不知道擔心站在人家門口納冷氣。哼！

這個年頭，生意難做也是真的，你罵他也沒用呀。

他還讓我罵哦？哼，有！春花摸摸索索地要找尋什麼。Supermarket的東西雖然便宜生意好，不過你們做雜貨店的也還是有生意做呀。你看，我這窮人家還不是依舊拿這本破簿子來向你們賒賬拿貨了嗎？豬尾說。

話雖然是這麼說，春花看見人家的生意越做越興盛心裡就不舒爽啦。天寶看看春花已經不見了蹤影，輕輕的說。又擠眼又扯嘴皮。沒有用的女人。

豬尾離開不久，天空突然陰黯了。黑暗常常來得這樣令人失措。天寶坐在櫃檯內呆呆看著走過的人群，突然覺得空虛無主。外面是個花花綠綠又充滿競爭的世界。鴻業雜貨店是呆板的，它慢慢地開始被淘汰了。天寶不禁打了一個寒噤。和天寶一樣，鴻業雜貨店是天寶的爸爸一脈相傳的一爿小店鋪，孤獨寂寞地正眼看偌大的一座世界在眼前動盪。尤其是豐收超級市場在三年前開始在鴻業的右邊熱鬧起來，更襯托出鴻業的單薄。鴻業更像一個犯錯的孩子，愣愣立在豐收這大人旁。天寶凝視地上一格一格的米箱，彷彿爸爸就佝僂著背在那裡糴米。那段歲月已經過去，是絕不會回來了。消息傳來時，天寶只有十三歲。那個早上，他爸爸依照往常趕著送貨給人家。天寶正在店裡幫忙秤鹽包咖啡粉。他和媽媽丟下秤錘立刻趕到現場，爸爸的頭顱已經飛掉一邊。紅白的腦漿黏貼在殘餘的灰髮上混雜著又黃又白破碎的雞蛋，鮮艷奪目，竟然好看之極。

鴻業右邊只隔一條小巷就是巴剎。箱籮筐籃亦方亦圓亦長亦短亦矮亦高朝鴻業身畔硬擠。小小的巷都膨脹了。人從小巷走來，總得撥開木箱竹筐才走得進鴻業。

春花在後面許久都沒有走來。她背著天寶正蹲在地上起爐火。天寶躡足走到她背後想要嚇她，但是春花卻機敏地回眸一笑。

怎麼，媽媽不在，你又要大開殺戒了？天寶一手扶柱子一手叉腰。

是又怎樣？要等老鼠拜你吃掉才抓麼？春花白了他一眼，你的興趣還不是愈來愈濃？

也是你帶壞的嘛！天寶笑嘻嘻地說。

春花抓了一把炭屑放在小火爐中，淋了幾滴火水。木炭屑在火柴的引導下開始燃放一陣嗆人鼻息的黑煙。春花拿著一把葵扇不緩不急地煽，黑煙燃盡，炭屑即開始紅紅地燃燒。春花蹲著腰瘦，常常移動她的姿勢。天寶瞄了一眼，隨著爐火旺盛，心也抖動了，眼眸裡禁不住有異樣的光彩。他蹲下來，橫瞄了春花一眼。春花眼中也充滿了興奮。她的臉本來就圓，熱烈的爐火烘得她更紅潤了。她是興奮的。一個月只興奮一次。天寶的眼光竟然也邪了。他的手不期然即在春花滾圓的臀上撫摸。熱辣的情慾好似要藉此傳遞過去。春花啐了他一口：

等晚上不可以嗎？

我肚子餓了。天寶邪淫淫的笑。

外面人這樣多，你找死啊。

魷魚在火中只烤了一陣便有濃烈的香味充溢室內。天寶撕下一根鬚放在口中咀嚼。

不要說是老鼠，就是人也要吞下舌頭。

春花從隱蔽的角落將幾個老鼠籠提出來安置地上。她是刻意要置老鼠於死地的。

這班老鼠，哼！春花弄好餌，得意地笑。

她小心翼翼地將老鼠籠的門打開，然後把一片魷魚勾上鈎子。反覆再三，春花終於將幾隻老鼠籠陷阱設計妥當。

小巷裡的木箱越堆越多，老鼠即從四面八方躥進鴻業雜貨店。天寶的媽媽卻不允許他們捕捉。她老人家是壬子年出生的，屬鼠，所以忌諱人家捕殺老鼠。尤其是天寶的爸爸去世以後，她即天天念經吃齋，轉眼間鴻業雜貨店竟成老鼠的安樂窩。

你不捉，就不要上床來！春花好幾次厭惡地提醒天寶。

二十年相依為命，天寶是媽媽身上一個癌，割也割不開的。但是又禁不住誘惑。

春花嫁過來的第一個晚上，是在兩年前。好好的一個初夜竟然叫老鼠咬破了。白天裡坐車又斟茶又行禮又宴客又是身上穿著一套兩層的白婚紗頭又罩一叢白紗巾白玫瑰又憋了一天的尿不能屙。吵吵鬧鬧到深夜，什麼豬狗朋友姑姨舅妗都回去了，才真正歇下來和見面不過十來次的天寶排排坐平平躺一起。熄燈以後，街上還有燈光探射進房。天寶是顫抖的。他不知道要怎樣探索。根本不知要怎麼開始。待有點頭緒出現，春花昏昏迷迷遺失自己的剎那，髒污的天花板上突然吱吱喳喳的傳來老鼠咬尾巴的聲音。那陣聲音就像湯匙劃過碗底般刺耳，春花情不自禁的摟緊天寶，慾望也因此煙銷灰滅。

老鼠你也害怕嗎？天寶放肆地笑。

為什麼會有老鼠。

雜貨店，沒有老鼠還有什麼呢？天寶漫不經心地答。春花一把將他的毛手毛腳撥開了。

一定是你沒有捉，它們才這樣猖狂。

天寶似乎沒有聽到春花的埋怨。還企圖重燃一個夜。

明天你去買幾個籠回來，我一定要捉幾隻殺它們的威風。

明天？不可以不可以。

為什麼？

天寶也沒有解釋。

天色暗將下來，路燈亮了。天寶又再規律地將擺置地上籃籃框框的大蔥小蔥蝦米鹹魚等雜物推回店堂。辭掉狗仔以後，天寶兼做開門關門打雜的工作。他將板牆一爿爿的匣好，又在門檻上古老地插上五根圓柱。人家都裝鐵門，輕輕一推即合起。鴻業依然是兩扇木門。就是頭頂上的招牌，還是殘留著天寶的爸爸日治時期不得已胡亂塗上的日文。斑駁的紅聯紙都結蜘蛛網了。天寶提起過朋友建議換上一個鐵招牌，又耐用又討個好兆頭，卻給媽媽一口否決了：

老招牌才是好招牌。你知不知道，順發的招牌一換，不出半年家裡就死了兩人，生意也像漏糞瀉個不停？哼！招牌的事可是輕易動得的麼？你不要聽那狐狸的話才好！

天寶試圖拴好兩扇木門，許是近日天陰雨溼，門咿咿呀呀地鬧了一陣子後終於將門檻外複雜的行人隔絕。

黑夜的閣樓變得悶熱異常。她樓上望下去，街道上的行人即畸形又亂糟糟。鴻業面前的街本來很狹窄，原也沒想到會繁榮至此的。因此突然熱鬧重要以後即天天塞車。巴剎上川行南北各大都市的大羅厘佔去了街道，猶自慢條斯理地起卸貨物。偶然聽見一兩聲尖銳的汽車喇叭，卻是司機們在彼此打招呼。沿街密密麻麻地賣炒粿條叻沙福建面廣東河粉千奇百怪的零食攤子卻又要將羅厘趕出去這條繁忙的街。整條街就像一條褲子，有一天人長大了再要穿進去，塞擠得不能再喘氣了。繁複鼎沸的噪音刺激春花埋伏已久的情慾。一個月只得一次。就在捕殺老鼠的夜晚，鬱悶在剎那間發泄無遺。媽媽不給殺，我偏要殺。興奮源源不絕地湧現。殺老鼠。你不敢就不用上牀來。殺不殺？殺！春花又嘶又噬，直痛入天寶心脾。殺老鼠。如果你聽我的話，生意早就不會敗壞到這地步了。媽媽不在，你就是皇后了。殺不殺還不是由你。從歡悅的巔峰掉落，又空虛又疲累，春花在眨眼間即帶著甜蜜滿意入眠。街燈將窗格子投影在春花細白的臂上，恍惚間竟似一條蟒蛇盤曲在那裡。

次日醒轉，天高氣爽，正是十五明麗的好天氣。春花猶自蜷縮在床的一個角落。那女人赤裸的大腿顯露在猩紅的紗籠外，映著黃橙的燈光，悠悠散發肉體的誘惑。

這時候天還沒有亮。麗的呼聲剛剛在樓下唱完第一支歌曲。天寶在床上仔細聆聽，當然是聽不到樓下媽媽的木屐踢噠聲。媽媽是真的走了。

麗的呼聲依然像個多嘴的女人。媽媽尤其喜歡它的話劇。時間一到便趴在桌子上對著那個四四方方的箱子出神。似乎裡面真的有一個悲劇的大家庭。

整天哭哭啼啼，生意都給哭走了。天寶不敢頂撞媽媽，只有在心裡埋怨。尤其是當他站在陰黴的店裡向外面明亮的陽光探望，豐收超級市場的大門口熙來攘往的人擠得他心口都要炸了。春花還以為他舒服呢。

籠子中果然有一隻走投無路的老鼠。它身長半尺，長長一截尾巴拖在籠外。孤獨的老鼠既彪悍又略顯驚慌。天寶蹲下來和它瞪眼睛，它也狠狠地瞪天寶。在微弱的燈光裡，一對黑眼睛黑亮亮地噴射異樣邪惡的光芒。天寶喜不自禁，用腳一蹴，籠子滑出去，老鼠的方向卻不轉，依然瞪著他。天寶興奮的呼嘯一聲，即踩著輕快的碎步跑上樓梯。樓梯已經敗壞不堪，而且沒有光線照射進來，灰灰暗暗。天寶但覺腳板底下墊著個什麼。彎腰拾起來看，卻是一個汕頭魷魚。

嘿，老鼠捉到了。魷魚的觸鬚在春花的鼻端下逗弄，春花馬上一股腦兒坐起來。

天寶在床上倒下。他的手比了一個誇張的姿勢。

這樣大隻。

是不是？我早對你說，老鼠一定很大隻的。春花這女人從昨晚上開始和天寶一起設計下老鼠的陷阱以後，即興奮莫名不能自己。她對老鼠原有的莫大氣憤，一夜間即顯露無疑。

沒有我呀，鴻業早就完蛋了！

太陽從豐收超級市場背後升起，逐漸地將豐收的影子一節節地拋擲在街上。原來它的影子也比鴻業的長了一截。

天寶擺好一個木箱，即將老鼠擱置在上面。光線明亮，老鼠的眼中開始顯露說不盡的驚駭。它在籠子裡面衝撞，試圖逃出去。但是籠子太小，老鼠要翻身也顯得困難。它激烈地衝撞，籠子便一陣一陣地顫抖。

春花站在天寶身後大聲的叫嚷：

這麼大隻的老鼠，真是少見哪。

許多上巴殺買菜的家庭主婦走過鴻業雜貨店皆歇下來看。大家交頭接耳都驚異於它的肥大。人群越聚越多正看這一場熱鬧。

天寶用一根鐵條朝老鼠的身上刺。老鼠怕痛，只好轉避。倉促間，竟然不能轉過去。天寶刺了幾下，刺個正著，血從老鼠的頸項間淌下來。紅紅的血流，在墨黑烏亮的毛髮上映襯得更艷麗。

怎麼會有這樣大隻的老鼠？

這隻土鼠不知道吃掉我們多少伙食了，春花也有一根鐵條，她也依樣的戳。

你媽是個虔誠的佛教徒，她允許你這樣做嗎？一個矮胖的婦人瞇起一對斜斜的小眼睛。

今天我媽不在家，她哪裡知道？天寶拾起掉在地上的鐵條，狠狠地刺下去。老鼠有一次痛的經驗，迅速的閃開了。

那麼，枉費你媽替你念經積德了。那女人說。

老鼠躲到哪裡，天寶和春花的鐵條即刺到哪裡。小小的籠子，老鼠的身軀又大，也不能躲到哪裡去，何況籠子四周都是空空洞洞的網。血淌下來，染紅了老鼠的身，甚至它瘦長的尾巴也拖得紅艷艷的。

天寶擡頭望，只見豐收的大門似乎在這一段時間裡走掉許多顧客，好奇的人都蜂擁向鴻業這一邊，漸漸地形成了一般人潮。天寶宛然感覺自己今天就是主角。這是期盼已久的。他心頭有一陣滿足，雖然明知道這只是剎那的形象，它終究是不會永久存在的。

天寶，刺給它死，快。巴剎上有人叫喊。

不！慢慢來才痛快。春花吃吃地笑。不這樣實在難消我心頭恨。

春花的鐵條靜靜的擧在半空。老鼠看見春花的鐵條不動，它也靜止凝視。春花纖纖的玉指是多麼嬌嫩。她的嘴邊始終含著一顆微笑。唇上細細密密的汗毛卻令那朵微笑蒙上一層邪氣。老鼠突然瑟瑟的向後一步步的退，轉瞬間即退到籠子邊，已無退路。它弓起身子，盡量把身子縮小又再次擡起頭來。這時候，意識到一陣緊張的氣氛的籠罩，大家都默然無言。老鼠凝視春花的手，大家密切注視春花臉上的神情，春花卻笑容可掬，笑嘻嘻地刺下去。

吱——

啊——

老鼠的痛苦叫聲和人類的驚呼一起揚起。大家向後退了一步。老鼠的眼睛瞎了。它在籠子中莽撞。痛楚令它發奮地衝。撞。籠子小，它左撞右撞始終在籠子中，它逃不出來的。紅潤的鼻端已碰出鮮紅的血跡。天寶在一旁冷冷地瞧。老鼠是死定了。他心中始終不帶絲毫的牽動。老鼠就是他自己。籠子即是它的命運。它能夠跳躍嗎。天寶的手掌握得更緊。

它要死了。一個孩子說。

它不會死的。另一個女孩在一旁頂嘴。

它不死更慘，小孩很頑固。你看它的尾巴和鼻子，皮都脫光了。鬚也斷了幾根。

誰說的？小女孩上前去，企圖去抓老鼠籠。春花一手將她拖開。

你要做什麼？

放它走呀，小女孩一臉的錯愕。

你敢？春花瞪了她一眼。小女孩嚇得向後退幾步。

春花進去店鋪裡很快拿了一罐東西出來。圍著熱鬧的人群急忙閃開讓出一條生路。老鼠竟然機敏地吱吱哀叫。

天寶天寶，你的心竟這麼狠麼？那個胖婦人從人叢中邁前幾步。

老婸不知道，老鼠不死，我就要死了。

天寶拔開罐子的瓶塞，將汽油淋在老鼠身上。老鼠發狂奔走。背脊在鈎子上一撞，又鈎下一片皮來。紅鮮鮮的肉驀然呈現在眾人眼前。瞎眼的老鼠受創更加亡命疾奔。老鼠跑得快，天寶更舒暢。他媽媽從小就給他慈悲為懷的薰陶。七歲以後就不給他看見鮮血的影子。除了爸爸死的那次。驟然瞧見老鼠瀕臨死亡，他禁不住暗自欣賞自己到底敢於把老鼠這樣殺死。這是媽媽始料不及的。當她知道，他兩手已沾血腥。又有何用呢。天寶迷失了自己。汽油傾瀉完，老鼠也停止哀鳴。天寶擡頭向眾人的臉攫取同意，但是他看不見一個人的讚賞。

火柴！

天寶突然大聲的叫喊令春花也嚇了一跳。他擦了一根丟進籠裡，沾油的老鼠馬上熊熊地燃燒。天寶打開籠門，老鼠像一粒火球，迅速向外竄。圍觀的人爭相逃避。一瞬間老鼠即竄入豐收超級市場。老鼠淒厲的哀鳴還有售貨女郎的驚慌尖叫，混淆不清令人不知所措。天寶回頭得意地笑。驀然間發現媽媽就在人叢以外走過來，笑容竟然凝住了。

聖誕禮物

爸爸翻報紙。看見許多聖誕節大減價的廣告。百貨公司超級市場從二十二號開始，每個晚上七點半至晚上九點都有聖誕老人分派禮物給顧客，一片喜氣洋洋的氣氛，洋溢在字裡行間。

爸爸放下報紙，對正在迷《神鵰俠侶》的媽媽說：

「後天就是聖誕節了，你問過小玉嗎？」

「問什麼？」

媽媽沒有回頭。

「她今年要向聖誕老人討什麼禮物？」

《神鵰俠侶》剛好播完，螢光幕上一片雪雪聲，雪花飄了。媽媽走去關掉電掣。

「等下再去租第六集，不知道接下去會怎樣了？」

媽媽坐在爸爸身邊。

「剛才你說什麼？」

「買聖誕禮物給小玉呀。」

媽媽想起來，她哈哈大笑。

「昨天她走過超級市場，就開始追問今年的聖誕老人會不會送禮物給她了。」

「她怎麼會這樣想呢？」

「她以為自己長大了，聖誕老人會淘汰她。」

「那麼你有探問她要什麼嗎？」

「有啊，她想買一副望遠鏡，可以讓她看見樹上的小鳥。還有她也要一盒水彩，一個書包。她說，明年她要上四年級，書包要美麗美麗的。」

「書包和彩色筆，我們是應該買給她的。望遠鏡呢，哼，我三歲時就開始想到現在，也不能擁有一個，老子沒有，女兒還想要嗎？」

「小玉提起去年的聖誕禮物，就好高興呢！」

「去年我們送什麼給她呢？」

「一個臉譜。還有一把扇子。」

「奇怪，我們怎麼會送這兩樣東西給她。」

「她以為真的是聖誕老人將禮物塞進她床頭的紙靴呢，這個傻丫頭，有時候卻像大人那般成熟。」

爸爸越想越開心。他們夫妻兩個坐在椅子上大笑一場後，媽媽提醒爸爸。

「紙靴你剪了沒有？」

「你去找兩張白紙，我們一起來裁剪，還有，找一盒彩色筆。」

「那麼你呢？」

「我？看報紙呀！」

媽媽白了爸爸一眼。她在抽屜裡翻了一會兒，把剪刀、漿糊、紙筆捧在手裡，帶到客廳。

他們夫妻兩人坐在風扇底下，細心地為掌上明珠裁剪一隻紙靴。去年的聖誕節前夕，他們給九歲的女兒講述聖誕老人的故事。

女兒問：

「聖誕老人是不是真的？」

「怎麼不真呢？他每一次來，都騎著八隻花鹿拉的雪橇。好遠好遠花鹿頸上叮叮噹噹的鈴聲就傳了過來。如果你在床頭掛一隻紙靴，聖誕老人看見了，就會悄悄地塞一份禮物給你。」

女兒不相信地眨著她的大眼睛。

「爸爸幾時騙你來的？」媽媽站在爸爸後面整理衣服，替爸爸圓謊。

「那麼，你們快點給我做一隻靴子嘛。」

媽媽取出一隻紅色的筆在白靴子上塗月亮。

爸爸指正她：

「月亮正在燃燒嗎？」

「小孩子，哪有正確的觀念呢？」媽媽說。

「去年半夜三更，我們還在做靴子呢，記得嗎？」

爸爸點點頭。他將媽媽手裡的靴子拿過來，畫了一輛馬車。但是他的圖畫劣得很，馬兒好像一隻狗。他在馬身上塗綠色。

「幸虧只有一個孩子。再生多幾個，怕不忙壞了？」

「再生幾個，你哪兒還有興致呢？」

爸爸默不作聲。媽媽的話也有道理，他們兩個都靜下來。各自想起自己的童年，他們每個人都有六七個兄弟姐妹，往昔的日子哪有女兒今天的福氣？

「現在的孩子，命真好呢！」媽媽嘆了一口氣。

「應該說，以前的父母命較苦吧。」

爸爸替靴子塗上一層蔚藍的天空，他們兩個皆對這一幅傑作心滿意足。

「你快點去載小玉。」媽媽突然醒覺。

「都過了七點啦！」

爸爸馬上開車向琴行駛去，小玉每個星期四六點到七點就來琴行學習鋼琴。

他們夫妻兩人，儘量將幼年時期未曾擁有過的東西都在女兒身上兌現。比如說，女兒今天看見巧克力就厭膩，他們年幼時想吃一片都沒有機會，學習鋼琴也一樣。女兒一邊學一邊哭，爸爸就一邊打一邊埋怨：「你真的太不知好歹了，爸爸以前——」

「想學也沒有機會。」女兒擦乾眼淚，接下去。

「明白就好。」爸爸轉怒為喜。摟著女兒親個不已。

爸爸遠遠就看見女兒嬌弱的站在琴行的玻璃門口。這時候霓虹燈已經亮了，一閃一閃地在女兒的臉上轉換顏色。一忽兒青一忽兒紅。爸爸覺得，女兒好像在剎那間長大了。

「為什麼嘟起小嘴啦？」

爸爸兩手握著駕駛盤，轉過頭來問女兒。

女兒將頭髮甩了甩，輕輕地說：「沒有什麼啦！」

「功課不會做，老師罵啦？」

女兒搖搖頭。她打開書包，取出塑膠水瓶，灌了一口開水，沒有說話。

車子回到家，女兒還是一言不語，媽媽納罕地問：

「你罵她了，是不是？」

「亂講，這個女兒，哼！」爸爸悶了一肚子氣，又不捨得責罵女兒。

女兒提下書包，蹬下車，用屁股頂著車門「砰」的一聲關上了。

她走進客廳，將書包摔在沙發上，奔跑上樓，爸爸站在樓梯口，只見女兒的碎花短褲在眼前一晃，就隱失了。

夜晚，女兒下樓匆匆吃完晚飯，又回去自己的房間。她將自己囚禁在方圓一百方尺的牆壁裡。她雖然只有十歲，卻有十六歲的脾氣。她不明白爸爸媽媽為什麼要欺騙她？甚至是全世界的人都在欺騙她。全世界的人都在欺騙全世界的人。

爸爸和媽媽還站在門外哄她：

「小玉，聖誕老人的靴子剪好了，你開門看看，好不好？」

「不要不要不要。」小玉用抱枕蓋住自己的頭，悶著聲講話。

門外的爸爸和媽媽聽不見小玉的聲音，他們都不明白小玉心裡的吶喊。他們也不明白為什麼小玉會生氣至那種地步。

媽媽推測，也許小玉是在音樂學校受楊佩嫻的氣了。楊佩嫻常常愛作弄小玉，說小玉的琴彈得好差勁。

「要不然，你搖個電話到琴行去問一問，她究竟是受了什麼委屈？」

「快十點了，琴行開給誰看呢？」

爸爸略一沉吟，突然說：

「是不是我們家的琴太舊了，令她氣餒呢？」

「氣餒？多少人要買一架玩具鋼琴都沒有能力呢。別太寵壞她了。」

媽媽推掉爸爸的判斷。她可不是慣於溺愛孩子的。

爸爸抓抓頭髮，不知說什麼是好。

半夜，爸爸與媽媽提了那隻紙靴，躡手躡腳地打開了女兒的房間門。去年，也是趁女兒入眠以後，他們夫妻倆才悄悄地在女兒的床頭掛上一隻靴子。靴子裡面盡是早一日，女兒向大空祈禱，希望聖誕老人賜給她的恩物：美麗的襪子、小巧的髮夾、精緻的鉛筆盒以外，他們還放進了那張臉譜和扇子。

女兒次日早晨醒過來，在柔和的陽光裡發現了那隻豐滿的靴子，那副喜不自勝的表情，爸爸想起來，唇角也禁不住泛起了微微的笑意。

「虧你想起來這個傳奇故事。」

爸爸摟一摟媽媽的肩膀。媽媽覺得這一刻真是無比的幸福與溫暖。

「但願她能夠像去年這麼快樂開心就好了。」

媽媽有無限的感喟。媽媽希望女兒能夠時常都保有一顆童稚那麼純潔的心靈，所以常常抱著她坐在膝頭上講神話故事。

「這個時代，孩子們的童年是沒有傳奇了。」

媽媽嘆了一口氣。

窗戶拉上一層厚重的窗簾，室內是伸手不見五指那麼黑漆漆。

爸爸牽著媽媽的手，摸索著，來到了女兒的床邊。他們不敢開燈，也不敢擰亮手電筒，怕驚醒了女兒，女兒有一個壞脾氣，半夜如果醒轉，就要哭鬧到天亮。儘管他們如何哄騙都無濟於事。這真是非常尷尬的，左鄰右舍都知道他們有這麼一個愛哭鬧的女兒。

黑暗裡爸爸失足跌了一跤，他腳底下似乎絆著了什麼，整個人撲在女兒的床褥上。爸爸嚇出一身冷汗。他仔細地聽了聽，幸虧沒有吵醒女兒。兩個人都鬆了一口氣。

但是爸爸感覺有點不對勁。他好像沒摸著女兒的身軀。床是單人床，爸爸絆跌下去，沒理由不壓著女兒的身體。剛才，他差不多整個人已經撲在女兒的床上了。爸爸慌忙地將手電筒擰亮了，一道強烈的光芒探照下，只見床鋪空蕩蕩的一個人影兒也沒有。床很凌亂，這是女兒一貫的壞習慣。每個早晨，媽媽必須替她整理清潔；教誨她有幾十次了，總是這樣。

媽媽也給爸爸的怪誕動作嚇呆了。她看看空空如也的床，一時間叫也叫不出來。

在爸爸的手電筒掃瞄之下，發現女兒居然曲著腿，躲在另一頭的牆角。

「你究竟在賭誰的氣？」

媽媽擰亮了日光燈，女兒用手遮住燈光。

一會兒，女兒抬起淚眼汪汪的臉凝視著爸爸與媽媽：

「為什麼你們要騙我？」

「騙你什麼？」

爸爸與媽媽面面相覷。他們實在想不通，為什麼女兒會有這個想法。

「世界上根本沒有聖誕老人。你們為什麼要騙我？」

女兒愈想愈傷心越氣憤越羞愧。剛剛在琴行裡，她還跟楊佩嫻爭得臉紅耳赤。

「聖誕老人都是人扮的。」楊佩嫻向她扮鬼臉。「告訴你，他們有的還是印度人呢！」

「我爸爸說，真的有聖誕老人咧！」

小玉大聲地叫喊：

「去年，聖誕老人還送我一個面具呢！」

「哈哈哈！」楊佩嫻故意大聲地笑。「我媽媽說，聖誕老人都是假的，你被騙了！」

她們兩個都爭執不下。教琴的李小姐笑嘻嘻地看著她們那一副認真的模樣。兩個小女孩都是嬌縱慣的孩子，偏偏皆安排在同一小組上課，因此她勸架的時間倒多過教琴。

「密士李，你說有沒有聖誕老人？」

小玉企盼地望著李小姐。

李小姐深深地注視著小玉。她想明明白白地告訴小玉，又怕令她在佩嫻面前太失面子。後來她還是說：

「聖誕老人是很久很久以前的事了。」

「是不是？我媽媽早就說過根本沒有聖誕老人啦！」楊佩嫻得意地說。

小玉不明白為什麼爸爸媽媽要哄騙她，她疑惑地望著爸爸與媽媽。他們兩人也愣愣地與女兒對望。一時不知怎麼開口告訴小玉，他們不是只想讓她有一個童話的童年嗎？告訴她，他們如何費盡心思地愛護她嗎？

「我們真的沒有騙你。」爸爸的聲音擊破黑暗，那麼低沉。

突然他們聽見一陣非常熟悉的樂曲，在屋外隱隱約約傳來，媽媽最靠近窗口，她撥開窗簾，向左右探望，街道上只是一片黑寂，然而那陣樂曲從哪裡飄來呢？這時爸爸也靠攏過來。悅耳的音樂越來越清脆。那正是聖誕快樂的曲子，媽媽訝異地繼續尋覓，突然間，爸爸與媽媽兩人異口同聲地叫起來：

「啊！你看！」

爸爸趕忙將小玉拉起來。他拼命地指向黑暗的天空，驚異使他叫不出聲。小玉這時候也看見了。她真不敢相信自己的眼睛。一片密密麻麻的小星星之間，他們看見了八隻花鹿。他們看見了花鹿拉著跑的車子。白皚皚的雪花覆罩在雪橇上。雪花覆蓋著紅艷艷的聖誕老人半邊肩膀，覆蓋著他的雪白的大鬍子，雪花與鬍子交融，他們分辨不出什麼是什麼。

他們只知道一個事實，他們看見聖誕老人了。他騎在鹿車上，跨越過他們的天空，在黑黑的星際，留下一道白閃閃的光芒。

小玉摟著爸爸的脖子，高興得說不出話來。

爸爸疲倦地在她的背後輕輕地拍拍：

「聖誕老人要走了，你再看一看。」

他們夫妻兩人對望一眼，看見彼此的眼眶裡都噙著淚水。

一九八四年四月十九日

前夕

經過一番龍爭虎鬥，上下奔走之後，二哥終於脫穎而出，再度獲得他的黨的上層人士委派，成為他那選區的國會候選人。

在這之前，據說原來還有另一派人馬堅持要一位姓陳的合作社經理出來取代二哥。這件事情從今年初「大選提早舉行」的謠言傳得非常熾熱時就展開了。

「合作社經理？有無搞錯？人民的代議士啊？」我問二哥。

二哥點點頭。

「難怪我們的處境會每況愈下了，」我氣憤地說。「他的國語行嗎？」

「三兩句土話他是可以的，」二哥撇撇嘴。「要緊的是，他有林局紳撐腰。」

「ＪＰ不是支持你嗎？」我又不懂了。上一次的大選，二哥還是在ＪＰ的遊說之下出來競選的。大家也知道，二哥就是ＪＰ的接棒人。

「你不曉得林局紳是合作社的董事嗎？」二哥問。

我見過經理陳某人。上次他來我們家找過二哥，卻不清楚二哥並不常住我們這裡。陳某人剛入中年，卻有一個好大的肚腩，嘴邊且生了一粒黑痣。看見他捻痣的姿勢，我先討厭了他。何況他還非常沒有禮貌地追問我：

「祖光呢？祖光在哪裡？」粗聲粗氣地。

「去吉隆坡開會了。」我胡謅一句。他的臉驟然變了顏色。緊接著探問：

「幾時去的？」

「哦？大概是昨晚上吉隆坡打來的電話。今晨坐飛機走的。」

陳某人欲言還止，一臉悻悻，駕走了他的寶馬。

父親在背後怪我：

「丫頭，你又何必戲弄人家？」

「誰教他氣焰萬丈的！」我吐了吐舌頭。幸虧父親不是真的責罵我。父親雖然不苟言笑，卻從不胡亂罵人。

後來我才知道，陳某人也是在等吉隆坡總部的電話。在那段日子裡，他甚至頻頻南下總部，運動兼進讒言，目的不外乎擠走二哥，取而代之。

二哥在黨爭期間，兩派誰都不幫。無形中反而得罪了兩派的投機份子。二哥說，陳某人就是利用這個口實，爭取到總部頭頭的示意，一夜之間囂張起來的。

有一天二哥開完區會的會議之後，已經是凌晨一點多。他竟然開車上山來找常常不給他好顏色看的父親。

我讓狗吵醒了，走出客廳，恰好聽見父親緩緩質問二哥：「那麼你還想當不當議員呢？」

「我的理想正開始有一點端倪，哪裡可能再回去研究院工作呢？」

「既然如此，區主席的位子就不必讓給陳某人。」

「他開的條件卻是上面的意思。」二哥有點苦惱地看著父親。

「什麼條件？你讓出區主席給他做，他讓你當國會候選人嗎？世界上有這麼蠢的政客嗎？我告訴你，如果你還想吃政治飯，主席那張位置就絕對不可以放棄！」

當然二哥最後並沒有放棄他的區主席。他不但保住那張椅子，甚至突破重圍，以他過去傲人的服務紀錄，當選為國會候選人。

儘管如此，我還記得那個早上當二哥要下山去，父親拄著拐杖站在門口說：

「你要知道，我還是不滿意你們過去的表現。只是陳某人抽傭作弊，太不自量力了！」

很明顯的，父親對二哥的黨還存有頗深的芥蒂。

四年前，二哥決定要辭掉研究所的高薪職位，代表黨攻打國會議席，那時候反對得最激烈的就是父親。

父親以他從事教育工作三十五年的親身經驗，聲色俱厲的責問二哥：

「你那政黨，二十五年來究竟替華文教育盡過幾分力量？二十多年來，他們在重大的課題上，不單只不敢大聲爭取華裔的權益，甚至連一些最基本的都讓他們當掉了！到了今天，才打出尋求突破的口號，又有什麼作為？」

二哥並不做如是想。他儘量心平氣和地安撫父親這個「憤怒的老人」。他希望獲得一家大小的祝福，因此必須先通過父親這一關。

「如果每一個人都像阿爸這麼氣憤，不給我們支持；沒有人在內閣，華裔的權益不是更沒有人照顧嗎？」

「過去五屆，選民都給你們支持。你們給了我們什麼？這一次，你以為選民會這麼傻嗎？」

「過去的代議士如果不關心民瘼，的確是他們不該。但是，這也不能因此否定了新一輩的候選人！比如說，好像我這樣優秀的人才呀！」

二哥是想要打破僵局，故意吹捧自己。

大概也有同意他的兒子是有為的好青年，父親靜默了一會。然而，他想了一想，又在義憤填膺：

「不對！我一想起過去的事情就生氣。你如果要參加政治，就應該另擇明主。」

「參加反對黨嗎？阿爸。」二哥微笑。

「嗯——」父親接不下去。

「反對黨只能嚷嚷吵吵，製造一兩個課題向選民交代他們已經講過話，如此而已。選民又從中得到了什麼益處？」二哥乘勝追擊。

「至少他們可以阻止你們得寸進尺！」父親悻悻地說。

從他微弱的聲音，我知道父親也不以反對黨為然的。

二哥沒有得到父親的嘉許。在他踏上政壇的第一級階梯，二哥只有他自己。父親頑固堅守原則不予支持，這是意料中的事。老人嘛，你又如何改變他五十多年來的成見呢？

二哥是孤獨的。我替他感到難過。

在那個晚上，父親入眠以後，我悄悄地溜進二哥的房間，發現他支著頤，朝窗外的天空深注。

「你看什麼？」我好奇地問。

「我的星座。」二哥轉過來，對我笑。

我探頭窗外，果然是一天空閃爍晶亮的星星。黑漆的蒼穹，因為星星而顯得生氣盎然。在遙遠的銀河星系是否也有一顆多事的星星，一如地球？

好久以前，我讀過詩人戴天寫的一首詩。他管地球叫做「一粒爛蘋果」。那麼我們就是爛蘋果上的蟲蟲嗎？

「你真的要離開研究所，參加競選嗎？」

我認真地問二哥。

「是的。」二哥嚴肅的回答。「我有太多話要說。」

不知為什麼，我突然流下眼淚。二哥摸摸我的頭髮：

「你專心考SPM，五年後也許可以幫我的忙。」

「你能贏嗎？」我擦乾眼淚，抬頭問二哥。

「不能贏也要戰鬥，是不是？」二哥微微笑。「我是前無去路，後有追兵呀！」

我握緊二哥溫熱的手。二哥的左掌在我的手背上拍了拍：

「快去睡吧。總會長大無畏的精神，一定能夠帶給我勝利。你放心。」

那一次的戰役，果然如二哥預料，他的黨的勝利是掃蕩性的。二哥當然也旗開得勝。而且他的戰績與我的八科特優一樣，非常輝煌。

消息傳來，我偷偷瞄了父親一眼。在他蒼老的臉上，我讀不出他的喜怒。

第二天大哥特地從城裡趕上山來，他興奮難掩。

「阿爸，我們家從此也有一個YB了。」

父親冷冷地對一個月難得上來一趟的大哥說：

「怎麼啦？想打你二弟的主意嗎？」

大哥訕訕地笑。

「阿爸你太單刀直入了嘛。二弟既是YB，良機確實不可失吧！」

「你的生意也夠大了。拿點錢出來辦教育吧。為何盡往銅臭堆中打滾？」

「只阿爸一人嫌錢腥，跟你講，你也不懂。二弟呢？」大哥轉過頭來向我：

「二哥在哪裡？」

「他在養精蓄銳。」我指向二哥的房間。

大哥「哈哈哈」乾笑三聲，幾近放浪形骸。

四年前，二哥是在一片大好的景象之下邁出他的第一步。四年後呢？

四年是一段不短的日子。其中不知發生了多少或大或小深深影響全國人民的事件。這一切，都像沉落在湖沼的渣滓。湖面雖然平靜無紋，如果有心人拿桿竹竿一攪拌，什麼腐爛的碎葉屍骸不會浮現？

二哥雖然爭取到尋求第二次委託的機會，他還能夠像四年前一樣，談笑用兵嗎？

大選提名當天，二哥在縣政署辦完手續，由一群支持者簇擁著來到籬笆外面。

父親正在院子裡咬緊牙根，拖著左腿吃力地繞著屋前幾棵果樹兜圈子。

二哥推開東倒西歪的木門，走進來。

他的支持者本來還七嘴八舌，聒噪不休。看見正在苦鬥中的父親，突然都靜默不語。

只有三隻狗的狂狺。

二哥不敢打擾父親，輕聲問我：

「阿爸的情況怎樣了？」

我正在寫報告，抬頭看見二哥本來紅潤煥發的臉龐，因為大選將近奔波忙碌，已曬得黝黑。

他的眼角的皺紋更深了。

「有點改善。離復原還須要一段日子吧。」

我心中有無限惋惜。對二哥，也對父親。

二哥拉了一張藤椅在紅毛丹樹蔭下納涼。他抬頭望了望：

「今年的果實好密啊！」

「五千多顆吧！」我附和著。曾幾何時二哥變得如此生疏淡漠？

「這次你有幾個對手？」

「一個，」二哥不願多描述。他站在紅毛丹樹下嘗試爬上去。他跨了又跨，終於因為不願意弄髒身上嶄新的部長裝束，失敗地站在樹下向上凝望。

「以前你一爬，就像猴子一樣靈活竄上樹梢了。」

三哥不知道什麼時候從屋裡面走出來。他手上還拿著一把繫有剪刀的長桿。

二哥從他手中接過去。並不理會三哥的譏嘲。

長索一拉一扯之間，豐盈的果實紅艷艷地掉落滿地。在綠葉掩隱間，煞是好看。

二哥的支持者一窩蜂圍過來。他們都像一群小孩，爭先恐後，只怕搶不到一把。

「搶啊！慢的人就沒份了！」三哥鼓掌叫喊。那群傻瓜果然在他的吶喊之下，騷亂起來。

「站在樹下剪，到底是比爬上去容易多了。」三哥對二哥說。

「不，撿現成的更方便。」二哥瞪了三哥一眼。「你又何必挖苦我？」

二哥的支持者站在一旁，邊吃邊下評語。有的說核皮脫得太淨難以下嚥。有的卻不以為然。有一個說：

「紅毛丹比荔枝與龍眼好吃多了。」

三哥嗤之以鼻：

「這還用說嗎？荔枝還遠在天邊呢？」
二哥借題發揮：
「你能夠明白這點就好！何必像阿爸一樣，扮演反角？阿爸的時代早過去了！」
我想二哥是針對三哥這兩年來在報章上頻頻發表攻訐政府內閣的華裔議員的文章。三哥在國外唸書的經費都是二哥一手提供。兩年前，三哥回國以後卻帶回來一肚子的牢騷與憤懣。三哥的辭鋒銳利，時常找二哥那個政黨開刀。因為他認為二哥他們講得少，做得更少。
這真是二哥始料所不及的罷。
眼看兩人就要爆發一場激辯，幸虧父親這時終於做完他「兜六十圈」的早課，汗濕淋漓半拖半拐挪過來。
二哥上前要扶攙父親，卻讓他輕輕架開了。
「校長。」二哥的支持者驟然間又從喧鬧回復肅靜。他們眼中，父親還是當年那個公私分明，剛直懇摯，待人寬克己嚴的老校長嗎？
我好奇地注視他們那一張張呆若木雞的臉孔，感到既驕傲又悲傷。時間畢竟是最佳的見證人。父親會是最後的一群貴族中的一個，自他以後必成絕響。
「對手是誰？」父親問二哥，臉色凝重。
「林××。」二哥回答。
「是我那個學生嗎？」父親再問。
「嗯。」二哥說。「三弟也應該認識他。」
父親轉向三哥。三哥聳聳肩：

「我是無黨無派的獨行俠。」

「你有幾分把握？」父親又問二哥。

「盡我所能吧，」二哥沉吟半響，又繼續下去：「如果不是局勢對我們不利，林××根本不足為懼。但是在今天的情況下，阿豬阿狗都可能擊敗我。」

「過去四年，你是否問心無愧？」父親質問二哥。

「選民的感受，我猜不出。他們的情緒比氣象還難預測。」二哥試圖以微笑來展示自己無畏無懼。看在我眼裡，卻是一朵苦笑。

「我已經講了應該講的話，做了應該做的事。」二哥說。

「但是我們還是有很多權益你們並沒有盡全力去捍衛爭取。比如說——」

二哥撿起地上的果實，剝了一顆給父親。父親卻抬手拒絕。

「我沒有牙齒享受。有很多問題，你們甚至提也不提。」

二哥欲言又止，嘆了一口氣。

也許這是二哥搬出去住的主要原因吧。早幾年他們吵起來，各為各的政見相持不下的局面才兇呢。我的朋友有時候戲謔我，說我們一家四個男人，彼此從同一個屋簷下走出來，都各有風格，我卻不這麼想。父子都有不能妥協的時候。政黨與社團更要等到什麼時候才能夠攜手合作？我有更深的悲哀。

四年前，老師在班上教阿房宮賦。當他解釋到擊垮六國的是六國自己。他的聲音哽咽了，淚也潸然淚下。我們當時都愕然相向。

如果時光能倒流，我想我這一次一定會陪老師痛哭一場。

三哥卻不以為然。他認為華社的權益日漸式微，是外在的因素甚於內部的分歧。

他比父親更激烈反對二哥。而且，他的攻擊並不止於家庭式。他充分利用大眾媒介，時常在報章上撰寫措辭尖銳的文章，好比一把匕首，直戳二哥的心房。

有一個下午，二哥上山探訪父親，碰上三哥正伏案疾書。二哥敲敲三哥的桌面，半開玩笑地說：

「畢竟是留學海外歸來的槍火狠！」

三哥放下手中的筆，仰望二哥：

「我會記得你栽培我的恩惠。那是私事。在正義的一面，你卻不能因此阻止我鞭策你們的意志。」

二哥搖搖頭，嘆了一口氣：

「你又何必置我於死地呢？林某人這幾天的戰略就是利用你的文章來破壞我的形象。兄弟鬩牆，得利的卻是外人。你知不知道被人利用了？」

「我們雖然是兄弟，抱負各自不同。而且，你錯了，外面那些人並不是外人。他們也都是我的兄弟，我何曾讓人騙了？」

「你剛剛回國，認識國事有多少？竟然咄咄逼人。如果國家不好，你還有機會在報章上發表那麼激烈的文章嗎？」

「國事？我在國外讀的雜誌比你們瞭解的還要詳細。而且我有的是敏感的思維與縝密的觀察力。兩年前我回來，一下飛機就感覺空氣有顯著不同。吉隆坡變了。亞羅士打變了。故鄉也變了。這些年來，你們究竟在做什麼？而你竟然我要停止控揭你們的瘡疤？」

「等多幾年，當你在社會磨撞幾次，就會明白，事情並不是這麼簡單。你根本不瞭解真實的情況，阿弟。」二哥說。

「你們有什麼苦衷？你說！華社沒有給你們全力的支持嗎？八十二年的成績是最有力的證明。你們非但沒有好好珍惜，團結一致向外力爭，反而因為個人的私利卻將全副精神浪費在內鬥上。四年的委託期，你們倒花了二十個月在黨的鬥爭上。人力財力消耗殆盡不用說，你們甚至為華社帶來不可磨滅的恥辱。你老實說，在那段鬥爭的歲月裡，你和你的同志們在議會與內閣裡為人民爭取到什麼？」

「我們做了些什麼？」二哥想了想，沉重地說：「我們悄悄做了些事情，你們怎能知道呢？」

「事無不可對人言，我們要求的是敢站起來講我們心裡話的代議士，你們卻一貫地保持低調狀態。現在你又說你們爭取的是我們看不見的，這不是笑話嗎？政治是最講究事實與宣傳的，有一兩就講三斤，我可不相信你們真的那麼謙虛。」三哥愈講愈激動，索性站起來。

「你是我兄弟，我怎麼可能欺騙你呢？也許我們之間有人不敢講話，至少二哥我還知道應該扮演怎樣的角色。只不過是我們不同於你所同情的反對黨，把小課題弄大，將種族情緒放在嘴邊吹。如果每一個人都這樣做，你以為真的能夠為大家帶來好處嗎？」

二哥走上前，以他寬實的手掌按在三哥赤裸的肩膊。

我一直都保持緘默，密切關注激辯的進行。我凝望二哥，只覺一陣迷惘。同時又發現他深邃的眼眸，閃爍著智慧的光芒。

二哥溫和堅忍，三哥激進剛強。兩人都有不同的政治見解。甚至因此而時常發生衝突。然而彼此都有一顆赤誠的心。大家要捍衛、爭取族群的權益。

他們各自走在不同的道路上。

兩人之間，那一個的態度正確？

二哥？

三哥？

或者他們兩個都不對嗎？他們不應該只在一個族群中間徘徊留連？

小固就有這種想法。

有一個午後，我們從大學圖書館走出來，看見三三兩兩以各自的族群為依歸的同學聚合在走廊的各個角落，操著各自的語言高談闊論。小固嘆了一口氣：

「為什麼我們來到了最高學府，反而分裂得更厲害？在鄉下，我們卻可以共抽一包爪哇菸絲。」

「物以類聚，在自然界是很平常的現象。」我說。

「那只是動物而言。我們都是人呀！而且我們有更特殊的理由應該去破除這層障礙。看起來，我們是失敗了！」

「這種隔閡也不是一朝一夕形成的。」我也有點感喟。

「努力三十年，我們卻是愈走離理想愈遠。有時候我覺得，我們甚至比三十年前更敵視彼此。為什麼？」小固握緊拳頭，擊向天空。

「我們本來就有許多不同。」我說。心情也跟著很低落。

「異中求同雖然艱辛，卻是可以實現的理想。問題的癥結是：領袖們肯不肯，敢不敢放棄強調膚色與出身、語言與宗教，不要只當某一個族群的英雄而真正的為整個國家的一個種族。」小固向錯肩而過的拉曼招呼：「這個社會缺乏的是真正勇敢的人！」

二哥認為他的奮鬥是為了華裔的權益。

三哥還是責怪二哥沒有盡力而為。

他們兩人就像出自一個源頭，卻各走崎嶇山路的山川。兩人愈走愈離得遠，最終雖然都投向一座大海，卻有不同的河口。

小固的意見恰好相反。他認為我們的發源地雖然都不同，流過崇山峻嶺、流經森林良田，各有各的歷史背景。到最後殊途同歸於同一個河口才能顯出雄渾磅礡。

「為什麼不能在一個屋簷下為大同策劃、奮鬥？偏要站在五腳基上吶喊，塑造自己成為民族英雄的同時也刺傷另一個族群？」

小固的聲音激昂地在理學院空寂的走廊上迴響。瑟縮在走廊柱的陰影裡有兩頭貓，因為小固的激越的聲浪，慌張地竄向草地那頭的矮灌木叢中去了。

我不知道他們會躲藏多久，大概要等我們的跫音淡杳，才敢重複出現吧。

競選籌備工作如火如荼地展開後，我們家即籠罩在一個異常的氣氛中。在十天的短兵相接裡，二哥為了方便，他也回來住過兩個晚上。兩次都是因為出席甘榜與新村的政治座談會，太遲散會，路途又遙遠，才轉進來留宿的。橫豎二哥到今天還是孤家寡人一個，哪裡不可為家？何況這家本來就是他住過的。

但是我懷疑二哥的目的是要得到父親的讚許，才在山上過的夜晚。即使父親不露面支持二哥，只要父親一句話，二哥的處境也會好轉不少。至少他的角色獲得父親的肯定，心中會少掉一個繭吧。

然而，父親已經退休多年，腳又不良於行；林××雖然是父親過去的學生也頗尊敬父親，時代早就不同了。

何況父親一生狷介，做事只講原則不講感情。二哥終究沒有從父親這裡獲得多少同情。雖然如此，二哥還是覺得寬慰。至少，父親沒有表態支持誰。

反而三哥的熱烈參與林××的競選工作隊，令二哥感到苦惱。

非常具嘲諷性的，二哥難得上山，三哥卻頻頻在山下過夜。因為林××的火力都集中在城市中的華裔，想要獲得他們的全力支持。而「無黨無派獨行俠」的三哥早就按捺不住，投身進入熱烘烘的群眾中去了。

每天翻開報紙，都有林××的慷慨激昂的演講稿發表。語氣與論點，十足十是三哥的手筆。

二哥曾經和父親談過這件事情。

「祖榮這傻瓜如此攻擊我，到底得到什麼？」

父親不以為然。他說：

「他並不是針對你個人。我想你應該明白。」

「他這麼做，對我非常不利。」

「林××是一個優秀的人才。假以時日，他必是你的勁敵。現在，還不是你的對手。你放心。」父親說。

二哥沉默無言。我相信他應該有這個信心吧。在政壇上，林××還是一名新丁。二哥不但服務紀錄好，他甚至有充沛的競選基金。單單是海報，二哥就印有二十萬張。從城市的交通圈開始張貼，綿延直達新村的籃球場與甘榜回教堂外面的大雨樹，都是二哥英俊瀟灑的海報。林××有什麼？我特地叫小固用摩多載我到城裡兜一圈，除了在交通圈的綠茵上與二哥過一過招，在大王椰子樹上掛了兩行海報，除此之外，我們找呀找的，好不容易始在巴士站的柱子上以及一些建築物的圍牆上看見林××的標誌。只有名字，沒有相片。

短兵相接，二哥先聲奪人，早就贏了第一回合。

有一個晚上，二哥陪同另一個國會選區候選人，他的好朋友拿督××出席一個新村的政治座談會回來，已是凌晨一點多，二哥沖了兩杯熱咖啡，一杯給父親，一杯自己喝。他說：「××新村真是一個複雜的地方。它幸虧不在我的選區之內。」

「為什麼呢？」我雖然裹在棉被裡，還是大感興趣。

「你知道嗎？拿督剛剛還在演講，聽眾後面就有人在椰樹之間掛起一面青天白月亮的旗幟。」

「他們都是華人呀！拿督有什麼表示？」我追問二哥。

「也許拿督早就有心理準備。他對他們講：『你們掛錯了。我的天空是藍色的，不是青色。』」二哥說。「當然拿督是非常不高興的。他後來在車上問我，市面上有人放風聲，州投國陣，國投月亮，對不對？我當然都否定了。如果是這樣，我還不是一樣遭殃？我想他是有點擔心的。」

「他怕什麼來著？撥多點基金發展新村不就得了？」父親說。

「怎麼沒有呢。剛剛還撥出一萬元疏通大溝渠呢。而且，青年會要八百元買兩張乒乓桌，他也給了。」二哥走去廚房又泡了一壺咖啡出來。

「一萬八百元算什麼？他貴為部長，門路多，基金有的是，這一點錢灑在眼睛還不會瞎。」父親冷冷地說。「叫他多回來走動，關心他的選民吧。當了部長，一年難得見他三次面，選民要不反感才怪哩!?」

「部長的工作繁重，他也分身乏術。我想選民也不該太責怪他。」二哥說。「至少，他比其他議員好多了。對華人新村的撥款還算寬厚。有幾次我去拜託他辦幾件事，他都沒讓我失望。我真不想失去這個戰友。」

「撥款是人民的納稅錢，不是他私人的。」

「還得要他答應、同意才可以。」

「你們都有這種官僚想法，也難怪會有華人支持回教黨了！」父親氣憤地說。

「也一樣有馬來人支持回教黨。」二哥辯護。「選民的情緒最不穩定，不滿現狀是在所難免的。」

「既然如此，你們更應該檢討自己了。」父親說。

「阿爸，我有這麼大的能耐嗎？」二哥苦笑。

父親氣呼呼地將拐杖在地面上敲得篤篤響。

上一屆大選，為了應付SPM考試，我埋首於課本與習題之間，根本不明白究竟是怎麼一回事。也許這一次我已經長大，視野拓廣不少。我突然發覺政治原來是那麼複雜詭譎，也難怪會有數不盡的男人為它神魂顛倒。二哥、三哥以及父親，他們三人不用說是最熱烈的參與者。即使是我那浸淫於鈔票與銅板之間的大哥，偶然也會掛電話回來探問二哥與三哥的動態。

過去，在大哥的眼中，我始終不過是個黃毛丫頭，但是這一陣子他掛電話來，聽見我的聲音似乎最為高興。不止一次，他向我追問二哥的心情。

「祖光是不是很有信心？」他急躁地說。

我不禁笑起來：

「大哥緊張什麼？你不認識二哥最是從容不迫的嗎？」

「我一想到祖光的勝負就是我們家的榮衰，怎會不擔心呢？」大哥說。

在這個四年一度的最重要的日子到來之前，大哥心浮氣躁，當然是可以理解的。二哥是他的親兄弟呀！

最可恨的就在投票日前第二天，我的左腋下突然冒出一粒拇指般大小的疔瘡。它的成長率是驚人的。才半天光景，我的手已痛得舉不起來。

這真是倒霉透頂的事了。因了那細小的疔瘡，我竟然發冷發熱一個晚上。半夜裡我起來吃了兩粒止痛丸鎮壓，鬧到隔鄰客姆家第一次雞鳴傳來，我才迷迷糊糊睡了過去。

我已經好久沒生疔瘡了。印象中，好像是在一九六九年我五歲時生過一次。那次的疔瘡可大極了。而且正生在我的上眼瞼，整隻右眼腫得像個拳頭，一切事物看起來都不真確了。

那時候母親還未遇上橫禍。應該是在三月間罷。母親是在那年五月中旬逝世的。我的疔瘡越生越大，母親帶我去鎮上看西醫，然後牽著我走路回家。當時我們住在另一個市鎮的木屋區，目前這塊小園地是父親為了搬離傷心地，後來才購置的。當時母親與我來到了巷子口，突然看見有一堆人圍著一個走江湖的老頭耍把戲。

我扯了扯母親的衣角，硬拖她擠進三三兩兩的人群中。一忽兒，我半個身子已夾在大人與大人的大腿與屁股之間。母親拿我沒辦法，在我的頭上敲了一下：

「都剩一隻眼睛了，還看什麼？」

然而她畢竟拗不過我。只好伸長右手牽我的左手，讓我的右半身鑽進人堆看熱鬧。

我的出現，著實令那瘦得像隻蚱蜢的江湖佬開心驚叫起來：

「機緣！機緣！來來來！小妹妹你今天鴻運當頭，碰上貴人了！」

話還未說完，就竄過來要拉我過去。

我嚇了一跳，也顧不得看把戲的念頭，整個人縮回母親身邊。母親想來也是有點失措，尖聲質問蚱蜢老頭：

「幹什麼！」

「小意思！小意思！小妹妹是我今天第一個病人，這點特效藥就免費送給她搽用吧。保證藥到病除。明天重見光明！」

蚱蜢老頭也不管母親接不接受，塞了一件東西在她手中。

也許真的是機緣吧！一直到今天，我依舊想不通平日精明能幹的母親當時怎麼會信了那個蚱蜢老頭。老頭的藥果然有特效。就在那個晚上，我的眼睛差一點讓它給收拾了。我今天的右眼，視覺非但有些許模糊，稍遇風沙還會汨汨直淌眼淚。當然這些都是拜蚱蜢老頭所賜。

大選的好日子終於在細雨霏霏中降臨了。正如氣象臺早幾天的預測，那天早上天空一直佈滿陰霾。我以完美的右臂扶攙左邊不良於行的父親到投票站劃下最神聖的一票。一路上都有各政黨的支持者要送我們一程，父親都一一婉拒了他們的熱誠。

步出課室臨時改成的投票站，父親說：

「這是我一生中最痛苦的一次抉擇。」

我看看父親，拍拍左胳臂，微笑地說：

「我也有同感。」

到了黃昏，天突然下了一陣不大不小的雨。也許上蒼以這場雨水洗滌人間的污穢，讓大地重獲新生吧。

我問父親：

「您要去大會堂看人家計票嗎？」

父親當時坐在搖搖椅上，沉浸於雨後重現，卻又逐漸消逝的餘暉。夕陽照亮了他的臉頰，也映得一室金黃。

父親搖搖頭：

「有什麼好看？」聲音略帶自嘲：「不去尚能避免丟人現眼。」

「您怎麼會這種說法呢？」我有些兒訝異。

「你以為你二哥贏定了嗎？」父親問。

「幾天前您也這麼說的呀！」我說。

「局勢已經有了變化。」

「二哥會輸給林××？」我不能置信。

「嗯。」父親不想解釋他憑什麼下的判斷。

「真要這樣，二哥一個人在那裡會更寂寞了。」

上一屆大選，二哥曾經叮囑我好好唸書，這一屆可以幫他的忙。但是這一陣子我卻留在家裡照顧中了風的父親，一邊還是在忙我的作業。我沒有幫二哥。三哥卻去了幫林××。大哥一向來就是只顧他的大生意，更未曾關心過二哥的政治生涯。雖然他口裡是說二哥當YB，他感到無上光榮。

二哥真的失敗的話，他將會是一個更孤獨的人。我感到無限同情與抱歉。

「他會寂寞嗎？」父親反問我。

為了不傷父親的心，我婉轉表達自己的意見：

「勝利或者失敗，二哥都沒有真正的朋友。」

父親凝視著眼前逐漸浮現的黑夜，嘆了一口氣：

「即使我想去，這隻要命的腿也行不了太遠的路。」

聽見父親的這句話，我的眼淚驟然淌了下來，仁慈的父親，他畢竟老邁了，他只有一雙乾枯瘦肉的腿，如何走得動呢？

那天晚上，我們父女兩個傷殘人士泡了一壺好茶，靠著一架電視機，簡簡單單地投入了沸騰的一夜。

由於父親的一番話，我的心情變得十分惡劣，根本不能集中精神聆聽男女報導員講什麼。父親一臉肅穆，不發一語，報導員口中講出來的，沒有一句是二哥他們的好消息，二哥他們的選區，一個接一個，淪陷了。

熒光幕上斷斷續續地播映美國狼人的電影。在這個時候選播這個故事，怪有寓意的。戰績來了，戲暫停片刻。從柔佛的選區跳到吉蘭丹的烽火。戲又上映。又停。天南地北，像游擊戰一般，不知什麼時候，電腦會冒出什麼名字。

就是沒有輪到二哥。

我突然感到不耐煩，站起來。父親警覺張開雙眼，安樂椅隨之搖擺不定：

「你二哥守土無功，是不是？」

原來父親不知不覺已入眠。我忙告訴他不是這回事。他默默看了一會天花板，又繼續閉上眼睛。報導員繼續著他們忙碌的工作，二哥呢？二哥現在在哪裡？

我焦灼地向露台走去，不想再看電視上的戰鬥成果。

父親低沉的聲音在背後提醒我：

「外面露水厚重，小心疔瘡潰爛發作。」前後左右的房舍都有燈光。雖然現在是凌晨四時許，如此喧囂的一個夜晚，有幾個關心時局的人能夠心無牽掛安然入眠？

我相信那些亮著的燈光必定是螢光。四年一次，也只有這一天，人們肯放棄肥皂劇的泡沫以及連續劇的兒女私情，專注於國家民族的前景。

過了今夜（其實天都快亮了），明天又是怎麼樣的面貌？

明天會有巨變嗎？

明天肯定會是昨天的複製；又有人在股票市場買空賣空，拋售套利；又有人製造種族兩極化的課題，以便鞏固自己的權勢；又有人在喧嚷的千人宴上疾呼民族團結，私底下卻為了一個主席的空銜爭得死去活來；又有人高舉辦教育的旗幟吶喊有錢出錢有力出力，當籌募教育基金的〈慈善行〉送到他面前，他說對不起油棕現在一噸我只賺二十元，我幾百依格虧了幾十千，不行不行我就出一塊錢好了，又有人……

密集的星星今夜空更顯深邃、熱鬧。政客宛若滿天星斗那麼繁密擁擠。真正的政治家比行星還少了幾顆。

良夜如斯，我心中有一片平和，同時又有一陣難過。政治是一場無情的鬥爭。殺伐難道是和平的另一個開始？

四年前二哥初次參加競選的某一個晚上，他支頤望向窗外時是多麼堅毅。他還對我提起要尋覓屬於自己的星座。他更表示有很多話要說。二哥是輸是贏？

不知什麼時候，父親也拐了出來，在微濕的石階坐下。

「外面的空氣清新多了。」父親說。

「局勢怎樣了？」我焦急地問。

「回教黨兵敗如山倒，」父親短促地回答我。他沒提二哥。

「這倒是意料之外。」我說。「二哥呢？」

「也許過去了。」

我感到一陣惘然。看看父親，又望向應該已是屍橫遍野的客廳。

「也許是華社諮詢理事會弄巧反拙。」

「從這點看來，馬來人比我們更團結更講究實際，政治意識更不用說比我們高多了。」父親有一陣感嘆。「相反的，華人本來就分裂的局面，經歷這一次戰役，更加複雜紛陳了。」

我心頭有一陣軋痛，而且感覺一陣冷。我發覺父親的身子也有一陣顫抖。

「您冷嗎？」我摸了摸他的左胳臂。

「這是根麻木不仁的手啊，哪來的感覺。」

一時間，我竟答不上話來。

「上一次中選，他們在凌晨四點多將你二哥抬回來，一路上還引吭高歌。」父親說。「他醉得像隻蝦。」

「那時候門口還沒種波蘿。」

「種了又怎樣？年年生蟲。」父親恨恨地說。

「明年也許不生蟲了，」我說。

「你想！」父親也許白了我一眼。我不知道。我只知道，我們彼此都有意無意要避開那個二十吋的螢幕。

「二哥不知幾點會回來？」

「你二哥離我們愈來愈遠了。」

我扶父親進臥房歇息時，電視上還蠻熱鬧的。首相雖然臉有倦容，難掩他喜不自勝的神情。圍繞在他面前的記者群中，有一個追問首相：

「你對馬華與民政的慘敗有何評語？」

「我想，他們應該來一個檢討。」首相沉吟了一會兒，認真回答後又忙著應付另一個問題去了。

那時候已經是清晨七點多。二哥果然如父親所料，沒有回來！

我搖了幾次電話去他的寓所，鈴聲響了又響，依然沒有人接聽。也許他還在睡覺；也許，他還沒有回去。

我想了想，終於擱下電話。

「他不在家嗎？」父親在房裡問。

「也許睡著了，」我安慰父親。「您再睡一覺吧。」

「你大哥怎麼還沒來呢？」我聽見父親下床的聲音。然後他撥開門簾，拄著拐杖；半拖著腳步，走出臥室。

大哥自從在山上購置一座農場，每個星期一、三、五都上山來巡視一遍。也順道折進來，攜帶父親出去吃中飯。

「時間還早。您肚子餓了嗎？」我問父親。想起身弄個早點，卻讓父親攔著。

「我出去做早操。你也去睡個覺。」

我當然睡不下，雖然身體又疲又累。

我一直在思考，前一陣子三哥在報紙上攻擊二哥的黨，是不是應該。他那樣寫，是真的出於一片關切，所謂的「愛之深，責之切」嗎？

「如果你真的愛自己的兄弟，就跟我站在一起，為大家做一點事情。不要只當一個局外人，漫無邊際的開砲！」

二哥曾經這麼規勸三哥。

二哥現在在哪裡？三哥？

一直到大哥出現之前，我們都不知二哥的「生死下落」。

然而大哥並沒有為我們捎來二哥的好消息。

「祖光這下可慘了。」這是他劈面一句話。

我發覺父親緊閉的嘴形成一字線。

「慘什麼？不過一張椅子罷了。」

我不滿意大哥站在岸上的口氣，生氣地說。

「我昨晚上還與人家打賭祖光贏一千票，他竟然輸掉五千多。」

「哦？那你又輸了多少錢？」父親冷冷地問。

「不過三千塊錢。」

大哥轉了一下方向盤，車子拐過一座山頭。我看見了海。海好藍好沉默。晨曦在海面上蕩漾，形成一片片似幻似真的金鱗。

「你這也算關心弟弟啊！」父親說。

「二叔還會有馬賽地坐嗎？」大哥的兒子，十歲的若成問。

「當然要賣啦。」大哥說。

「你二弟當議員，你也有好處，」父親說。「山上的農場還是他幫的忙。你可不要忘了。」

「輸了也許更好，」我說。「二哥也許會搬回來山上。」

父親突然指示大哥：

「我們這就去看看祖光。」

在迂迴曲折的山路上，我悄悄抹乾眼角的淚珠。在淚影中，我似乎看見一顆好大的太陽突破雲朵，溫煦地照在海上、大地上。

也許那是真的。我不知道。我們又在龐大的山林中盤旋。

一九八七年六月二日

遺珠

這是一份兩天來所發生的事情的實況記錄。是我在啟程泅泳向那深不可測的世界之前寫下的筆記。

我不知道是否還會回來。這不是一個重要的問題。

其實，我心中實在另存一個願望。

我要去罕那邊。

罕的智慧比我高。我竟然需要一天思考，才毅然立下決心，跳進他昨天已經啟程的道路。

當然，作為一個活生生的人，我心頭還是熾熱的，雖然我非常嚮往那個地方，但是我還活著，我就是這麼一份豪氣：我必須再去尋找一顆珍珠回來。這才是「人」的責任。

矛盾由此而生。

人生為何充滿矛盾？

我沒有別的選擇。

為了更快見到他們，從他們手中再帶回來那一顆珍珠，我只有採取這個方法。

但是，我既然用這個單純的法子，我還能夠回來，盡一個「人」的義務嗎？

在這一刻，我突然質問生命的意義，的確是很荒謬的。生命，究竟代表什麼？我這麼一跳一躍，生命不過是一灘雪白的浪花。

大海縱然洶湧，也只是重複著規律化的節奏。

即使我的生命並不結束在下一刻，而且我真的能夠從他們那裡重獲那一顆珍珠，我的前面依然還有一段艱辛的路好走：

我除了必須說服館長，還得偵騎四出，尋找珍珠的母體。

我能嗎？我做得到嗎？

人生的意義就在追尋嗎？

我要不要回來？

我要回來。

我不要回來。

我不知道，要不要回來。

卅／八／八七／星期六／黃昏四點多鐘

離開傌莫考古博物院時，我心裡一直帶著無限的感慨與酸楚。

是的，那股衝擊力令我一時間沒法子招架。我是在毫無設防的情況下給震撼住了。

「實在沒想到。」罕說。

沒想到什麼？罕沒有繼續補白。但是我明白他的意思。

我們兩個都在那一刻感到無所適從。

面對著古人遺留下來的智慧，我們除了瞠目結舌之外，言語已是多餘的了。

這一切都是因為在來這裡之前我們太低估了這一趟行程的意義了。不錯，沿著吉玻大道的確是豎立了一塊巨大然而褪色了的告示牌；但是，我們從來不曾預想到，走了十多公里的樹蔭大道之後，在一座落後小鎮的邊陲竟然會是古文明的發源地！

「一千年前，這裡真的有一座王國嗎？」

罕凝視古蹟前的解說板，近乎自言自語的呢喃。他跪下來撫摸神廟遺蹟的紅磚，悠然神往。

我從地上隨意撿起一粒紅砂石。開玩笑地說：

「或許，這粒石子就是當年斯里維惹迓王子遺失的彈珠。」

這是一個山嵐徐來的清涼山坳。四周叢林密布。站在神廟的遺址上，可以眺望遠處嫵媚神秘的青山。愈遠愈淡，終於隱沒在煙雲之間。

「為什麼在這裡建都？也許，這也是一種機緣嗎？」我說。「正如李為經為什麼會在馬六甲落腳，也是一種天意。最令我感到興奮的倒不是他們為什麼會在這裡成立王國。」

罕沒有回答我。他近乎瘋狂的，從這座廟址拍到那一座。或蹲或站、或趴，從很多角度來攝取眼前的三座廟址。

「你想回去寫博士論文嗎？」

我笑問罕。

罕白了我一眼。

我躲在大樹下看罕的動作，同時回味罕的話，是的，為什麼他們會來這裡呢？這是一個充滿趣味的問題。他們都是一群從印度過來的異鄉人。他們最後終於都不想回去了。這裡有什麼吸引他們的地方，以至於他們寧可放棄故鄉的家園？

我突然想起了離鄉的老祖父。老祖父當年買舟南渡，寧願賣身做豬仔，他的動機也很單純：不外乎想在海的一隅找一片樂土。開始時或有很大的艱辛與痛苦，但是快樂與舒適，在老祖父的長遠目標中，是遲早會出現的。他當時動身，大陸內地的戰火已經開始燃燒。為了逃避戰火，他甘願冒更大的風險，在南中國海漂流一個多月才在石叻上岸。

老祖父與他們原來都是異鄉人。他們都懷抱著同樣的目標：為子孫尋覓一塊安居樂業的淨土。

他們找到了嗎？

而他們已經消逝了。

我們正在開始。

開始什麼？

茁壯？

還是滅亡？

罕抽出手帕擦揩臉上那把汗以及泥土。

「我是情不自禁。」

「也難怪你。這是你老祖宗登陸的地方。」

我半帶揶揄。

罕不理我的挖苦。他突然若有所悟：

「剛剛你說，你比較興趣的是什麼？」

我將手中的石子拋得遠遠地說：

「為什麼他們會淪亡？」

罕默然不語。

「當時他們那麼強盛，今天只剩一堆廢墟。」我嘆了一口氣。

「但是他們並沒有走。」

「啊？」我不解看著罕。

「他們的子子孫孫都散佈在每個角落。」罕充滿自信地說。

我莞爾一笑。摟著他的肩膀，一起走進博物院。

罕突然停留在一座石雕前面說：

「我一定要在這裡拍照。」

我奇怪他為什麼那麼激動。罕擺好姿勢，讓我拍攝。他一臉嚴肅，煞有介事似的。

我不解地看著相機裡頭，那個陌生的罕，終於按下了快門。

罕拍拍手，彈掉掌上的泥沙。他感到無限遺憾，指著石雕的一個缺口說：

「可惜這裡少了一件東西。要不然，就很完美了。」

我故意頂他的嘴，說：

「缺陷也是一種美，你沒聽過嗎？」

罕不以為然。他沉重地辯護：

「博物院雖然規模小，裡面倒也是收藏了好多從附近一帶挖掘出來的『國寶』。」（幾百年以上的東西呀！即使有人不當它是寶，罕可是不輕易放過呢。）

來到象徵陽具與陰戶的石雕巨座前面，罕一臉神聖的表情更令我惘然。

「那是生命的意義，」罕說。

我聳聳肩。發覺不遠處的櫥櫃一角有宋明的碗碟。

「喂！這裡也有我們的文化呀！」我開心地說。「那是生活的意義！」

我們都哈哈大笑。

一個王國的興起與滅亡，已經不是我們所能影響的了。就讓它在我們走後，兀自留在夕陽晚風裡唏噓吧。我們前面還有路要走。

黃昏七點鐘

我們按圖索驥，終於找到了巴弄。

那是離開傌莫十公里的海口。

巴弄是罕的一門遠方親戚，他念給我聽，好長的一串瓜葛。巴弄靠海吃飯，皮膚比罕更黑得發亮呢。我覺得他是一個率直的漢子。

罕第一眼看見海，就動了容，馬上撲向夕陽裡漸漸漲起來大海的胸膛。

「嘩！我說，這座海就是當年的大海！」罕興奮地叫喊。

巴弄咬著一截捲煙，不解地望著我。我搖搖頭：「他是一個瘋子！」

罕強烈地抗議。他解釋給巴弄聽。巴弄一口吐掉沒有火種的煙，淡淡地說：

「大海真的就是當年那座大海。只有人才需要適應環境而做出改變。」

罕默默的從巴弄手裡接過拴舢舨的繩索，將它拋進船艙。

「你們一切都帶來了嗎？」巴弄再一次提醒我們。我用手向他打了一個ＯＫ的手勢。

「這幾天有月色，是好天氣，」巴弄在我們兩個的肩膊拍拍：「好啦！祝你們好運！」

當我們將舢舨推到海中央距離岸上好一段腳程了，巴弄突然站在岸上叫喚：

「天氣如果有變，要快點回來呀！」

午夜有一天空淒涼

雖然這一次的海上夜釣不是我的第一趟，我卻有一股非常異樣的心情。也許是罕白日裡講的幾句話，令我有很深的感觸。尤其是在這麼幽美的月夜。風平浪靜的海面，除了那一輪明月，就是大海的喁喁私語。在這樣一個澄澈的夜晚，尤其是徜徉於浩瀚的大海中央，我竟然有一股壓抑不住的悲戚。涙水涔涔流淌下來。

罕說的對：

為什麼他們會從老遠的地方漂流到這塊國土，扎根、擴展、繁榮，而不向別處？然後，他們就像歷史上每一個朝代一樣，又逐漸走向淪亡？

事實上，當他們初初抵達時，他們一定未曾預見日後的興盛壯大。

而當他們在繁華的頂峰，當然更不會想像有一天會滅亡，只剩下幾座神廟的遺址，讓人憑弔景仰。在時間的大海裡，即使曾經叱咤風雲幾百年的帝國，也不過是眨眼雲煙。何況是壽有極限的人呢？居然有一些人在這段日子裡，喋喋不休排斥異己，攻擊他族，為自己處處豎立一個民族英雄的假相。

月色裡，罕坐在舢舨的另一端。他正全神貫注於釣竿上。

「罕，」我輕輕呼喚他，怕驚醒水中的游魚。

罕沒有回答我。

這時候，引擎早就熄滅了。

罕的釣竿突然激烈的抖動。

「上鈎了！快拉，快，罕！」

我情不自禁地對罕大聲喊叫。

然而，罕依然故我。他就像一尊石雕的塑像，握著魚竿靜靜地坐在銀樣的月色中。

「你怎麼啦！罕！」

我慢慢移動過去，輕輕一推。

是的。我不過是輕輕一推。

輕輕一推，罕就倒下去了。

罕倒在舢舨上的後舷。舢舨不平穩的搖盪。罕的五官一片祥和，在月光底下發出瑩瑩的光輝。

罕一身冰涼。

我想要叫喊，聲音一時間竟然堵塞在喉嚨間，化成一陣麻痺，迅速流布全身。緊接著，我全身不由自主地竟起了一陣顫抖。

罕竟然斷氣多時！

罕死了？

罕死了！

我怎麼辦？

凌晨

罕的死亡在接下來的一段時間變成了次要的問題。

好端端清明平朗，寧靜無波的月夜突然在刹那間，轉幻成波濤洶湧，詭譎莫測。風不但催趕著烏雲將靜月掩蓋，更令我驚慌失措的是，它似乎與大海有著某種默契，捲起好高一個巨浪又一個巨浪好高，奮力欲將我與罕乘坐的舢舨掀翻。

狂風淒厲地呼嘯，海浪兇猛地拍擊。浪花更是一大波一大波迎面壓將過來。轉瞬間，暴雨就似缺堤的水，傾瀉如注。

大海真是無情的胸膛。剛剛那一陣子柔美溫馨，在狂風推波助瀾下，早就消逝得無影無蹤。比善變的人心更快捷地換上一副寒霜。

在漆黑的海面上，我只能緊緊摟抱罕的軀體，早就不曉得應該如何與兇險的大海搏鬥了。

事實上，除了上蒼，一葉扁舟在大海中的存亡豈由得渺小的蒼生主宰呢？

我從來不曾感覺如此孤苦無助。原來事發倉促，竟然是這樣悲痛、無措。在順遂的環境裡，我實在是太缺乏勇氣的鍛鍊了。

我閉上雙眼，默默地呼喚著罕與我的名字。或許這也是一種求生的下意識吧。剛剛碰觸罕冰冷的身軀雖然令我一時間不能接受罕已離人間，而有一陣子的恐懼；但是在茫茫的大海間，除了罕，我已經找不出一件更具體的事物了。

罕是我的好朋友，雖然他走了，我依然要保有他——如果我還能夠在這險惡的波濤間活下去。

那是我單純的意念。

一片星光（現在幾點鐘？）

我從昏迷中怵然驚醒，發覺懷抱裡空蕩無物。罕的軀體不見了。

我橫臥海灘上。舢舨呢？我四下張望，看不見舢舨的蹤跡。疲累爬上我的身軀。月兒又再浮懸萬里無雲的星空。在星月交輝的蒼穹下，不期然又產生一陣悠悠然思古撫今的情懷。一切奮鬥都是多餘的。我感到很渴，很疲倦。更休提人世間的紛爭禍亂，孤鴻遍地了。

躺下來吧，躺下來。

躺下來是一切憂患的終止。

我心中一直這樣有力的告訴自己。

然而，罕的失蹤令我忐忑不安：

我必須將他找回來！

我勉強站立。踏立在冷冽的海水中，腳底感覺一陣泥土的柔腴。眼前是一片潔白細緻的沙灘，拉得好長好遠。水湄除了大海的泡沫，更是別無一物。

我應該從哪裡開始尋覓罕的軀體？

極目張望，月光下的大海正泛起灩灩粼光，究竟要傳達什麼訊息？

我漫無目的在海灘上步行。或許我可以在沙灘上碰上罕。我心裡想。但是海面上沒有一件飄浮的物體。或許罕是沉下去了。我又這麼猜想。

如果罕不是沉落了，而罕又沒有蹤影，罕可能去了哪裡？在一個如此陌生的島嶼。

除了星光還是星光

正在踟躕間，我突然聽見一個熟悉的聲音。

我心頭一緊，正要轉回頭去看，那把清晰的聲音馬上向我提出警告：

「你要有心理準備，華。我就是你心中想著的那個人！」

是的。

那是罕的聲音。

真的是罕！

我轉回頭。帶著一顆激烈震撼的心，轉回頭。

我看見了罕！

活生生的罕！

「不！我已經死了，」罕馬上糾正我。在我還沒有開口之前，他一口否定了我的臆測：「或者應該說，我已經離開你的世界了。」

我惘然望著罕。他那冰冷的身軀在幾個小時前我才摟抱過。罕的確是死了。但是他就站在我的面前，用我的語言與我交談。他怎麼可能是個死人呢？

罕的身後還有很多人。其中一個站在罕身邊的中年人說：

「罕已經回來我們這邊。你也終於突破障礙，十分歡迎你能順利進來。」

我迷惑注視眼前的人。他的身體是那麼黝黑，在月光下甚至發出閃閃的光芒。他是罕的族類。不過，他的裝束卻是那麼奇特，似乎不屬於這國土。

「小伙子，你猜的一點也不錯，」中年人後面又有一個老人家排眾而出。他講的居然是一口流利的潮音，而且，他還穿了一套開襟唐山裝，頭上的瓜皮小帽猶自歪歪斜斜。

老人家眨巴眨巴抽了幾口水煙，接著說：

「我們是古早古早的老祖宗！」

我實在不敢相信這會是真的。震撼力太強了，我一時間竟回不過神來。

「還有令你更驚異的事呢！」罕舉起我的手。雖然冰冷，至少給我一種實在的感覺。他指指眾「人」身後的一個影子：

「你看，那是誰？」

那是誰？

我瞇起眼睛仔細的探索。

那還會是誰！

我激動得泣不成聲。好一陣子，終於叫出來了：

「大哥！」

大哥早已疾步移到我的跟前。他的左袖依然空空蕩蕩。那是一截在暴動中毀斷的胳臂。那一次的騷亂，不知有多少家園焚毀，更有不計其數的人無辜地斷送了生命。大哥當時正在吉隆坡求學，事發那天騎了單車離開校園就慘遭橫禍。騷亂過去，人們發現大哥時，他的胳臂斷了，失血過多，早已經撒手人寰。

我實在不敢相信大哥的摟抱是真實的。這是可能的嗎？

好像幾百年的時間與人物卻濃縮在這一刻這一點了。我茫然地看著大哥與罕：

「為什麼我們又會聚在一起？我也是你們的其中一個嗎？」

我逐漸冷靜下來之後，終於明白這應該不是一個偶然突發的事件。

「世界上再巧的事。也不可能包括這一次的航行。」我對罕說。

罕搖搖頭。「我在古蹟徘徊時，已經受到感召。」

「什麼？」我問。

「再輝煌的朝代，也有成為廢墟的一天，」罕說。他嘆了一口氣。

我沉默。尤其是想起那些在冷風裡抖索的上古文明。它孕育了小鎮以外的文化，人們卻遠遠拋棄，漸漸淡忘，甚至不願提起山谷文化的影響。

「還是這裡好，」罕接著說。「沒有鬥爭，只有和平。真正的和平。」

星光璀璨／月色很美／是凌晨吧，我不能肯定

在罕與大哥等人的牽引下，我們來到了一座富麗宏偉的殿堂。最令我大感意外的是，下午我與罕一起參觀過的廢墟與眼前的殿堂似乎同一模樣。

「你感覺奇怪，是不是？」罕在我身旁解釋。「滅亡的那一刻。全部事物已在這裡獲得重生。」

大哥在一旁也說：「他們當時只留下一個空殼在布揚山谷。」

與罕同一族類的中年糾正大哥：

「不。我們還留下一件重要的東西。」

他轉回頭來注視著我：「這就是你會來到這地方的主要原因。」

我不語。罕點點頭：「我們一直期盼你的出現。」

這時候，我們已踏入殿堂。

原來這是一座祭祀神祇的神壇。兩側除了很多深受印度文化影響的古拙雕塑之外，居然還有數不盡的精細華麗的唐宋瓷器。比之前我們下午在僞莫博物院所見的更多樣目，也更珍貴了。

就在石雕與陶瓷器之間，我還看見一批奇形怪狀的石製工具。也許是先民的傑作吧。

中年人引導我穿過燈火通明的殿堂。走了一陣子，突然在左手入口處一根巨大的圓柱前面佇立。

他虔誠地向柱子行了一個合十禮。我仔細一瞧，這不是一根巨型陽具嗎？

中年人向我點點頭：「你看見龜頭上面那顆珍珠嗎？」

我抬頭仰望。果然，嵌在碩大無朋龜頭上端，一顆拳頭般大小的珍珠正在散發瑩瑩光輝呢。

「那是我們『希望的泉源』。」中年人說。

「你們倒是蠻有幽默感的嘛，」我說。「還將它鑲嵌在那話兒上面。」

中年人沒有回答我。只見他輕飄飄一縱，就將珍珠擷摘下來。

他等我笑畢，一臉肅穆地說：

「請你好好的珍惜它。」

說罷，將珍珠置放在我的手掌中。一陣溫暖迅速由手心傳遞腳底。

「給我的嗎？」我詫異地問。

他搖搖頭。很快的，又點點頭：

「送給你們人間所有還有愛的人。」

（奇怪，一直到那時刻，我也沒有死的感覺。）

頓了一頓，他又嘆了一口氣：

「可憐！這些年來，你們真也受夠了。」

然後，他又轉回頭叮囑大哥：

「龍，你陪弟弟聊聊吧。我還有些雜事要料理。」

中年人說完，隨即飄然而出。在轉瞬間就消逝得無影無蹤了。

我不解地呆望著那迅速消失的背影。他與我，是兩個世界的「人」與「物」，難道我們的苦難也觸動了他嗎？

我正在納悶間，大哥早已抱拳拱手，非常恭敬誠懇地說：「謝謝祭司。」

敬禮完畢，大哥攬住我的肩膊：

「四弟，你要好好保護『希望的泉源』。」

「啊？有什麼好處？」我向大哥抬槓，「可以給我三個願望嗎？」

「你不要小看了它，」大哥瞪了我一眼。

罕伸手阻止大哥發脾氣，問我：

「下午那座缺了一角的石雕，你還記得嗎？」

我點點頭。罕繼續說：

「這粒珍珠本來就嵌在那個缺口。」

那倒是一件新鮮的事。我張大眼睛：

「為什麼流落街頭？」

大哥嘆了一口氣，說：

「都怪當年的考古家認識不深，居然將出土石雕當做寶。」

我詫異地問大哥：

「難道不是嗎？」

大哥搖搖頭：

「當然不是。」

「但是，那明明是一塊埋藏地下整千年的古物！」我固執地說。

「古物就是寶嗎？」大哥語帶嘲諷：「大多時候，人類都不懂得珍惜眼前的事物，反而要去追尋那些湮遠敻古的事物，真是可嘆。」

「那也不為過呀，」我說：「至少，那塊雕塑可以證明一千年前，此地已有文化而令人活得更有信心與尊嚴。」

「這可是你一廂情願的看法，」大哥不以為然，「文化本身有時卻是一個禍端。就像斯里維惹迓王國，當年富甲一方，今天還不是煙消雲散？」

我默然。想起這一年來政治、文化、經濟各領域的利益衝突，造成緊繃的族群關系。我們也抵達懸崖邊緣了嗎？

難道沒有一個智者能夠阻止同歸於盡的局面發生嗎？

大哥繼續說下去：

「其實，遠在王國淪喪之前，就有一個士子預見這一天的到來。」

「啊？他為什麼不加勸阻呢？」我有感而發。

「大勢所趨，一個人微薄的力量又怎能奈何天意呢？」大哥說：「王子不忍目睹這一天的到來，率先將『希望的泉源』吞下自殺了。」

「他真是一個激烈的人，」我說。

「是的，」大哥點點頭。「可惜，這麼一來，人間從此就沒有片刻安寧。」

「怎麼可能呢？」我不解地望著大哥。

「『希望的泉源』與石雕，本來就是兩股平衡衝擊的力量。『希望的泉源』讓王子帶走了。石雕出土，自然在人間造成極大的肆虐。」大哥看看我不置可否，反問我：「你想想看，為什麼平和寧靜的社會，這一陣子卻充滿不安定的緊張氣氛？」

我對大哥的邏輯感到將信將疑。人類本來就是一種極難相處的動物。即使再繁榮富足的社會也一樣充斥解決不完的問題，何況我們這樣一個複雜的發展中國家。這幾年來種族之間的緊張關系，政治領袖的唇槍舌劍，真的和這粒珍珠有直接的關系嗎？

大哥點頭表示同意：

「簡單的說，石雕本身沒有危險。失去了珍珠，它卻形成一種禍害。」

大哥再捏一捏鼻子，說：「其實，它的危害性，在出土的那一年已經顯現出來。」

「啊？」我吃驚地望著大哥：「是哪一年？」

大哥低沉地應了一聲。

「一九六九。」

凌晨。冰涼透徹的星光還在閃爍

談話間，我們已經來到一處斷崖。罕緊緊握住我的手：

「我們下次再見了。」

「你出去吧，」大哥也拍拍我的肩膀，「不要忘記你的任務是將珍珠放回它的母體。」

罕提醒我：

「一定要在天黑之前趕到啊！太陽下山之後如果還沒有定位，它就會從你手中消失了。」

「你們不會寂寞嗎？」我突然惜別依依。

大哥與罕但笑不語。

我猜，他們雖然孤獨了一點，卻是快樂的。

寂寞的應該是我。

微熹在地平線上出現，每一天的開始都是一個希望

當我醒來，居然好端端躺在擺盪的舢舨上。海水輕柔地拍擊舢舨，感覺似乎是躺在母親關切的搖籃內，那麼安詳、平穩。只有一點冷。我是多麼想繼續長眠不起。

茫茫大海，罕早已失蹤。是在那一陣暴風雨中翻落海底了嗎？我不知道。我不能接受大哥與罕的解釋。也許，那只是一場夢。那怎麼可能是真的？

我一面堅定的告訴自己，下意識中，伸手探入懷中。我摸到一樣堅實的東西，怵然一驚，忙取出來一看。

是珍珠？

那只是一顆黝黑的圓物。

我即震驚卻又失望地對著黑石頭發呆。剛才的經歷是真實的境界還是虛幻的夢境呢？

我很快就有個決定：

划回來處，將黑石頭帶到博物院一試就可以水落石出：

但是，馬上又有一個難題困住我。大海茫茫，除了初升的旭日，並沒有一個確實的方向。我應該朝哪個方向划行呢？

我考慮了一陣子，終於決定讓船首對著太陽。就讓我成為現代的夸父吧！

烈日

口渴難熬。疲累，飢餓。我突然非常懷念罕。罕為什麼走得那麼快。罕是快樂的。至少，他不必再像我，必須承擔做人的痛苦。意志薄弱的漸萌，黑石頭在陽光之下閃爍發亮。原來黑色也可以是一種發光體。

黃昏

當太陽逐漸在那邊沉落，我的焦躁達到了沸點。這是我在大哥與罕身邊所沒有過的經驗。

有一隻白鳥飛過，開心的在我頭頂淒厲地啼叫一聲。

陸地出現了。

但是登陸的地方居然不是我與罕出發的地點。

我看不見巴弄。心頭惶惑，卻也有點安慰。如果這裡正是巴弄的橋頭堡，我應該怎樣向他解釋罕失蹤的事件？

我懷著發光的黑體，疲累地向抽著捲菸絲的漁民打招呼。他們原來可以不睬我。但是黑體的光輝眩惑了他們的意識。其中一個上了年紀的漁民甚至吐掉咀嚼著的菸絲向我疾奔過來。

「你是從哪裡撿來的！」

老人家聲色俱厲的喝問。

一時間，我竟然期期艾艾，答不上腔。我原本以為他會讚嘆手中的寶物。想不到大哥與罕眼中的寶，在老人家看來卻是一項應該遠遠避開的魔體。

我從老人家的聲音與眼色看見了恐懼。

而且，原先三三兩兩與老人家聊天的年輕人，這時候已經圍攏過來。他們的腳步竟是如此迅速。恐慌令我下意識將黑珍珠（是的，那應該是一顆價值連城的黑珍珠！）摟緊在胸前。我害怕他們會從我胸中將它奪走。

聽見老人家那麼嚴厲責問我，那般年輕小伙子也和我一樣，感到非常愕然。其中一個蹙緊眉頭的青年啞聲問老人家：

「那是什麼東西？」

老人家沒有應他。他正迅速伸手向我懷中攫取。我吃了一驚，馬上向後騰躍，躲開他的攻擊。

老人家氣喘吁吁，大聲囑咐：

「不要讓他逃了！」

這真是一件莫名其妙的事。我與他們一夥人素昧平生，見了面竟然像有世代冤仇一般，要置我於死地。

「是什麼意思！」

我憤怒地說。在那一剎那間，我心頭忽然漾起大哥與罕那個平和的世界。那裡這裡，差別是何其巨大！也難怪大哥與罕對我臨走之前的問題微笑不語了。難道人必得經過一場殺戮之後，和平才能從懊惱中浮升嗎？或者，人甚至要等到回去那個世界之後，才肯相安無事嗎？

「督！」另外一個瞎了一隻眼睛的青年興奮地叫喊：「要搶他的珍珠嗎？」

老人家突然定了位，擺出一個傳統武術的架步。原來還是一個武師哪。他點點頭：

「一定要搶下來！」

「那不太好吧？」一個從人群外面走過來的小伙子說。他始終在椰樹下，無言地看著一群人劍拔弩張。

「放屁！」老人家怒吼一聲，「你以為我覬覦他的魔體嗎？」

這真是一個出人意表之外的回答。不只是我，連眼前的那群年輕家伙，當然也包括那後來的年輕人，都吃了一驚，目瞪口呆。我真以為自己聽錯了。

「督不是看上了他的珍珠嗎？」獨眼青年不信地問。

老人家龍騰虎躍，跨出一步。他嚴密注視我懷中的黑珍珠，且不暇瞬地回答。

「我是為了國家與人民！」

這不就對了！

我也是為了國家與人民呀，熱愛和平的人民。

老人家一句話，打通了我心頭的結。我還以為他是一個土匪，看中我懷中的寶貝。看樣子，老人家還是救國濟民的英雄哪！我興奮地說：

「督！請讓我趕去博物院吧！太遲就來不及了。」

老人家一臉肅穆，低吒了一聲：

「夢想！如果讓你去了博物院完成任務，我們還有安寧的日子嗎？」

那些將我與督圍成核心的傢伙都茫然的看著我們充滿啞謎的對話。

他們當然是不明所以然的。如果不是經歷過昨夜的一次巨變，我肯定也將和他們一樣無知。我們本來就是屬於歷史意識太淺太淡的一代。

我看著懷中的黑珍珠。太陽漸漸在山頭隱沒了。黑珍珠的光芒也漸漸淡弱。我焦急的哀求：

「督！你這麼一阻攔，一個可以改變歷史的計劃就要讓你破壞了！」

老人家看見我懷中的黑珍珠逐漸黯淡下去，臉上早些浮現的焦躁與緊張也慢鬆弛了。他得意地大笑：

「孩子們，再耽擱他半小時，我們的未來就有保障了！」

就在那間不容髮的一刻，我蓄足了力氣與勇氣，向前衝刺，終於突破跟前那群盲從的家伙的羈絆。我頭也不回，拔足狂奔。沒有博物院的方向，我也顧不了這許多了。我只知道，後面是一群發狂的瘋子與盲目的群眾，正要趕上來將我消滅。而我手中擁有的是一顆可以帶來希望的泉源，黑珍珠。

在那場混亂的局面，我實在不清楚一件可能發生的事。

而當事情發生時，我已經愛莫能助了。

一陣劇痛突然自我的後腦勺散開。我倒下之前聽到了兩句話：

「不可以！」

「我們成功了！」

博物院上頭有一個夐遠的星空

醒來時，眼前居然有一張陌生的臉，那麼靠近關切，差點令我失聲叫出來。但是我沒有叫出聲。因為我看見了星星。是的，滿天空的星星在樹梢閃爍。

夜空！

我慌忙坐起，探索懷中的黑珍珠。

當然，黑珍珠是消失了。

是在老人家的手中溜走的嗎？

那張陌生的臉其實就是在騷亂間，站在椰樹下的青年。他搖搖頭：

「不是督拿走的。」

我義憤填膺，大聲呵責：

「是督破壞的好事！」

年輕人蹙緊眉頭，孤疑的說：

「督卻認為自己為國家做了一件有意義的事情！」

「讓黑珍珠永遠沒有機會定位；國家從此動蕩不安也算是一項貢獻嗎？」我氣極了，握緊拳頭捶擊地面。

「也許你講的真的沒有錯，」年輕人溫和地說：「然而督卻告訴我們，在很小的時候就聽過我們鄉間流傳的一個故事，黑珍珠的出現會帶來很大的災害。」

我悵然若失。到了這種地步，還說什麼呢？

「你倒了下去，督也是感到非常抱歉的，」年輕人說：「為了國家人民的安寧，督是不得已才出手的。」

這時候我才發覺，原來自己是躺在階梯上。下午那座博物院的階梯上！

我掙扎著站立起來，也不管後腦勺的疼痛了。我的頭暈眩得很厲害，不得不扶住柱子，佇立一陣。當我轉回頭，朝下午那座石雕望過去，禁不住倒抽一口冷氣。

那座石雕不見了！

「石雕呢？」

我恐懼地追問年輕人。

年輕人茫然地反問：

「什麼石雕？」

「石雕！黑珍珠的石雕！」我大聲地說。聲音在山坳間激盪迴旋。

年輕人搖搖頭：

「我天天在這裡賣叻沙，已經賣了好幾年，從來沒有看見過什麼石雕。」

「那麼你又為什麼將我帶來這裡？」我質問他。

「在混亂中，是你說要來博物院的呀！」青年無奈地說。

「那麼，你相信我的話了！」我問。

「我也不知道要不要相信你。」年輕人說。

再出發以前

如果你有信心，也許我會回來。

和黑珍珠與石雕。

以什麼形式？

我想，那已經不重要了。

一九八八年三月二十七日

十・廿七的文學記實與其他

其他1

有一個黃昏，突然有人敲門求見。

那時候，我正在夕陽的餘暉間燃燒落葉。我家庭院種有一叢葫蘆竹，竹身矮胖，卻是節節挺升。最惱人的是細長的葉子掉落滿地。雖然到訪的人常常為挺拔的樹姿而讚賞不已。

冉冉升起的白煙裡，我看見兩個年輕人站在竹籬之外。其中一個較胖的自稱是漢興；另一個清癯冷漠的則是筆名司空的攝影員。原來兩人都是《國花文學》的採訪員。他們蒞臨吾家，只是想追查當年的一宗懸案。

「請問小黑先生，您是否還記得漢生教授？」

漢興殷切地問。

「記得，」我說。

「我就是他弟弟，」漢興憂傷地說。「當年的一次動亂，據說我哥哥驚慌失措，連夜開車回北方的熱水鎮老家。您知道嗎？」

「消息是這麼說，」我回答。

「可是他一直沒有回來，」漢興很沮喪。「您知道其中原因嗎？」

一

代號《茅草行動》的大逮捕，在一九八七年十月廿七日開始執行。這是一個意料之中，而且來得稍為遲了一點的行動。因為在這之前，我國的政治局勢已呈緊張狀態。事實上，在一九八六年四月的全國大選還沒有舉行之前，各族間的關係已因經濟、文化、政治、教育的課題所困擾而呈現極不安穩的徵象。大選過後，雖然國陣獲得壓倒性勝利，種族情緒反而變本加厲，瀰漫污染馬來西亞美麗的天空。

當時的各族群領袖，不單只常常在報章與大集會上唇槍舌劍，發表煽動情緒的言論；各種族族群本身也呈現大分裂之外的另一個分裂局勢。我在一九八七年六月二日發表的小說〈前夕〉，就是有切膚之痛而發出的慨嘆。唐林在同年七月一日的南洋商報發表了一篇評析〈前夕〉的文章。

「〈前夕〉的故事表面簡單而不複雜。作者以一個女大學生的口吻，敘述她父親和三位哥哥，在國會競選期間發生的事情。」

小說中的幾個人物中，我寄以最大期望的是還在大學裡唸書的小固，敘述者的男同學。然而，小固縱然有崇高的理想，有時也難免頹廢，悲憾。其中一段，我這麼寫：

> 二哥溫和堅忍，三哥激進剛強。兩人都有不同的政治見解。甚至因此常發生衝突。然而彼此都有一顆赤誠的心。大家都要捍衛、爭取族群的利益。
>
> 他們各自走在不同的道路上。

兩人之間，哪一個的態度正確？

二哥？

三哥？

或者他們兩個都不對嗎？他們不應該只在一個族群中間徘徊留連？

小固就有這種想法。

有一個午後，我們從大學圖書館走出來，看見三三兩兩以各自的族群為依歸的同學聚合在走廊的各個角落，操著各自的語言高談闊論。小固嘆了一口氣：

「為什麼我們來到了最高學府，反而分裂得更厲害？在鄉下，我們卻可以共抽一包爪哇菸絲。」

「物以類聚，在自然界是很平常的現象。」我說。

「那只是以動物而言。我們都是人呀！而且我們有更特殊的理由應該去破除這層障礙。看起來，我們是失敗了！」

「這種隔閡也不是一朝一夕形成的，」我也有點感喟。

「努力三十年，我們卻是愈走離理想愈遠。有時候我覺得，我們甚至比三十年前更敵視彼此。為什麼？」小固握緊拳頭，擊向天空。

「我們本來就有許多不同。」我說。心情也跟著很低落。

「異中求同雖然艱辛，卻是可以實現的理想。問題的癥結是：領袖們肯不肯，敢不敢放棄強調膚色與出身、語言與宗教，不要只當某一個族群的英雄而真正的為整個國家的一個種族。」小固向錯肩而過的拉曼招呼：「這個社會缺乏的是真正勇敢的人！」

……

小固認為我們的發源地雖然都不同，流過崇山峻嶺、流經森林良田，各有各的歷史背景。到最後殊途同歸於同一個河口才能顯出雄渾磅礴。

「為什麼不能在一個屋簷下為大同策劃、奮鬥？偏要站在五腳基上吶喊，塑造自己成為民族英雄的同時也刺傷另一個族群？」

小固的聲音激昂地在理學院空寂的走廊上迴響。瑟縮在走廊柱的陰影裡有兩頭貓，因為小固的激越的聲浪，慌張地竄向草地那頭的矮灌木叢中去了。

我不知道他們會躲藏多久，大概要等我們的跫音淡杳，才敢重複出現吧。

其實，在一九八七年四月，何乃健的詩集《仙人掌的召喚》裡頭，收集了好幾首詩作，也是針對當時極端主義種族言論引起群眾的恐慌而發出的痛心疾首的聲音。乃健明寫暗喻，記載的都是歷史的事實。譬如〈孤島〉，其中這麼寫：

漫天的陰霾喘壓著這個孤島／蟬鳴寂了，彷彿預先知曉／就要到來掃蕩的／是一場呑噬白晝的熱帶風暴／大潮汐鼓動著囂張的浪濤／在堤岸周遭狂吼與咆哮／小潮汐慫恿陰險的暗流／腐蝕淺海護岸的岩礁／沙灘上露根的椰樹不安地絮叨／低氣壓的天空隱示颱風的徵兆。

一九八六年的中秋節，國民大學的華裔學生正要舉行慶祝，卻遭到大學裡頭一群狂熱的馬來學生橫加阻隔，言論極端挑畔，囂張跋扈。最高學府的高級知識分子尚且不能脫離種族局限，放開眼界，擴大胸懷，真是令人扼腕。不過，這些學府青年敢於無理取鬧，多少也是因為當時的政治氣候使然。有些政客，因為急於竄出人頭地，不惜鋌而走險，發表煽動性的言論。乃健在《仙人掌的召喚》另有一首〈中秋——致國大一群同學〉就是寫的這一次事件：

> 中秋的月光在草場上結霜／熱帶的林園為何瀰漫著北國的秋涼／莫非冰河期就要到來了／冰雪會不會將所有綠意摧殘？
>
> 我們提著朦朧的燈籠／讓瘦弱的彩紙圍護那一丁點火種／火舌掙扎著求存，在秋風中／燈暈裡隱現奔騰的熱血嫣紅。
>
> 林莽中倏地竄出一群餓狼／它們因為月圓而發狂／誤把燈籠當作懦怯的羔羊／聽到狼嗥就嚇破了膽。
>
> 同伴們把燈籠緊緊靠攏／小小的火舌挨近了就映現成烈火熊熊／熠火的燃燒只是為了取暖／撲滅的最終會葬身火焰中。
>
> 同伴們在狼吼聲中把月餅互傳／我們也把夾在餡裡的詩行輕朗／廣寒宮裡的桂樹經得起風霜／伐桂是徒然的呀，執迷的吳剛！

二

在風聲鶴唳的局勢中，漢生終逃出了嚴密管制的濘江口，奔向寧靜的故鄉熱水鎮。一路上他看見街道上只有疏疏落落的車子在整齊寬敞的高速大道上奔馳。往昔這個時間他還在舒暖的夢鄉彈簧床上延續甜蜜的夢。他不知道街上的車輛稀疏是因為局勢吃緊而減少還是黑夜太長、曙光未露，工作的人猶未上路？

這時正是凌晨四點鐘。奔跑在燈火輝煌的大道上，漢生心頭緊張，擔心隨時可以被攔阻。然而一路順暢無比，卻又教他忐忑不安的心情漸漸平穩下來。

「他們沒有理由在高速道上設路障的，」漢生的太太說。「車子別開得太快。」她抱著酣睡的幼兒，一邊提醒緊握駕駛盤的丈夫。

沉默。

漢生沒有答腔。

「局勢似乎不如消息傳的那麼壞。」太太又說。

三

基於特殊的政治環境因素，一般來說，從事文學創作的華裔作家都非常小心謹慎，緊握手中如椽大筆。大家都清楚明白，在一個多元種族的國家，行文走筆都必須客觀含蓄，以免產生不必要的誤解或麻煩。

有一次，莊迪君在檳城的講座會上指大馬的華裔作家自我恐懼，不敢反映現實。這句話雖然不無多少現實根據，卻也看扁了大馬真有良知的作家。

作家不是政客。

尤其是在一個多元種族的社會，作家看問題更應該從整體出發。他不需要種族政客的譁眾取寵。作家的文字是最直接的反應，因此他的反應必須無愧於面對自己的民族之外，更應該對其他民族公正，無私。

事實上，在我國也由不得作家搞種族情緒。因為他的文章還必須經過報章刊物編輯的審查，才得以發表，見諸於讀者。而我國的報刊准證每年都得向內政部申請復新。有哪一家報館或雜誌社敢於冒出版法令的大不韙而面對封閉的危機呢？

因此，凡是在本地華文報刊發表的文章，可以說縱使悲痛憤慨，絕對不偏激情緒化。

四

有人在入夜的渟江口鬧市開了幾槍，連日來緊繃的夜色，終於被撕裂了。

一時間，謠言像被槍聲驚醒的黑鴉，四下飛竄。

漢生住在公寓第十三層，只能從海外電台以及友儕的本地電話接收交換最新發展的消息。

十三樓的高空實在太高遠了。向下探索幽明的深夜，街衢寂然無聲無色。距離令他的聽覺懵然。他根本沒有感受到槍聲曾經在不遠處人頭攢動的市中心鳴放。夜街還是昨夜的夜街，本來就是那麼闃然無聲。今夜的夜街並不比昨夜更黑幾層。然而黑是一種不能探測深度的顏色。他不能肯定一整夜的不安只是謠言的影響。

黑暗中，平靜的街道也似乎隱藏殺機。

漢生站在露水深重的涼台看著太太一臉憂戚，卻儘量以低沉緩慢安定的語氣講電話。

「一切都平安，你們過敏了。」

太太閒閒地說。聲音在死寂的夜空飄蕩，變成空曠不結實。

「告訴爸爸，沒有發生什麼，叫他放心好了。」太太又說。「回家？我們商量好了再做決定。沒有什麼，真的。」

這真叫人汗顏，同時啼笑皆非。世界真的是愈來愈小，快變成一個村莊了。濘江口開了幾槍，他住得那麼近，一聲都沒聽見。幾百里外椰子城那一頭的年輕妻舅已經撥來電話，搶先向他們匯報咫尺之外濘江上這一天的局勢。而且，他人猶在濘江口十三樓公寓享受太太烹調的蓮子羹，八千里外的外國電台已對那幾聲槍聲作出詳盡的分析報導。

許多朋友儕輩更因此驚惶奔走相告。有一個在政治界服務的朋友甚至慨嘆：

「要來的，終於來了。」

五

當然，作家表現憤怒還有一個方法：

交白卷，保持沉默。

六

事情會發展到這麼嚴重的地步嗎？

漢生當初參與其盛，隱約間也感受到氣氛凝重。人人的臉是硬繃的，就像每一個不朗的心。但是漢生絕不曾想像為了「爭取憲法上保障的權益」竟然會弄成這樣開槍射擊的局面。

其他人縱然深謀遠慮，肯定也沒有這份透視「未來必有槍聲」的能耐。如果大家都知道會有今天，當時到底會有多少人出席在天后宮的大集會呢？

更不要提在集會上發表慷慨激昂的演說了。

事實上，大集會上感情的宣洩暢快，一直到槍聲未起之前都還是漢生津津樂道的事呢。

「這一次我們是成功了。」

事件過去了好幾天，每家華文報章都還用顯著的字粒突出報導天后宮集會的餘威。漢生早餐啜飲雀巢咖啡精，也同時品嚐他出席大集會的成果。

他和「民主民權」的志同道合的知識分子都非常滿意這一次集會能夠成功召開。他們這些年最擔心、最傷心也最痛心的正是族人的政治冷感。政治、經濟、文化、教育地位每況愈下，街頭巷尾每一個族人都如此慨嘆。但是族人最興趣的還是商業活動所能帶來的實惠利益，而罔顧今日社會一切經貿活動須取決於政治策略的衍變推行。

每隔不久，「民主民權」的資訊組就蒐集有一批最新最準確的資料，供給善於做評析的蔡圖、寫短評的漢生、畫漫畫的阿著、寫詩的小林以及其他精英分子。大家分頭把資料重組、分析評述，或正面或反面，像砌圖一樣砌拼成一張族人在政治、經濟、文化、教育各方面的衰退圖表。大家原來只有一個宗旨；喚醒自以為是龍的族人，把埋在逐漸減值的錢幣堆裡的頭抬起來，正視未來。然而，這種理性的分析帶來的卻是非常令人沮喪的成績。

經過天后宮一役，漢生終於領悟，啟迪群眾最直接最煽情的方法，其實就是最好的方法。吶喊的效績原來遠遠超越了文字的評析。

「獨立三十年，這是華人社會朝野大團結的第一次！」

漢生在事情過後，非常慶幸他那天終於大著膽子推掉系主任的飯局趕赴天后宮出席歷史性的一刻。他雖然沒有直接告訴太太閃過心頭的一剎那遲疑，但是太太一定是體會到他的躊躇滿志的。集會在高昂的情緒結束之後，他猶自挾帶勝利的餘威和幾個相好的去喝幾杯「媽爹」。帶著微醺的酒意回到家，他太太還戲他：

「你沒後悔嗎？推掉莫哈末再尼博士的約會？」

「後悔？」漢生口齒不清地說：「我還在備忘錄堂堂正正寫下我，胡漢生的大名呢。」

七

大逮捕行動之前，種族情緒已經非常高昂。

巫統、馬華雖然都是合作無間三十多年的政治夥伴，行到一九八六、八七年，已經失去了往日的和諧融洽。在那幾個年頭，這兩個彼此都是單一種族性政黨突然漸漸失去了控制。不單只是基層發表火爆的偏激種族論調，甚至高層領袖也往往在黨集會或者國家性會議上有意無意發表挑起種族情緒的言論。

一九八六年最顯著的例子就是「外來移民」的課題被三番兩次提出來討論。雖然早在未獨立之前，三大民族已經同意在國家憲法中承認華裔與印裔移民為當然公民。這個課題重新被提起，而且自然而然演變成劍拔弩張的局面，是頗為不幸的。

在這期間的詩文中，方昂於一九八六年四月發表的〈給ＨＣＫ〉（方崇僑的縮寫，也就是方昂自己）寫來傷心痛絕，讀來令人不免潸然淚下。一九八七年台灣詩人林煥彰訪馬，在美馬高原朗誦此詩也淚灑講堂，哽咽不已。〈給ＨＣＫ〉的原文如下：

之一

又有人說我們是移民了

說我們仍然
念念另一塊土地
說我們仍然
私藏另一條臍帶
這是一個風雨如晦的年代
該不該我們都問自己
究竟，我們愛不愛這塊土地
還是，我們去問問他們
如果土地不承認她的兒女，如何傾注心中的愛？

之二

說我們是中國人，我們不是
說我們是支那人，我們不願
說我們是馬來西亞人，誰說我們是
說我們是華人，哪一國的國民
我們擁有最滄桑的過去
與最荒涼的未來。

一九八七年八月卅一日的國慶日，我曾經在星洲日報的〈龍門陣〉發表一篇短文〈三十年〉。那時候的種族情緒高昂，達到一個令人煩憂的階段。〈三十年〉我曾經這麼感慨：

建國三十年，我們究竟有些什麼進步？

三十年前，一般人的生活都相當清貧、困苦。但是，我記得，我們都過得相當快樂、安逸。那時候，獨立剛剛爭取回來。大家都疼得像個寶。那手中的自由、才從英殖民的巨靈掌中討回來的獨立、自由！我們無時可以或忘，三大民族手牽手，同心協力向英國人討價還價的感人肺腑的珍貴友誼。

三十年前，我們曾經像兄弟姐妹一般親暱的生活在一起。

三十年後，在物質享受上，我們已經向前跨出巨大的步伐。但是，在豐衣足食之餘，我們的憂慮卻隱隱然從佳饌與華服間浮現。

種族情緒的言論此起彼落，造成教育、經濟與政治地位處處堪虞。

三十年前「有難同當，有福同享。」的誓言，在三十年後已經讓人忘記得蕩然無存了嗎？

往後的三十年，又是一個怎樣的三十年？

孩子們，拿酒來吧！

八

天后宮集會的影響力是非同小可的。全國各地風起雲湧的熱烈響應更像一顆引爆的炸彈，威力迅速蔓延開來。

有一個早上的餐桌間，漢生甚至擱下報紙，流下了眼淚。他太太拿來一看，原來是一張小小的圖片。一個小男生正孤零零坐在偌大一間課室裡。他一臉茫然，等候同班同學來上課。但是他們是不會來了。他們的家長都響應罷課的號召，不讓孩子們來上課。

「團結原來是這麼美麗感人的事。」

漢生擦乾眼淚，說。

當時他的激動是無以言喻的。眼淚從來不曾那麼坦然地、暢快地湧出眼眶。但是，就在他一次又一次揩抹眼淚的當兒，卻也讀到了一則又一則令他感到氣憤卻也不免心慌意亂的新聞。

馬來人在太子道的大草場也發起了一次龐大的示威，抗議華人的政治組織與社團干預教育部安排華小高職的行政職權。

「沙文主義！」他們憤怒地在草場上吶喊。

漢生和「民主民權」的朋友也很憤慨。

「我們只是爭取在憲法保障下的權益，為什麼馬來人要生氣？」

漢生的太太卻不以為然。她更關心的是丈夫的安危。

「如果我是馬來人，我也要示威。」

她在下班以後，離開醫院上了漢生的車子就這麼說。

「為什麼？爭取基本的權利也有錯吧？」

漢生非常不滿。他想不到太太會這麼不近人情。她太冷了。

漢生的太太搖搖頭：「沒有錯。是沒有錯。不過事情渲染得太厲害了，難免會引起誤解與對抗。」

「那是政客挑起的。」漢生不同意。「我們認為事情很簡單。可是有人要弄得複雜。」

「誰是政客呢？每個種族都有混水摸魚的人，是不是？他們等著撈資本。經濟愈來愈壞，可能有人要轉移視線。你千萬要小心。」漢生的太太幽幽地說。「我不要因此而失去你。」

當時只知道，一場暴風雨就要來臨。什麼時候會颳起，究竟有多強勁，大家都在猜測，但是沒有具體的結論。反正要來的，它就會來。

但是，當時絕對不會想到會有M16入夜的槍聲。那是做夢也想不到的。

槍聲應該隔開在遙遠的地方。不是在這個熱鬧的濘江口，更不應該是在這個和諧安寧的國家，三十年前，我們曾經攜手，共同創建的國家。

三十年來，我們備受世界各國讚揚推崇，種族雖然多，宗教也複雜，但是我們依然能夠穩健前進。間中雖然有齟齬，還發生過一兩次暴亂，都能夠以協商的精神和果斷的毅力，迅速回復安寧，讓國家邁步前進。

三十年後，我們會毀於一旦嗎？

漢生當時這麼想。（我也非常惶恐。就因為槍聲在入夜時分響起來了，漢生就要出走了嗎？）

漢生讓槍聲嚇阻了嗎？

九

更加不幸的是，在一九八七年七月間一次華小高職調升的工作上，教育部安插了一些不諳華文的人士擔任華小的行政人員，更加深了華裔的隱憂。

自從一九七〇年推行新經濟政策以來，我國華裔即深深感受到在經濟、政治以及教育上的權益漸漸被蠶食、敗退。在教育的領域上，感受尤深，為了確保經濟落後的馬來學生得以有機會接受高深的教育而實施的固打制度，造成了許多成績頗為優良的華裔學生無緣叩響大學之門。雖然其中大部分學生也並非來自富裕家庭。在我國，華文教育始終是一項敏感的問題。尤其是一九六一年教育法令第廿一項（二）條文沒有取消，更是華文教育「頸上一把利刃」，隨時都可以斬掉華小的命根子。一九八七年不諳華文的教師居然調升華小的行政高職，難免在華人社會造成恐慌。敏感的人士不禁要質問，這是不是華小改制為國小的前奏曲？更加令華教人士感到不滿的是，這個問題雖然被提出來一些時日，依然沒有獲得「不存惡意」的有關人士關注解決。反而被刻意渲染、蓄意扭曲為「質問馬來人的尊嚴」的課題。當時的巫統競爭正進入白熱化的階段，有人要製造形象突出自己，國家安寧與和諧都置之腦後了。

這是多麼令人痛心扼腕的事。一九八七年九月九日，我激憤寫下一篇短文〈愛是互相記取〉，發表在星洲日報的〈龍門陣〉，強調那一陣子「華裔領袖與馬來政治人物的針鋒相對，也不過是就事論事，針對幾件熱門課題提出憲法保障之下的基本權益。」

> 如果我們都瞭解祖國的歷史，三大民族之間今天不可能還有猜疑。
>
> 如果我們都瞭解，在爭取獨立時，三大民族都曾經為了美好的今天，在當時放棄了一點點權益以遷就對方；但是，於此同時，也為自己的族群獲取好多的回饋。
>
> 如果我們都能夠替對方設想，那麼，大家就不會劍拔弩張，怒目相向了。
>
> 在爭取獨立的時候，馬來人的確做出了一件巨大的諒解，那就是接受華人與印度人成為本國公民。華人與印度人因為有馬來人的忍讓與諒解，因此可以在一樣的天空下理直氣壯的做人。
>
> 因為這一點，華印兩族從中獲益匪淺。或許正因為如此，一些偏激的領袖才要常常舊曲重

彈吧？

在華印裔感激不盡時，為什麼偏激的領袖們不懷念我們也曾經為祖國的建設扮演過（正在扮演著）重要的角色呢？

在太陽底下，讓我們互相記取對方的貢獻吧。庶幾能夠更積極專注的建設未來的祖國！

當時的氣氛是非常緊張的。每一個人身上每一根弦都繃得很緊。住在大都會的好友們都能深切體會。一九八七年九月傅承得有一首詩〈山雨欲來〉就是很好的寫照：

山雨欲來，曲徑風緊
古樹洞空的枯幹，指揮
四面楚歌急驟的撩撥
小心，月如，前頭多難
我們得戰戰兢兢，留心
枝椏擋道，石走沙飛
所以有伴奏的天籟，可能
盡是掩飾巧妙的咒語
或死神喋喋的冷笑
在陰霾的背後
在光線疾退的上空

他揶揄的睥睨
有人自投毀滅的懷抱
你的驚悸，月如，自內心

傳來，婉轉的傳達
一份輕微的責備：明知
山會咆哮，林壑會無情的
吞噬所有的生命
然後教溪流，沖去暴行
半點也不留痕跡
你的手，我僅能沉默的緊握
月如，那是無言的辯說
明知山雨欲來
陷阱熱忱的招手，危險
用最隆重的儀式迎迓
這趟行程，我堅持要走

山雨欲來，小樓風緊
斷壁殘垣，在門外

呻吟破碎的身世
且聽，月如，還有竹簾
在窗口頗報漸強的吹角
我們得如履薄冰，留心
棟摧梁折，瓦散牆裂
蟻蟲會築起巨穴
嘲弄我們付出的血汗
在半頹的籬笆，禽獸
會譏諷我們孱懦的骷髏
恥辱是羸弱的退縮
粉身碎骨才是無畏的拼圖

你的擔憂，月如，自眼神
流露，哀怨的訴說
一份固執的後果：明知
狂飈與淫雨，足以
塗抹歷史的真相
粉飾虛偽的記載
教黑白忘掉彼此的面目

教良心賤賣自己的言語
月如，那是最終的顧慮

明知山雨欲來
我仍得上路，仍須跋涉
情勢，不讓我們有所選擇
時間，不站在我們這一邊

山雨欲來，頂峰風緊
滂沱的預告，針刺雙耳
回頭啊回頭，道途已窮
笑吧！月如。卑陋肖小
只能徒勞的嘵嘵
像無謂的政論，四伸魔爪
揪搭異族的頸項
但炎黃子孫，原就多災多難
走入風雨，走出歷史
肩膀尚濕，另一次的長征
已在心中擬好，另一座天險

另一番吹打，已在前方
建起城池，固若金湯

你的平靜，月如，自步伐
顯示，堅穩的強調
一份不移的信念：明知
無法痛擊，可能滅絕
洪湍和山崩，可能
淹埋一切的代價
你仍挺拔如斯，傲岸如斯
用金睛火目，逼視曲邪
月如，那是至高的節操
明知山雨欲來
仍洞明心志，礪煉行徑
未必克敵教天日重視
肯定邁進讓暴虐駭驚

詩人在那一陣欲來的山雨前的自許，事實上正是許多文學工作者，知識分子以及勞苦大眾的心志。因為在那混淆不清，「黑白忘掉彼此的面目」的年代，苦悶、冤屈、憤慨就是每一個人的感受。

一九八七年十月，傅承得另有一首〈濠雨歲月〉，雖然是承得個人的感傷，卻也是當時一般人的感想：

走在雨中，月如
這赤道多變的氣候
真像無常的禍福
難以預測，或防範
惟有任隨它下
閃電閉目，打雷掩耳
霪霧撐傘，沒傘，則聽淋
而我，月如，不知怎的
竟有刀俎間魚肉的悲哀

走在雨中，月如，我的心裡
也有惡魔重壓著的烏雲
揮不去，撵不掉。撥不開
日以繼夜的停駐，教人
睡不安寢，食不知味
有時必須清醒，步步為營
怕一麻木丟失了自己

有時卻得糊塗，作啞裝聾
怕過於繃緊，必定錯亂神經

走在雨中，月如
霉味四散的陰暗歲月
狐疑隨時踏空與失足
痛心，失望，進而厭倦
終將發酵成虛無
若不，就是極端邪惡的血腥
明天，會不會陽光普照
溫熱的淚，會不會轉冷
月如，我真的，我真的不曉得

華小高職事件拖延了幾個月不能解決，終於爆發了「天后宮」事件。數以千計熱愛母語教育的華裔齊集天后宮，強烈抗議教育部沒有從速解決這個影響深遠的政策。其實，天后宮事件正是多年來華裔在教育政策上累積下來的苦悶的爆發。當天的聚會，有一個難得的現象是華裔朝野代表人士，不管政治思想與立場有多大的分歧，都結合在「不諳華文」的課題下。獨立三十年，我國的華人第一次發出一致的呼聲，聲勢壯大，響徹雲霄。

十

電話鈴又再刺耳地響起來。在徬徨失措的夜晚，每一下鈴聲都可以輕易擊碎脆弱的信心。

「讓我來接。」

漢生從露台走進來。

「謝天謝地，你尚在人間。」

原來是寫詩的小林。句子雖然誇張充滿喜悅感，卻聽不出他的絲毫快樂。漢生反而可以感受到對方焦急的呼吸。

「事情真的是那麼嚴重了嗎？」

（槍聲。槍聲在哪裡響？

槍聲再響，又害怕什麼？

漢生是否應該繼續慌張？

暫時還未知道。）

「我們正在討論，下一步棋要怎麼走？」

「狗屁。我們沒有路了嗎？」

漢生感到非常煩躁。他太太聽完椰子城打來的電話後正蹲在地上檢閱從書櫥搬出來的幾箱剪稿。當時寫的時候，非寫得淋漓盡致不能盡興。漢生也因此而贏獲友儕間的讚賞，還稱他是「最潑辣的雜文家」。他自從加入「民主民權」這個非盈利的機構以來，一面在大學裡授課，一面深入研究祖國近年來影響民主的政策。幾年下來，他研究專精，往往能夠從一粒砂看見一座山的面貌，從一個錯誤的腳步預見悲戚的未來。他每每在夜深人靜的時刻撰寫評析的文章。筆鋒雖然冷靜如黑夜，卻是壓抑滿腔如白日烈陽一般滾熱的血之後的抒發。

往往，漢生在撰寫完畢一篇重要課題的評析文章之後，東方的天空已見魚肚白，十三樓下的車水馬龍也三三兩兩，開始流動起來。

「你走還是不走？」

「走。」

「如果你不走，就找個公事包裝幾件衣服，等待凌晨的敲門聲上路。據說，他們已經開始了。」

為什麼要走？

「寫論文的蔡圖和寫小說的朱發，已經下鄉了。」

這是我，漢生，的祖國！

「不過，搞資訊的周皇，研究民意調查的流體力學博士連天清都準備好了。他們打算吃完晚餐就陪妻子兒女痛痛快快看完最後一場《網中人》，守夜到天亮。」

我也有妻女三個。

「據說，凌老和陳老兩個在今天下午分別給帶回警局了。」

漢生轉回頭提高聲音對太太說：

「不要檢查了？都把它燒掉！」

「我當然是不走的，」小林說。

你是孤家寡佬當然輕鬆。我呢？

「我等著進去坐幾年，又可以讀法律。好像林吉祥，幾年後出來又是律師又是好漢。」

「哈。哈。哈。」

漢生乾笑三聲。

（我為什麼乾笑？）

漢生擱下電話，從身後緊緊摟住太太。耳鬢廝磨之餘，還輕輕在她耳邊朗誦：

「我愛你。祖國啊祖國。我愛你，你會愛我嗎？」

漢生的太太抬頭看了他一眼。她不知道漢生講的是真是假。不過她聽得出來，他的聲音有淚水。

這句話應不會是對她說的。

十一

當然，「天后宮」的浩壯聲勢必然加深一些別有居心的政客的仇視與對抗。巫青團緊隨著「天后宮」之後，號召數以千計的黨員在太子道草場麇集「展示力量」譴責華團及國陣的華裔部長干涉教育部的權力。其中吶喊最盡力的，就是模棱兩可的巫青團代團長了。

那時候，巫統A、B兩隊的分裂已呈明朗化，鬥爭開始進入你死我生的肉搏階段了。

氣憤不已，我在當時寫過一首顛倒詩〈道理不是那人說的〉，發表在一九八七年九月二十日的《星城》：

那人說的也是有道理
一切尖銳的問題
都應該在圍牆內

也只有奈何
聲嘶力竭疾呼
上下奔走
上下奔走
讓搗蛋人權的混球
閃電宣布
在群眾措手不及間
像馬大評論會的決策一樣
還提幹嗎
不是更意象圖騰
方塊又讓螃蟹吃掉了
蛋糕應該怎麼切
圓桌上的紛爭議論
牆外的人不需要明白
究竟喝掉多少咖啡
匆匆決定
冷冷討論
熱鬧協商
悄悄提呈

有道理也是那人說的
在燃燒一場戰火之後
反覆警告
強烈反擊
為了民族的尊嚴
我們將會絕不留情
痛擊鞭撻
敢於提出
捍衛的聲音
那也是有人說的道理

十二

有人要留。要留的人是什麼心態？大時代表現氣節的守候者嗎？

有人要走，形勢不好，撤退是為了保存。沒有恥辱。

椰子城的父母後來又搖了兩個電話。午夜的電話裡，老人家焦急地催漢生。

「你聽說了嗎？中南區封鎖了。西南線也戒嚴啦。再不出來，就離不開濘江口了。」

漢生也心慌意亂。嘴上卻說：

「不能出去，就待在這裡好了。又擔心什麼？」

老人家在那頭大概也不知道應該怎麼辦，哼了一聲：

「你平常寫什麼，我不知道。可是人家知道！」

「那是正義之聲。」

漢生抗辯，聲音卻失去先前的自信。

「淒淒惶惶離開，就因為三兩下M16的槍聲嗎？我不走。」

漢生越講越大聲。

局勢開始明朗了，當局是這麼說。漢生在信與不信之間徘徊。三幾下令人四下奔竄相告的槍聲原來只是一個軍中下士失意的流火。出事的現場與附近幾條街衢雖然都為了追捕攜槍引起騷亂的下士而封鎖，濘江口並沒有進入全面戒嚴的狀態。

漢生剛喘了一口氣，凌晨又有電話響。原來又是椰子城打來的。老人家發覺漢生一家人還沒有出發，在椰子城那頭大發脾氣：

「要等到拉進去了才想要出來，是嗎？」

聲音好像要哭出來。

「他們不會亂拉人的。」漢生虛弱地說。

「今天的事，你以為是偶然的嗎？」老人家壓抑哽咽，又在那一頭咆哮。「你覺得會這麼容易過去嗎？」

漢生不能回答。這很難說。當太陽明天升起，又會有新鮮的事。也許槍聲的現場會出現圍觀追捕下士的群眾。購物中心依然熙來攘往，大都會的大多數人還得低頭找生活。也許，明天會有劇變。十一月一日還有五十萬人的大集會。到時候將會有來自各城各鄉各鎮的一百萬個拳頭在體育場出擊天空。鎮暴隊再公正，阻擋得了情緒化的好漢嗎？

凌老陳老要真的都給請進去問話了，華社將有怎麼樣的激盪？

他們兩個老人家是華人社會最崇敬的前輩，被請進去虧待當然不可能。對華社的打擊卻是肯定的。

誰還有勇氣站在最前端？

漢生不禁流了一身冷汗。

他不過是個跑龍套的。隨時都可以將他的戲服剝奪丟進化妝箱。

十三

更加不幸的是在十月十八日午夜十一點左右，有人在熱鬧的秋傑路開了幾槍。 時間風聲鶴唳，流言紛飛。

後來查出，發射M16萊福槍的原來是一名從軍營逃出來的兵士阿當。儘管局勢在一兩天內就被控制，但是人心惶惶，不知更大的災難會在什麼時候降臨。總警長的澄清與安撫並不能穩住人民擺盪不定的心。傅承得在十月十八日那天寫下了一首詩，〈驚魂〉：

在夜色驚疑不定的時刻／我又為你，提起沉重的筆／在這敏感的大都會，月如／有人開槍，放火，並且殺人／消息像最狂囂的黑死病／凌晨一時，半數的居民／自酣睡中轉醒，呻吟／有的，因為卜卜的槍聲／有的，急急的叩門；有的／惶惶的電話和傳單／不同方向的噩耗／卻有相似的恐懼與悲憤

我是恐懼，月如／三十年來家國，仍由／不安、狐疑，和欺壓／統治每一寸美麗的河山／從獨立時齊心協力，高喊／響徹雲霄的歡呼／到如今，一有風吹草動／便傳來遍野哀鳴的驚悸

／廉潔、公正、還有和平／一些殷殷焚香禱告的心願啊／一地逐漸冷卻的灰燼

我是悲憤，月如／三十年來家國，仍是／教人透氣艱辛的陰霾／籠罩生長於斯的上空／教人想起：一九六九年／記憶猶新啊那場滂沱／氾濫成災，洪水掠奪／無數一文不值的生命／健忘，短視，以及偏激／在今日換了面孔的舞台／照舊飛揚跋扈的橫行／民主、自由，還有均分／一些魂牽夢縈的期待／一道永不痊癒的疤痕

在夜色驚疑不定的時候／我又為你，提起沉重的筆／在這動輒得咎的國度，月如／一點謠傳，便能搖落／所有血汗換來的未熟成果／一個兵士，一隻M十六步槍／幾條人命，死亡的長翅／就在九萬里的高空下陰影／有人坐待黎明，有人／漏夜猛敲雜貨店的門／或擊碎百貨公司的玻璃窗／因為一九六九年，據說／有人未及防範，所以餓死

十四

車子穿越沉睡中的壯麗山河。

離開滲江口，迎面只是稀落的車燈。寧靜是大地唯一的聲音。

「睡啦？」

漢生握住太太的右手。

「怎麼可能。」

「想什麼？」

「我覺得很可笑。又想哭。」

「什麼事？」

「我們都愛這個國家，你不過寫過幾篇分析資料的文章，也沒有造謠生非，就得落荒而逃。」

「我也很傷心，而且羞恥。」

「以後埋頭做學術研究好了。」

「我也這麼想、鑽牛角尖往象牙塔，除了榮耀還有一份安全感。」

「我們是否過度敏感呢？」

「淩老與陳老為什麼會被請進去？我們沒有錯。」

一陣沉默徐徐浮現。兩人都累了。

路的盡頭突然燈火光明。漢生心頭鹿撞。有突擊檢查。他緩慢地把車子開到警察檢查站前面。

一個青衫下士用手電筒隨意地探了探車廂。

「去哪裡？」他問。

「椰子城，熱水鎮。」

「啊，好地方。」下士回答。他揮揮手，示意漢生繼續開行。「一路順風。」

漢生的太太突然吃吃笑起來。

「怕嗎？」她促狹地問。

「怕，」漢生說。「好怕，差點沒把自己嚇死。」

他踩開油門，車子似子彈，朝椰子城的熱水鎮飛馳。

十五

事實上，華人更大的疑慮還在後頭。

巫統的黨總秘書沙努西在這之前號召東南西北全國上下五十萬名黨員於十一月一日齊集首都以展示團結，才是困擾華人的最深的憂慮。在這非常的時刻，為什麼要發出這一道號令？巫統是統治政府的老大，應該知道政局的安危而識輕重，展示團結的號令背後的真正動機是什麼？這是當時一般非馬來人最感焦急、揣測難明的課題。

幸虧首相（巫統黨主席也兼任內政部長）從善如流，終於宣布取消五十萬人的巫統黨員大集會。不過，於此同時，內政部也在那幾天內漏夜逮捕一百多名華巫印裔的社團與政黨領袖，其中當然包括沈、林、柯、莊四位華教人士。消息傳來，朝野雖然震顫，一時間劍拔弩張的局勢終於也逐漸平靜下來。

經過時間的沖洗，不該淡忘的也給捲走，流逝了。

其他2

我沒有回答漢興。他問我漢生的下落？啊。

我回頭看那攝影員司空。注視良久，始終覺得面善，就是記不起在哪裡見過這個年輕人。

「我們曾經見過面嗎？」我苦惱地說。

年輕人扯扯嘴角，淡淡地說：

「我就是當年唯一一個上學去唸書的學生呀。報章上都有我的特寫鏡頭。」

其他3

將近熱水鎮，漢生終於放下一顆忐忑不安的心。路兩旁兒時熟悉的樹林似乎給他無限的勇氣和寧靜。

「落實的感覺就是不一樣，」漢生說。「其實，我們都還在祖國的土地上。」

「別太得意了，」漢生的太太取笑他。心裡一樣有無限的寬慰。「前面好像有一大片霧，你要小心走。」

霧好像浪頭，一陣又一陣突然湧現。白茫茫一片，淹浸整座山林。漢生擰亮汽車高燈，強烈的光芒也不能突破滾滾而來的霧海。漢生不得不放緩車速，因為他看見的除了白茫茫的一片霧，就是一片白茫茫。他看不見路。

「我們在哪裡？漢生。」太太緊緊抓住漢生的左臂。

「我不知道。」漢生回答。

兩個孩子也醒了。他們揉揉眼睛，都帶點興奮。有點緊張。

「爸爸，好大的霧啊。」

「爸爸，你認得路嗎？」

「這是爸爸的故鄉，他不會走錯的，」太太安慰孩子。聲音有點軟弱乏力。

漢生沒有答腔，全神貫注眼前的道路。他不明白太太為什麼比他更有信心。他不知道，能不能走出這一陣霧海。

其他4

「據說我哥哥抵達熱水鎮，天氣突然有了巨變，」漢興痛苦地說。「有一陣霧突然從他熟悉的樹林間湧現，是不是真的？」

「沒有錯。」我說。

「為什麼他會受困？雖然霧很濃，可是那是他的故鄉！」漢興非常不滿。

「太殘忍了。」妻也表示同情。

「婦人之仁。」我發出冷笑。

雖然太陽升起，霧會漸漸消失，黑夜也必將成為過去，漢生還是在那座霧林中打轉。

一九八九年十二月

悼念古情以及他的寂寞

一

古情是在去年九月二十五日上午十一時十五分離開這個「充滿了悲劇因素」[1]的現實世界的。

時光最是無情，古情被證實患上肝癌原是上一年的事。那一年內他艱苦奮鬥，意志高昂，「在絕望中佇守著黎明」[2]。然而，盡管他懷抱著「樂觀的心情審視悲涼的世態」[3]，癌魔並未為所動，最終還是在一年之內將他擊垮，逐出充滿紛爭的人世，帶返「像黑夜一樣迷人的神秘去處」[4]。

說起來也許沒有人會相信，然而這卻是千真萬確的事實（事實也分真假，今日這個世界究竟蛻變到什麼地步了？）。噩耗傳來時，我的確正著手整理一個關於古情的紙上訪問。事實上，早在一個多月前，我已經把〈古情的世界〉的問卷發出去了。事情就在那麼湊巧，就在那個風和日麗的艷陽天，

1 古情：〈戰場〉其中一句。
2 古情：〈海鷗的視野〉其中一句。
3 古情：〈戰場〉其中一句。古情：〈文學的變奏與人的本位問題〉。
4 古情：〈文學的變奏與人的本位問題〉。

郵差將詩人王××的信件交到我的手中，家裡的電話就響了起來。我好整以暇地打開信封，抽出詩人的答卷，還來不及閱讀，大女兒在電話機旁就氣急敗壞地叫喊：

「爸爸，快來！快來！」

我瞪了她一眼。

「什麼事大驚小怪！」

我最討厭她那慌慌張張小題大做的作風了。大女兒用手按住電話筒，壓低嗓子：

「好像是林伯伯——」

對方果然是圖騰出版社社長林×。他的聲音出奇的沉重說：

「很忙是嗎？壞消息，古情今天早上去了！」

半響，我答不上話來。林×在那裡重覆了一次：

「我們又少了一個摯友！文壇也將失去一員猛將！」

我在他啜泣聲中終於醒覺「古情今天早上去了」的真正含義。古情去世了嗎？怎麼可能呢？他是那麼健朗、樂觀呀！

二

詩人王××雖然是第十五個對我的問卷作出反應的人，但是卻令人太過失望了。詩人的回答很簡略，即使在答覆問卷，也保持了一貫的洗練風格，一如他的詩風，真是不簡單。

古情問卷

（如果篇幅不足，請另具紙張作答）

問題一：有人說，古情一方面肯定悲劇性的人生，認為人天生是悲劇的動物，另一方面他又熱烈的擁抱生活，覺得人生不過是一場明知無意義，卻必須奮力去完成的任務。他的幾部小說，如《青山依舊》、《神話》以及《濱海小鎮手札》，這兩種強烈的矛盾是並存的。你對這一點有何意見？

答：對不起，我雖然對古情君的作品略有涉獵，很慚愧卻未能深入的研究，因此不敢妄下評語。

問題二：你認為古情這三十年來，對本國文壇的最大貢獻是什麼？

答：答案如上。

問題三：試舉出你最喜歡的古情作品。也請你對有關作品做一個簡評／分析。

答：答案同上。

三

一年前小說家端×那裡乍聞古情罹患肝癌的消息，我張大了眼睛斥責他：

「上個星期我尚和他一起登上多龍山，上下只用一個小時。當時他的氣色也沒有任何異樣呀！」

端×嘆了一口氣，說：

「如果能夠讓你探測得出行蹤，還稱得上可怕的殺手嗎？」

消息很快就傳遍了文藝界。每一個人都像我一樣，感到不可置信，雖然端×說得有道理。古情的體魄一向健碩、魁梧、生活有規律、又無不良嗜好，做夢也聯想不到這種不幸的事會發生在他身上。偏偏它又發生了。除了惋惜與嘆氣之外，做為古情的好朋友，我們又能做什麼呢？

沒有人敢親自登門去拜訪與慰問古情。然而我們又很擔心，即使他的體格再健壯，也承受不了這生命中突發的災難。終於在一個晚上，我和小說家端×、散文家蕭××、詩人張××，同時約好了蕭××與張××學院內幾位崇拜古情的學生一齊去看古情。在出發的時候，我們之間偶然間雖也談笑風生，卻難掩痛苦與悲傷的情緒。尤其是車子將要到達古情的住家時，彼此臉上的悲哀神色已很沉重了。癌是可怕的名字，我們都為就要面對受盡癌症折磨的好友而感到悲慟難抑。

事情卻與我們預想的局面有頗意外的差別。古情在我們的車子剛抵達門口時，已經站在黑白分明的大門前迎接我們。

「浩浩蕩蕩的一班人馬，到我家來野餐嗎？」古情爽朗地說。

詩人張××與小說家端×對望了一眼，再看看我。我聳聳肩，一臉茫然。我們都為古情的豁達而感到失措，本來以為他會躺在病榻上，形容枯槁，正苟延殘喘。難道消息有異嗎？

後來還是古情直截了當，解了我們的圍：

「癌嗎？不要擔心。我還承受得起！」

我們都吁了一口氣。我更為他的樂觀態度感到無限激動。一剎那間，我對死亡又有了領悟。

「人生雖然徹頭徹尾是一齣悲劇，卻又不必太過悲觀，如果不是因為癌，我當然能夠活得更長久。不過，就因為我患上癌症，知道自己的日子不多，因此更懂得掌握每一分每一秒。這反而是另一種收穫，不是嗎？」

那個晚上，我悄悄流下了無數的眼淚，才離開古情的家。想要替堅強的古情做一個專題，也是那時候下的決定。

我想我應該從古情的小說與詩開始，好好探索他的中心思想。

四

然而，事情進行得並不順利。

告別了古情，在回家的路上我雖然也曾在腦海裡策劃了研究的方向，也同時擬定了一些問題，卻又因為許多纏身的俗務，不能將計劃真正付諸行動。

這之後，我還離開檳城到外埠參加了一個三個月的在職訓練課程。這年代公務員面對的挑戰是愈來愈嚴峻了。尤其是國家正朝向成為亞洲第五條小龍的偉大目標邁進的當兒，我們身受的壓力是與日俱增的。雖然如此，工商界與一般大眾並不明白我們發奮圖強的心願，一開口就要嘲諷政府推行的「廉潔、有效率、可信賴」的口號。

當然，間中我們幾個寫文章的朋友還是時有見面的。即使沒有時間促膝長談，從報章上精闢的文藝版位與滔滔不絕的專欄文字裡，我們還是隱隱約約能夠知道文壇上的動態與趨向。文人一向就是如此直腸直肚，儘管經過修飾，字裡行間難免還會或多或少透漏了作者的真實生活。看見每一個熟悉的朋友還安然健在，雖然文章並沒怎麼進步，至少也是一種安慰吧。

也就是在最近二個月，我突然想起報紙上似乎少了一些什麼。仔細一想，原來就是不見古情的名字！

這一驚真是非同小可！

我竟然將一位在患病中的好朋友忘記了，而我們之間不過是隔了一座大海而已。

我馬上趕到古情的家探望他。和半年前比較，他變得不成人形。過寬的衣服令他看起來是那麼消瘦衰老，而且他的聲音疲憊極了，我必須儘量靠近他，才能清楚他講的是什麼。他的精神看起來倒好，只是落寞了許多。

「我還在寫。」他很開心的說，勉強擠出來的笑容令我想哭。

「你應該多休息。」我哽咽著說。

「放心吧，我很快就要永久休息了。」古情笑了笑，可是聲音卻沙啞難辨。

我站了起來，在狹窄的客廳整理了一下褲子，也同時整理欲哭的情緒。再坐下來時，我問他：

「最近有什麼朋友來過嗎？」

古情輕輕搖頭，微微笑：

「大家都忙吧。」

五

朋友對我的問卷反應冷淡，或許不應該責怪是他們對古情的寡情，很有可能是我的問卷準備的不夠完整與全面。另一方面，也許是我的問題過於直接了，要一位寫文章的朋友對另一位也是寫作的朋友作出正面的評析的確是件頗為艱難的工作。現實生活中真的有太多這樣的例子：文字的禍端是防不勝防的。為了不想被錯誤引用，文人朋友避重就輕也是應該可以理解的吧。然而，耿耿於懷還是難免的，我時常推測：為什麼我的問卷只有這麼幾個人的回饋。

我實在不甘願相信，俗人之間尚且有肝膽相照的例子，為什麼識字以後，文人卻因此更加冷漠？我是多麼渴望相濡以沫的古風能夠蕩漾於朋友之間啊。

六

雖然早上就接到林×的電話，我要遲到那個晚上才抽得出時間過海去瞻仰古情的遺容。古情的家座落在麗山花園，是一間單層排屋。古情一生簡樸，人丁單薄，除了太太邵華，就只有一個十五歲的孩子。我原以為喪宅易找，但是抵達古情的門口，竟然也是一片淒靜。門口雖然擺了幾張桌子，鋪了白紙供人玩紙牌，卻沒半個人影。靜悄悄的屋子外面，停了一部奧士汀小房車，是古情與邵華的交通工具，另外還有一輛陌生的摩托車。我下車一看，原來是寫雜文的李××，早我十分鐘已經來到了這窄小的屋子。

「你也來了。」

李有點詫異，推一推他擱在鼻梁上的黑邊眼鏡。他和邵華正在屋內商量古情的葬禮儀式。除了李××之外，張××及端×也都來了。林×則剛剛開了車子去街上購買拜祭古情的紙燭。

「陳×，邵華拿不定主意，你也來提供意見好嗎？」××對我說。他們正在討論是否應該遵從古情臨終的意願，將遺體火化。

「如果那是他的心願，又何必違抗他呢？」

邵華總覺得不忍，最後還是同意依照古情的囑咐，就在附近的福德祠火化。

古情躺在客廳中央，還未蓋棺，目無表情的臉比起平時多添了一層森冷氣色。

他就這樣走了嗎？

我凝視古情不復動彈的身軀，突然想起他在《濱海小鎮手札》中的一句話：人在時間的長河裡究竟應該站在哪一個角落審視人生？

他已隨著長河的急湍漂流而去。在這之前，他對這短促的人生看透了嗎？

「才四十五歲哪！」

李××嘆了一口氣，似乎有無限的感喟。這令我回頭看了他一眼。

「老天沒長眼睛，好人為什麼也會患上絕症呢？」

李××的慨嘆雖然幼稚可笑，卻是最真實不過。人有時候難免會講錯話，尤其是當事件驟然發作，措手不及時，更會語無倫次。

事實上我的感受與李××並無二樣。

七

關於我那一套問卷，並不只是詩人王××的答覆令我失望，其他幾個作家的不理不睬的態度也著實叫我神傷。從古情那裡回返住所，我逕自躲入書房。雖然已是凌晨一點多鐘，我還是忍不住抽出其中幾份答案檢閱。

問題四：古情既寫小說，又從事詩的創作。有人認為他的小說結構嚴謹，語言生動，嘗試融合古代寓言、傳說於今日的現實生活中，因此呈現了繁複多姿的面貌。另一方面，一些文學朋友則認為古情的詩突破了題材與題旨的瓶頸，天馬行空，瀟灑自如，為我國詩壇開創了空前瑰麗的新天地。

一位資深的小說家楊×並沒有正面的答覆我。他在答卷上寫：

古情的小說與詩無疑都是極具特色的。他已經為自己豎立了獨特的風格。

只有這麼兩句話而已。我還是頗感激他。

在大學裡研究現代文學的馬××教授甚至沒有給我回音。我除了強逼自己相信「郵務人員辦事無效率、不可信賴之外」，還浮起了「教授看不起小作家」的狐疑、自卑心理。失望之情當然是不能掩飾的。

以遊記與散文見稱的宋××女士針對我的問題三倒是提出了她的「一點淺見」。她說：

我雖然對古先生的作品認識不深，不過個人還是對他的《青山依舊》留下深刻的印象。我尤其喜歡小說中敢於挑戰傳統的沙其爾與淑瑛。他們奮鬥的結果雖然失敗了，卻無損英雄的形象。

我一共寄出了四十封有關的「古情問卷」於老、中、青三代作家。收到的回饋如下：

①老作家寄回來的答卷共有四封，占十分之四。

②中年作家寄回來的答卷也是四封，只占二十分之四。
③青年作家的答卷有七封，占十分之七。

我前後只列六個問題。除了上述四個，我的另外兩個問題是：

問題五：你對古情有什麼期盼？

問題六：你是否讀過古情的作品？

在我收到的十五份答卷中，並不是每一個作家都有對上述六個問題提出意見。回答「問題一」的作家最少，只有四個人。「問題二」及「問題四」的迴響也不好，不過是五個人作答而已。最多人回答的是「問題三」，一共有十四人。最有趣的是年輕作家針對「問題五」及「問題六」的答覆了。其中有四位反問：

「誰是古情？」另外兩個則提出了大同小異的回答：「古情和年輕一代脫節了」，他們「不能感受古情文章裡的悲劇意識」。

八

沒有回答我的問卷的人中包括小說的端×、散文家張××以及出版家林×。在為古情守靈的夜晚既然和他們碰面了，我不禁又想起還未收回的問卷。我開玩笑地說：

「古情去世了，你們應該可以給我答覆了吧？」

林×略帶揶揄：

「當然，盡寫好的。」

張××卻與他唱反調：

「也未必呀！寫壞的，他也不能站起來罵你！」

想不到大家的心情竟然會變得如此輕鬆，這也是物極必反的現象。早些時候，因為噩耗來得太突然，人人心情沉重。那難挨的一刻終於還是過去了。我們接受了事實，知道「悲痛也是一種徒然的姿勢」[5]。古情也不希望我們用悲觀的眼神看悲劇的人生吧。雖然如此，我們的話題並沒有離開文壇掌故以及熱門話題，畢竟大家的行業雖有異，彼此相同的還有一個文學嗜好。

「×××報的文藝版愈編愈不像話了！」

「烏啊！爛稿一堆！我在上個月就不訂×××報了！」

「不在×××報發表的文章才是好文章。」

「××的社會觀察文章越寫越多，那也是文學嗎？」

「美女，啊！」

「現在流行什麼？」

「座談會！」

「怪不得好文章難得一見。」

5 古情：〈沉思一九八七〉。

「自從古情死後就這樣了。」
「他媽的！古情今天才死啦！」
「××與××打得火熱，你們不知道嗎？」
「烏啊！」
「是的，烏啊！寫文章的人！」

九

古情去世的消息傳來，我馬上想起那二十五位還沒有給我答覆的文友。我在猜想，他們一定因這個消息而懊悔。如果在古情生前他們就把答卷寄還給我，那麼〈古情的世界〉就會在古情有生之年見報。我深信我一定可以漂亮地完成使命（絕對不是馬後砲）。而古情閱讀過後會感到開心吧。寫文章的人是寂寞的。雖然他已經習慣了寂寞，但是他不拒絕人間的溫暖。為什麼我不在一個作家尚健在時給他一種肯定、鼓勵呢？

我在家翻閱那僅有的十五份回條時，心中的感觸是頗為複雜的。我既感到憂傷（不只是因為古情的逝世）、悲憤，也同時有無盡的落索與孤寂。即使是一同走在孤獨寂寞、迂迴曲折的山路上，我們也吝惜於將溫暖傳遞給同樣寂寥的作家。我們是如此無情，又怎配得上是寫文章的人呢！

因為憤懣，我在那個晚上熬到凌晨四點多，終於寫完了〈古情的世界〉，共有二萬多字。

古情雖然已遠去，我還是應該實現他在生時我答應過的承諾。這或許也算是一種痛擊的姿勢吧！

十

然而我的反應是過敏了。也許我太過於偏激，常常從狹隘的角度觀看人間情愛，因此忽略了原來人類是可以有多樣面貌與多重感情的。

第二天早上有幾家報紙甚至以顯著的版位刊載古情逝世的消息。他們的迅速行動反映了報社的超卓效率。除此之外，記者們還走訪了許多小說家、詩人、散文家、評論家與學有專長的學者教授，對古情的著作與生平做出了或表面或深入的介紹與評析，洋洋灑灑占據了全大版。可見得關心古情（或者說文學）是大大有人在的。尤其是「寸欄必計」的報館與不惜撥出巨大篇幅做專輯悼念、追思、肯定古情的文學貢獻，古情也算是死得頗有價值了。

我前一個晚上，因為替古情不值而暴跳如雷，更顯示了自己的膚淺幼稚了。雖然這些表揚與讚美古情的文字是來得遲緩了一些，古情已經撒手離開這個冷漠的世界，但是遲到不是總好過沒到嗎？

細讀文學朋友對古情的追悼與頌讚文字，令我一邊懷念敦厚、睿智的古情，一邊悄悄淌下愧疚的眼淚。朋友們寫得那麼好，情辭豐美，不亞於我對古情的推崇。倘若我不是因為著手弄〈古情的世界〉，而朋友們一般上又對問卷淡然令我心存芥蒂，因此有先入為主的印象，我想我甚至會因了這些悼念文字而嚎啕大哭。雖然如此，其中並不乏令我沉思的文章。原來他們沒有回答我的問卷，卻靜悄悄替古情寫下了公正的評語。

唉！

留下最好的，他走了

牛××（作家）

古情走了嗎？

不可能的事！

然而事實真的是這樣。這是多麼令人震撼的消息！一直到現在執筆為文，我還是不能置信，一位正處巔峰狀態的優秀作家就這樣遽然辭世了。這是我國文壇的重大損失，我感到非常悲傷，非常難過。

古情一向很熱烈地投入創作的行列。他的生活雖然不如意，三十多年來卻始終站穩崗位，埋頭創作無數傑出的詩篇與小說。生活的壓力並沒有令他屈服於傳統。相反的，他勇敢創新的文體與體裁，近年來已替他自己樹立了獨特的風格。

歷史會記載他留下來的美好的作品。

我與古情

馬×（×大教授）

認識古情，是因為我要編寫六十年代以後的小說史，那已經是三年前的事了。

我發覺坊間有關我國文學史的書籍只有××編的那一本，而那一本也只編到六十年代末期。六十年代之後的文學史是一段空白，這也是為什麼我在三年前會萌起寫史的動機。在許多我接觸過的這一個時期的作家中，令我感到非常吃驚的就是古情了。

古情所受的教育並不多，中學只念了二年就因為家貧輟學，在一家雜貨店工作。他後來也順理成章當上了雜貨店的書記，一當就是三十多年。令我感到訝異的是，在傳統雜貨鋪的累人環境下，古情的每一篇小說居然都寫得異常精彩，令人刮目相看。他的長處，我認為，是嘗試用溫煦又略帶嘲諷的筆觸反映小市民對大課題的強烈感受。無疑的，他的創新手法是非常成功的。

令人感到遺憾的是，自從《神話》、《青山依舊》及《濱海小鎮手札》三本書出版之後，十年來古情的許多小說與詩（另有冷峻的特色）都沒有結集出版。為了紀念這位卓越的作家，我建議文藝界應該馬上替他整理出版文集。

懷念一個認真的作家

金×（詩人）

有一年，我們幾個不識人間愁滋味的年輕朋友突發奇想，集合有限的資金出版一本詩季刊。我們開出助陣的名單，古情是其中一個。第二天下午，我來到了他工作的雜貨鋪裡，我第一次與他見面了。年齡的差距竟然並沒有造成隔閡。古情的心情與見識原來是那麼年輕、豁達，比年輕人更樂觀、積極！

我回來以後第三天，就收到了古情寄來的詩作三首。可是第四天我又接到他的一封信，針對其中一首〈黃菊與蟹〉的詩，作出一些文句上的刪改。

從
群鴉鼓噪的暮色
漸漸覆蓋菊黃
在蕭瑟的庭院
只有蟹橫行
匆匆

改成：
暮色鼓噪群鴉
漸漸覆蓋菊黃
橫行的蟹
匆匆
爬過蕭瑟

再過第三天，我又收到了他的「急函」，原來又是對〈黃菊與蟹〉做了一些斟酌，改為：

庭院蕭瑟
暮色鼓噪了群鴉
漸漸覆蓋菊黃
橫行的蟹
匆匆跨越

我永遠不能忘記古情的認真，尤其是對我們這一群剛剛起步的年輕人的支持與愛護，他將永遠是我創作道路上的模範。但是這麼一個嚴謹且富有才華的作家，竟然在最輝煌的壯年走了！

老天怎麼如此殘忍呢？

卓越的古情

黎××博士（半島文學研究會會長）

雖然古情在創作小說之外也寫詩，而且他的詩也寫得別具一格，但是他的小說成就到底還是凌駕於詩之上。

古情的小說，嚴格地說可以分為兩個階段。

一九八〇年是古情的小說創作的分水嶺。

八〇年以前，古情的小說充滿了厚實與強烈的象徵意象。而且他這個時期的小說，象徵性與寫實性融合得恰到好處，另有創意。雖然如此，在八〇年代之前，古情的小說還是難免面對「象徵意味太濃，主題模糊，令人費解」的抨擊。這一切的指責，雖然也曾引發一場不小的筆戰，十年後再回溯過去，我們除了感嘆幼稚可笑之外也同時感到震撼，因為古情對文學的見解與認識果然是走在時代的前哨的。

古情這一時期的小說可以《神話》、《青山依舊》及《濱海小鎮手札》為他的傑出代表作。

踏入八〇年以後，古情的小說就有了頗為巨大的轉變。如果說這之前的小說是晦澀艱深的作品，那麼這十年來古情的小說是整個的脫胎換骨了。這一時期的文章取向是著重於描寫受屈辱低層人物在人生道路上面對重重困難時的不屈不撓的精神。古情的文風變成非常雄健、樂觀。在他筆下的弱小人物，都有開朗、堅韌的性格。面對八〇年代的苛刻政治、經濟與教育壓力，這些小市民依然很勇敢地迎接挑戰，也因此使他們成為栩栩如生可敬可愛的小說人物。

古情在八〇年代之前有過一次的豐收季，八〇年代之後，他的成就無疑更燦爛。

十一

一個星期之後，我把〈古情的世界〉認真地謄寫一遍，攜帶到他家中交予邵華。

「我決定不寄出去了。」我淡淡地對邵華說，其實心中還有惋惜。

「你不會後悔嗎？」邵華凝視我。

我搖搖頭。雖然如此，我還是上門來慰問邵華，到古情靈前上香。我想讓邵華，還有古情知道，我是一個守信諾的人。

我沒有解釋，我想邵華是明白的。她點點頭，說：

「那麼，就讓我焚給古情吧。」

火很快就在瓦瓮中熊熊地燒起來了。五十張稿紙寫得很辛苦，燃燒卻是一種迅速又痛快的感覺。我悄悄的淌下了眼淚。我不明白，古情在那個世界是否也見著了。

邵華幽幽地說：

「我相信他會開心。」

她走向客廳中的櫥櫃，打開其中一個抽屜，拉出一張紙條交給我。

「他在病中寫的。」

十二

也並不是純粹因為文學界朋友對古情的悼念令我前一個晚上一邊寫〈古情的世界〉一邊光火的情緒冷卻，取消發表不乏憤懣的該篇文字。當然，它是其中的一個主要因素，那是不能否定的。

悼念古情的那許多感情深摯的文章發表之後第三天，我又讀到了一篇刊登在××報的「生活與你」版題為〈讚揚是否嘲諷〉的短文。其中有一段這麼說：

——如果人不能在生前受到應該獲得的尊敬與幫助，那麼在他死後才推崇備至，是否也是一種俗氣的禮節？

十三

古情的紙條只用原子筆潦草地寫了兩行：

請不要寫文章悼念我
我已經習慣於寂寞

我不明白古情是在什麼感受下寫的這些句子。不過，我想他的意思應該是很明顯的吧。我雖然在一年前燒掉了〈古情的世界〉，現在卻又來對他追思，經過了一年的思考分析後開始採取的行動，他若有靈，應該會原諒我多事。

九月廿四日古情一週年忌辰前夕

黯淡的大火

一

關於淡水鎮，我最後的記憶只是一場黯淡的大火。人聲鼎沸，局面混亂。我不知道母親在哪裡。

二

而這一切都已經是那麼久遠的事了。

在叫賣的嘈雜聲中醒來，我看見窗外竟然已是一片明亮的晨曦。一路顛簸五百英哩，我終於抵達父親闊別了三十一年的小鎮嗎？

我探頭車廂外面，深深吸入口氣，那麼清涼卻又何等陌生。

我不知道當年父親離開淡水鎮是怎樣的一種心情。我只記得，那時候的天色早就壓下來了。父親右手拎個巨大的皮箱，左手緊鉗著我弱小的手臂，穿過不太擁擠的人潮，爬上了向南開出的夜車。

父親坐下來，將皮箱置放在雙膝。他的手肘撐在皮箱上，支著下巴，呆滯地望著前方。

皮箱裡頭有什麼東西？

我們究竟要去哪裡？

我都沒有追問父親。母親不在身旁，我一向不敢先開口和父親說話。

三

三十一年來，我始終不真切明白事情的前因後果。雖然在我的成長過程中，我也曾孜孜不倦，埋首於父親的書房間尋覓三十一年前那宗突發事件的來龍去脈，但是父親的書房縱然是一座藏書千冊的寶庫，我卻是一個空手而歸的探險人。

父親不苟言笑的嚴肅臉孔，三十一年來也從未洩漏蛛絲馬跡。單刀直入的叩問，當然不是我敢貿然採取的行動；旁敲側擊雖然也在悄然進行，但是我一直不得要領。

我始終不明白，為什麼當年父親會匆匆牽著我，離棄這座而今我踩立腳下的故土，去國迢遙，另創天地？

四

我不明白的事情還有一項。

五

父親攜帶當年只有十歲的我，父子二人遠投新加坡大姑媽家的那一刻，似乎已經決定不再與教育沾上邊。大姑媽家搞的是五金入口貿易，父親在登陸新加坡的那一天起，就在行裡負責賬目料理的工作。父親完全放棄了教書的生活，我也從此告別了在山坡上的課室走廊奔馳的樂趣。

父親是個沉默寡言的人。我們父子二人就住在貿易行樓上的一個小隔間。入夜以後，父親總要在書桌之前做閱讀書報的工作。他早年讀的是什麼書，我並不瞭然；長大以後，當我發覺書架上盡是經史子集的大部頭書籍，不禁訝然。因此在無形中更加深了我對父親的景仰。

六

尤其是搬家三十一年，父親總是無雨無晦，每個清晨都堅持在客廳正中央的焦木香爐虔誠地上完一炷香才到貿易行上班，這種簡單持續的生活習慣，深切地感動了我。

當然，對我們家來說，父親最牽掛重視的就是那一個焦木香爐了。

我還記得，當年為了尋覓一座坐南朝北的公寓，父親曾經連續兩次拒絕了政府所配給的單位。待得正式把焦木香爐安正在客廳的正中央，父親的臉上流露的竟然不是因為心願得償而興奮雀躍的表情，反而是一臉肅穆，四周的氣氛驟然間沉重下去。

老邁的大姑媽在一旁微覺心疼地勸慰：

「都已經十四年了，你又何必耿耿於懷呢？」

當年我正從新聞系畢業回來，父親沉鬱的心情令他五十三歲的面容顯得更蒼老了。我摟著白髮蒼蒼的父親在懷裡，只感覺他的身子在我的懷中不停地抽搐。

我知道，父親想念的是那已經去世快十四年的母親。那一截焦木上頭刻的正是母親的名字。

七

而這一切還像是發生在昨日的事，在轉瞬間竟已是幾十年的歷史。

當我還是渾噩不識人間險惡的年歲，母親驟然間轟轟烈烈走了。我與父親因此相依為命度過了剩餘出來的三十一年。

而今父親也走了。

白雲蒼狗，人間真的是那麼短暫。回想父親這三十一年來的寂寂一生，我真的懷疑人間一趟究竟是為了什麼？

八

或許正是有這一層困惑必須馬上揭開，我在父親做過頭七的儀式之後，就立刻趕到這座小鎮。我雖然執行的是父親臨終前的叮囑：必須把母親的屍骨挖掘火化，一起帶回與香山寺父親的骨灰一起安葬；私心底下還是有所企盼的。

父親與我，四十一年來固然是相依為命，但是母親的驟然去世，就像父子間的橋樑斷了一截，我對父親在我十歲之前的一切言行一直是諱莫如深的。事實上，我對更早之前去世的母親又何嘗有更深的認識呢？

九

三十一年來，父親雖然堅持不肯踏足淡水鎮的故土，卻不阻止我對故鄉的二舅與表兄弟們的聯繫。三十多年來，二舅一家人中間也有到過新加坡遊玩的，我都極盡地主之誼，陪他們在五光十色的大都會穿梭。當然，在他們盛意拳拳邀約我北上做鄉土遊之際我也曾熱血滿腔地回應：

「那是必定的。我也曾在那裡吃過十年的飯呀！」

但是歲月就是會如此戲弄人。我的諾言竟然必須在三十一年後才真正實現。而且是在父親去世的剎那刺激我，一定要放下報館裡頭繁忙的業務去看看那一座曾經是父親與母親熱戀過，最後也是父親最避忌的老地方！

十

小鎮是樸素無華的。

踏足在這塊曾經熟悉的陌生土地上，我的幽思突然變得非常濃烈。

先是那一場幽冥的大火，在記憶中燃燒起來。然後，母親似乎也下葬了。這一切都變得頗為模糊不清了。我記不清楚究竟是哪一項先發生。

還有父親的南奔。

離開淡水鎮的時候，我失去了母親。重臨淡水鎮，我又失去了父親。在悲涼無奈中，我又感到有點荒誕的況味。

陪我從火車站出來的小表弟卻興高采烈地幫我提旅行箱。一路上，他與兩位路過的異族女孩隔街用我生疏的馬來語打招呼。

「明天的營火會，你們去不去？」

轉回頭看見我詫異地望著他，他爽朗地裂開嘴笑：「大學裡的同學。」

「你們真親密。」我感慨地說。

「是她們開朗。」小表弟言下也不無表露得意之色。

十一

二舅站在大樹下等我們。那棵樹真高大，傲然屹立在二舅的籬笆外頭。龐大的枝椏涵蓋了一大片的陰影。陰影的另一端是圓塔尖頂的教堂，與二舅的家只有三百尺的距離。

在樹蔭下的二舅看起來比他的年齡還要年輕一些。其實，二舅也有七十歲了吧。他高瘦頎長的身子，始終是那麼堅挺著，和我八年前在上演中國民族歌舞劇團的國家劇場見到的他一樣硬朗。

「你終於來了，」二舅說。

聽說父親才在一星期前去世，二舅看了一眼我沒結彩的胳臂，嘆了一口氣：

「正立真的走了嗎？」

正立是父親的名字。二舅茫然地望向遠方。風輕微地吹拂過樹梢。我向他解釋：

「我是回來拾金的。爸爸臨終交代，一定要把媽媽的骨灰帶回去。」

二舅點點頭，無限感傷地說：

「他就是那麼固執，才誤了一生啊！」

教堂的禱告聲突然嘹亮地傳開來，淹沒了我與二舅的對白。那尖拔雄渾的禱告聲在夕陽裡竟然顯得格外高亢。

我奇怪為什麼會有這種感覺。

十二

許多親戚（都是母親那一房的，父親就只得他和大姑媽兩兄妹）聽說父親已經去世，都表示震驚和感慨。時空的間隔似乎沒有淡化親情的關切。從父親這一頭開始，話題漸漸轉向了母親。

「最可憐是桂枝了！」二舅媽嘆了一口氣。「一眨眼就是三十一年啦。」

「你爸爸脾氣壞透了！」有一個二舅媽教我稱呼她六嬸的老婦人突然指著我說。

二舅媽慌忙對她說：「阿嬸，你莫要亂說。」

六嬸婆還是恨恨地說：「如果不是你爸爸，你媽媽今天也許還活著呢！」

我悚然一驚，警覺這其實並不是一場夢而是真切的現實。我雖然對於過去並不甚瞭解，卻不容我輕易忽視過去的一切。歷史雖然經過了歲月的淘洗，它還是具有深遠的影響。

對於某一些人，歷史是不易於抹擦洗淨的。也因此更不容易忘記。

我夾雜在混淆不清的歷史與真實之間，只能不知所措地對著六嬸婆禮貌地微笑。二舅從房間出來恰好聽見六嬸婆的譴責，就啞著嗓子對六嬸婆說：

「事情已經過去，你再提它有什麼用？正立的兒子是來帶桂枝回去的。」

聽見我要為母親拾金，幾個親戚都緊張起來。

「這怎麼可以！」

六嬸婆是第一個不贊同的人。

「正立這人就是這樣，專想一些沒有的事！」

「但是，這是爸爸臨終交代的一件事。」我說：「希望二舅能夠幫我這個忙。」

我看二舅沒有反對，其他幾個也不再說什麼了。只有六嬸婆一個堅持到底：

「都埋下去了，要挖起來就得小心處置！這可不是簡單的事！」

十三

瘦癟的六嬸婆雖然喜歡倚老賣老，但是她講的也不無道理：拾金的工作畢竟不是尋常的事。人生在世，不管寂寞熱鬧，總有許多煩擾憂患，一旦撒手西歸，生者總是希望死者入土為安。

「拾金的事，我倒是第一遭聽說，」二表哥陷入沉思。一會兒，他突然高興地說：

「我帶你去見金水吧！他應該有辦法！」

二表哥果然放下了他的油棕園的工作，用他那老邁的奧士汀載我出門。車子倒退間，大表哥正好從果園回來。他壯碩的身材擋住我們的去路，露出一副嬉皮笑臉的表情：

「帶我去！帶我去！你們要去哪裡？」

我實在有點訝異五十歲左右的大表哥有這樣天真的舉止。也難怪他這麼大把年紀還沒有結婚。我微笑對他說：

「我們要去找金水，你也要去嗎？」

聽見我這麼回答，二表哥的臉馬上變了顏色。他迅速推開破車門，衝向大表哥身旁，將他緊緊摟住。可是似乎太遲了。大表哥掙脫了二表哥的擁抱，全身發抖，斷斷續續地說：

「水！水……」

「不是！不是！」二表哥大聲地說，再次把大表哥摟住。「我們去找金惠！金惠！」

屋子裡的人聽見這一陣掙扎，早就奔跑了出來。大家都圍住大表哥七嘴八舌地哄騙他：

「我們去找金惠！阿惠呀，你忘了嗎？」

「是誰這麼不小心？」

「把他抱進屋裡，慢慢哄他。」

折騰了半天，總算把大表哥安頓下來了。二表哥疲累地抓緊駕駛盤，無言地駛了一段路。我也為自己無意間闖下的莫名其妙的大禍感到尷尬不安。歉疚之外，我又感到無限悲惑。二舅父硬朗清癯的外表給我極深的印象，但是他卻有這樣一個單純地近乎白痴的五十多歲的孩子。

我突然想到過世的母親，身子不由得打起顫抖。我不明白父親為什麼三十一年來都不肯返鄉。難道這也有關係嗎？

車子走了一陣，二表哥突然打破了緘默。

「大哥是有底的。」二表哥嘆了一口氣。

「什麼時候的事呢？」我虛弱地說。

「很久了吧！」二表哥並沒有明確地回答我。「他就是不能聽見『水』這個字眼。」

我先是一愣，回想剛才我果然是提到「金水」的名字時，大表哥才有這麼激烈的反常表現，不禁黯然。然則水是這麼重要的東西，日常生活中又如何避得開呢？

二表哥點點頭，沉重地說：

「我們盡量不讓大哥出外工作。在家裡如果要用水，就用『AYER』來代替。」我神傷無言。二表哥嘆了一口氣說：

「爸爸為這件事最操心了。」

十四

車子走了一段山路，穿過蒼蔥幽靜的樹林，終於在一間建立在斜坡上的廟宇前停佇。廟的四周栽滿了果樹，而且正好碰上成熟季，每棵樹都掛滿纍纍的紅艷果實。

「跳童的是金水的老爸，」二表哥登上兩級石階，突然若有所悟，興奮地說：「可能你也會認識他！」

「誰？」我聽他這麼一說，不禁訝然。

「胡漢光老師——胡老頭啦，你還記得嗎？」

「我怎麼可能記得？」我笑起來。「離開淡水鎮，我當時只有十歲呀！」

我們拾步走上長滿狗尾草的石階。有幾隻瘦瘠的土狗從廟宇前面破落的戲台下鑽出來朝我們狂吠。聲音短促、懦弱，始終不敢靠近我們。

「胡老師以前是群賢中學的華文老師。他教我們華文，卻最愛講歷史故事。」二表哥腳步輕盈，一步可以跳兩級石階。「我們都叫他滿天星胡老頭，因為他口水最多。」

黝暗的廟宇除了一個老婦人正埋頭靜默地折疊金銀冥幣之外，就只有兩個男人。年紀較大的老人家，赤著上身，露出一副崢嶸的瘦骨，正輕搖著一把泛黑的蒲葵扇。四周很靜，我幾乎可以聽見另一個中年男人在剪燭蕊的聲音。

「胡老師！」二表哥畢恭畢敬地向老人家打招呼。

老人家一臉慈祥，沙啞著聲音說：

「好久沒見你了。榴槤都開花了嗎？」

「開了，可是又讓一陣雨掃落許多！」二表哥說。他隨即把我介紹給老人家：「這是我的表弟，黃祖耀。」

老人家停止了搖蒲葵扇的動作，對我上下端詳了一陣。正在剪燭蕊的中年人也走了過來。

「是你大姑丈的孩子嗎？」

折疊冥紙的老婦人問二表哥。

「是的。」二表哥又嘆了一口氣。「我大姑丈剛剛去世。」

老人家突然放下了蒲葵扇，霍然從香火燻黑了的長凳跳了下來。他抓著我的肩膊，顫抖著聲音問：「你真的是正立的孩子嗎？這些年來，黃校長還活著嗎？」

話猶未說完，眼淚已潸潸滾落老人家瘦削的臉頰。我讓他這麼一抱，也情不自禁悲從中來。想到幾百哩外竟然還有一個老人家為父親的生死而牽掛，我的眼淚更像缺堤的河水，不能自已地流淌。

「正立也逝世了。」

老婦人喃喃地說。她有一臉的惘然。

中年人走上來訕訕地說：「我是金水。你忘記了我嗎？」

我擦乾眼淚，端詳站在眼前的瘦黑漢子。三十一年是一個頗長的日子，我已經忘記了太多過去。

「你媽媽去世時，我還陪你一整天呢。」金水說。我看不出他的喜怒哀樂。

二表哥好不容易找到一個機會，忙接上來對胡漢光老師說：

「祖耀回來，就是要將大姑的骨灰帶回去。老師能夠幫他的忙嗎？」

老人家沉思了一會，終於點頭答應了。我感激地握緊老人家的手。

「一切都拜託你了。」

離開廟宇走下石階，我回頭望，只見黝黑的廟宇正浸浴在夕陽燦爛的餘暉中。胡老師盯著陽光送我們出來，安慰我說：

「我一定替你辦好它，你放心好了。」

他似乎言猶未盡，卻沒有繼續下去。

十五

拾金的工作有胡漢光老師的主持，果然進行得頗為順暢。我跟在老人家背後，上山下山，在母親的墳頭連續跑上了好幾趟。

三十一年來，每一個清明日父親都坐在那截刻有母親名字的焦黑木塊前面發呆，不飲不食。父親如果深情如注，為什麼不回來母親的墓前上香、祭拜？

我一向尊崇父親的傲岸性格。在這當兒，我卻又感到無限迷惘。

父親真的懷念深愛的母親嗎？

十六

小鎮的夜其實是寧靜祥和的。晚飯過後，我常常獨自一人騎了腳車穿街過巷地蹓躂。

我雖然已經離開了這個市鎮好長一段歲月，但是我畢竟是在這裡發出來到這個世界的第一聲哭嚎。我想我還是有頗深的情感的牽動。

一切過去的記憶也漸漸地回復過來。

小鎮的變化並不大。那座當年唯一的茶樓，今大依然靜靜地站在街場的轉角處。雖然牆壁是斑駁了許多，依稀還記得，父親當年常常帶我上樓去吃早點的情形。父親高大的身子登上樓梯時一向悄然無聲。我跟在他身旁，甫一在門口露面，馬上有人會親切地招呼：

「黃校長，早安！」

只有一次父親非常不悅地拂袖而去。那是他剛坐下來不久的事。當時好像有幾個人正爬上樓梯，看見父親，其中一個說：

「正立，你在這裡正好。你考慮清楚了嗎？」

父親馬上起立，也不回話，就下樓去了。讓我匆匆忙忙緊跟在後頭。

轉眼竟然已是三十一年前的往事了。

當然，那七排屹立在山坡上的小學校舍也是我熟悉的地方。記憶漸漸浮現我的腦海，像沙礫一般反映或明或暗的光芒。

我從山的背後爬上了最高一層的校舍。站在山崗上，可以遠眺峰巒起伏的山脈沉隱於暮靄中。三十一年過去，校舍似乎還是當年的局面，它們是那麼殘舊破爛。走廊上的告示板毀壞不堪，到處可以看見殘缺不全的門戶與桌椅。

課室的右手下方本來有一排低矮的宿舍，我依稀記得當時我與父母親似乎就住在其中一個單位。每天黃昏，父親都牽著我的手，與母親在走廊上散步。

在那種孤寂的日子裡，我不知道父親是否過得快樂。不過，他時常陷入沉思的形象，如今想來卻是頗為鮮明，教人難以忘懷。他最愛站立宿舍旁邊的一棵孤松下，默默凝望山腳下煙霧繚繞的村莊。

可惜那一排宿舍與孤松都不存在了。

「你怎麼也來了這裡？」

金水不知什麼時候突然出現在我的身後。

我吃了一驚，從感傷中回到了現實。我詫異地問：「你又怎麼也來了？」

金水搖晃著手中一串沉甸的鑰匙，說：

「我是校工，晚上要看更呀！」

他陪我走了一段下山的道路。三十一年實在是條不短的路程，雖然有時停滯不前，有時也帶來了許多變化。山腳下原來的一座足球場消失了。突然冒出了三幢三層樓的新校舍。我剛從山上簡陋的課室巡視下來，見到這種景象，不覺耳目一新。

「這就是群賢中學。才建立三年而已。」金水說。
「是新學校嗎？」
「你怎麼忘得那麼快呢？黃校長以前就是群賢的校長啊！」金水皺起了眉頭，不解地看著我。
「你說我父親嗎？他不是在山上的舊校舍上學嗎？」
「不錯，以前是在舊校舍上課。現在他們搬下來了。」金水淡淡地說。
「那不好嗎？」我感到頗為奇怪。
「好？」金水將鑰匙拋上上空，又接在手中。「麻煩剛剛從幾天前才開始呢！」

十七

我雖然不明瞭金水閃爍的言辭，卻也沒有懋得太久。我一踏進二舅的門檻，就聽見二表哥憤慨地說：
「這是什麼話！老高他們在睡覺嗎？」
二表哥前面還坐有幾個人。看見我進來，他們都納悶地看著我。我不認識他們，不過可以看出他們是經過一場激烈的辯論，敵愾同仇的氣氛還氤氳於空中。
「我的表弟，祖耀。」二表哥說。「黃校長的兒子。」
「誰？」
「黃正立校長。」二表哥說。
我仔細地注視眼前三個人的表情。其中有一個年紀較大，與二表哥相彷彿的中年人有一副恍然大悟「原來就是他」的表情。那是一種頗為複雜的感覺。既有尊敬，又有惋惜。他們三人與二表哥原來都是校友會的代表。

我問二表哥到底生氣的是什麼？

「他們竟然要派三十位非華裔學生進去群賢唸書——你說荒謬嗎？」

「非華裔？」

「是的！」

「他們都懂華文嗎？」

「問題就是他們都不懂！」

「那為什麼又要送他們去群賢呢？」

「我們生氣的就是這一樁事。」二表哥說。「其實，我們的憂患甚於氣憤。」

二表哥的其中一個朋友低沉地說：

「生氣？我們還有生氣的權利？當董事會把校地獻給政府以後，群賢已經不是我們的了！」

他叫蘇本。人長得黝黑結實，一臉剛毅。我猜想他從事的必是粗重的園林工作。

我不明白蘇本的話。也不瞭解二表哥的憂患。

「難道你們都不能夠反對這種情形的發生嗎？」

「群賢現在是全津貼的政府中學，一切的行政工作都歸政府管轄。董事會其實是名存實亡的。」

二表哥氣餒地說。

「以前呢？」

「我們一向都有難題。」

我感到很詫異。「群賢的校舍很壯觀啊！」我說。

一個叫李共生的朋友嬉皮笑臉地說：

「那是賣身換來的。」

二表哥白了他一眼：「不要說風涼話了。」他轉回頭解釋：「那是群賢獻地給政府，交換得來的。」

雖然我與淡水鎮之間相隔五百多哩，中間又橫隔了三十一年的歲月，但是站在淡水的南端，我也多少聽說過這一端華文教育的胼手胝足的辛酸。然而，從南到北卻又有不少華文獨中奇蹟般在艱苦中傲然屹立。

群賢是個特殊的例子，我不瞭解。我說：

「群賢還是華文中學嗎？」

二表哥與他的朋友們都給我不同的答案：

「當然是。」

「現在是，以後就不是。」

「早就不是了。」

「？」一臉愕然。他們的激動我都可以感受。或許時空隔距真有差別，我雖惋惜卻無激情。

十八

母親的拾金工作總算在胡漢光老師的協助之下完成了。

母親在我十歲那年去世。三十一年來，她甚至絕少出現我的夢中。模糊的印象，與真實的屍骸，我一時間竟聯繫不來。我甚至記不起來母親當年是在什麼情況之下去世的。我只記得那最後一場遙遠的大火。我站在山坡下觀看著火的宿舍燒紅了漆黑的天空。

父親已不知去處，卻有許多人將我圍住。

人生真的是如此變幻無常嗎？

當我捧回母親的骨灰，胡漢光老師也交給我一本已讓蠹魚蛀蝕的硬皮簿子。

「這是黃校長的會議記錄。你拿回去吧。」胡老師淡淡地說，緊緊握住我的手。

十九

清晨颳起一陣大風，教堂後面的那棵大樹齊腰折斷，不偏不倚，壓在二舅父的籬笆上。我正在打理行李，也為這突發的事件耽擱了一些時間。本來預訂早上出門去取機票，下午搭機返新加坡，也只好等候大表哥與二表哥把庭院整理清潔再出門了。

正在忙碌間，突然有一輛嶄新的平治駛進了巷口。

「是林青來了。」二表哥揩乾額頭的汗說。

大表哥則興奮地奔向車上下來的一對夫婦。他們兩人雖然穿著隨意，但是我一眼就認出那是名貴的牌子。

那男人張開雙手緊緊摟抱著大表哥。中年婦女則與二舅父一家人親切地寒暄。

「阿哥的同學，林青。」二表哥攔著林青的膊頭說。「黃祖耀，我大姑丈的兒子。」

「黃校長嗎？」

林青張大了雙眼，訝然地問。看見二表哥點頭，林青一臉肅穆，緊緊握住我的手，激動地說。

「黃校長是個有遠見的人！」

不知為什麼，我的眼淚悄悄淌了下來。這是我第一次在淡水鎮聽見對父親的正面評語。甚至在二舅父家的遠親近戚，都在惋惜父親去世之餘，而在言談之間對父親的強烈性格略有微詞。胡老師的激動並沒有透露父親在生時的個性。唯獨林青對父親有景仰的眼神。他熱切地對他太太說：

「小蓉，這是黃校長的兒子！」

小蓉也很驚訝。她從二舅媽那邊走過來，關切地問：

「黃校長還健在嗎？」

聽說父親剛剛去世，林青與小蓉都黯然神傷。

「當年黃校長是最支持我們的人。」

林青悠悠地說。

「如果不是那一場大火，今天也許又是另一種局面了。」

二舅父似乎不願重提舊事。他對林青說：

「你們沒來，阿忠天天都在想念。」

二十

「讓我們送你一程吧！」

林青知道我就要在當天午後離開淡水鎮，盛意拳拳一定要把我載去機場。我還在猶疑間，小蓉也在一旁遊說：

「黃校長這些年過得好不好？讓我們在車上好好地聊聊。」

事實上，從淡水鎮到檳城機場的路上，我只寥寥地回答了幾句關於父親晚年的生活狀況，並非我有所避忌，實在是父親的生活太過於嚴肅、自斂了。

「父親過得是那麼規律化，我很抱歉不能告訴你們一些什麼。」

「他老人家一向都是那麼認真嚴肅的。」林青點點頭。

「那一年我們示威抗議，不讓學校改制。自始至終都是黃校長在支持。鎮暴隊來了，黃校長是第一個站在前面與他們理論的人，絕不退縮！」

小蓉也緊接著說：

「當時我們幾百個同學，手牽著手，站在山崗下的校門入口處，對抗鎮暴隊的鎮壓。後來鎮暴隊的軍隊用強勁的水筆掃射，驅趕我們這些手無寸鐵的學生，還是黃校長擋在前頭呢！」

「最遺憾是文忠經過那一次的水擊事件之後，一直都不能復原。」林青嘆了一口氣。「一年內我們總會回來看他幾次，他總是那麼害怕聽見『水』！」

談起往事，林青與小蓉不禁沉緬於過去那一段激烈歲月的追憶。我與林青夫婦，相差不過十歲光景，竟然對於那一段動盪的日子是那麼懵然無知。這真是一件令人駭然的事。父親既然曾經那麼傲岸地度過那一場風暴，卻又把我提攜遠離那一座他那麼熱烈投入的土地。轟轟烈烈的事蹟因為不曾在我成長的心靈留下痕跡。這難道是父親的刻意安排嗎？

二十一

至於那一年的大火，我相信父親絕對未曾料及三十一年後，離開淡水鎮五百英哩的二萬五千呎高空上，他的兒子能夠有機會一覽無遺吧。我告訴自己這是一段逐漸消失的沉痛過去。我必須尊重父親當初攜我離鄉背井的意願，雖然那個意願頗為模糊。但是我有感覺。悲慟也是必然的。我必須提醒自己，當飛機降陸以後，我的生活中還有另一種形式的戰爭在等候我全力以赴。人，必須向前看，雖然回頭望是人所不能避免的。我因此得以冷靜翻閱那一段動盪不安的記錄。

二十二

董事會緊急會議

日期：一九五九年三月一日（星期日）夜八時正

地點：本校中學部教務處

議程：討論本校學潮事件與學校改制事

出席者：黎中生、梁慶文、高利民、郭南、馬湯保、盧森明、葉金鋒、楊觀桂、謝傳忠、陳廣建、鄭惠新、黃正立

主席：黎中生

記錄：胡漢光

議決案：

董事長黎中生闡釋，召開這一次的緊急會議是因為最近本校發生了一件非常不尋常的事件。這個事件肯定將對本校的未來發展產生極不良的影響。這件事就是二月十六日的學生罷課示威的事件。董事長嚴厲譴責這一次的學潮。他對於學生們不知天高地厚擅自採取行動，團結一致站在校園籬笆外搞示威的事件非常不滿。董事長表示，學生的責任只是讀書。至於學校的行政工作，實在不必要學生的干預。這一次演變成暴力事件，是非常令人感到遺憾的。他同時希望董教兩方能夠深入檢討，致力恢復學校的紀律，讓學生們能夠在寧靜的環境中完成學業。

董事長也同時報告云：教育部於二月二十日有來信董事部，倘若接受改制，必須在六月三十日之前給予肯定的答覆。事實上，改制一事正是促使學生爆發學潮的主要因素。董事長說學生們的思想太過天真，根本不瞭解學校發展經費的拮据狀況。

董事長也闡釋本校近年來所面對的經濟上的真正困境。如果再無外援，學校肯定將在一、二年內關閉。然而，如果接受改制成為事實的話，群賢每年將可領取津貼金十餘萬元。如此一來，不但教師職工的待遇將獲得改善，學校的校務更能作更深一層的發展，捉襟見肘的情況肯定不會再發生。而且，做為交換的條件並不苛刻，學校的教學語言雖然將漸次轉換為英語，華文一科依然可以繼續在原有的課程表內傳授。事實上，在未來的競爭激烈的社會裡，董事長強調，加強英語的教學對學生來說是有百利無一弊的。基於這一點，他實在不明白學生們示威反對的究竟是什麼。

董事長也同時引述檳城第一間接受改制的華文中學為例，自從一九五六年接受改制迄今，並沒有什麼不良的影響。這可以證明當年該校在改制之初，學生們引發的學潮是徒然的，毫無價值的犧牲。

席間，高利民針對黃正立校長沒能好好控制局面而發生二月十六日這場不愉快的事件表示遺憾。高利民也表示擔心，經過這一次的學潮，造成學校被關閉一個星期的惡劣後果之後，教育部當局是否還會接受群賢的改制申請。

黃正立校長反駁高利民，他並不是不管束學生。相反的，他更愛他自己的學生，所以他知道學生所做的是對還是錯。他曾經勸阻學生們不要採取激烈的行動。但是學生們的情緒太激動了，以致於鎮暴隊軍人必須出動救火車裝置水筆以強勁的水力來鎮壓憤怒的學生們。在這種情形之下，他除了撲在學生們身上抵擋掃射過來的強勁水力之外，還能做什麼？

黃校長也對這次的學潮表示沉痛的遺憾。但是，黃校長也強調，學生們熱愛自己的母語並沒有錯，實在不必對他們口誅筆伐。如果董事會能夠更謹慎處理學校改制的問題，這件令人感到悲傷的事就不會發生了。

針對學校改制的問題，席間只有郭南與陳廣建兩位董事極力反對，其他出席的九位董事都極力贊成。郭、陳兩位董事同時也舉檳城華文中學為例，在改制之後，因為有二十項附加條件，該華文中學的精神已不復存在。郭南同時指出，出席今夜的緊急會議，只有十一名董事，另外猶有四名董事沒有出席。而贊同的董事只佔九位，還未及全體董事人數的四分之三票數，今晚的票決成績，是否有效？

高利民、梁慶文與馬湯保等董事則認為，改制之事非常重大，其他四名董事既被通知，卻又不出席會議，應當做棄權論。

黃正立校長也站立發言。他措辭嚴峻，頻頻質問與會董事們究竟站在什麼立場辦立華文中學。際此華文教育面臨困境的當頭，董事會理應尋找更佳的途徑，振興華文教育，豈能因為負擔艱鉅而企圖卸下重任，交給政府當局？黃校長也責問與會的董事，明知改制之後，群賢將改頭換面，失去原來的面貌，不再是純正的華文中學。這樣嚴重的變遷，董事會是否準備面對後人的譴責？

黃校長的強烈語氣，也引發了一場唇槍舌劍。

經過一番激烈爭辯之後，董事會終於議決：

（一）派出五名董事會成員（郭南、陳廣建、鄭惠新、葉金鋒及謝傳忠）與校長連袂拜訪慰問受傷害以及被逮捕的學生家屬。

（二）盡快回信教育部，接受改制為全津貼中學。

會議結束之前，黃校長斷然而言：既然董事部議決接受改制與他的辦學理想相去甚遠，他將於月底之前收拾包袱，離開群賢中學。

會議進行至午夜零時四十五分始於火藥味中結束。

二十三

董事會緊急會議

日期：一九五九年三月十一日（星期三）

時間：晚上七時正

地點：本校小學部教務處

議程：（一）覆準前期議案

（二）討論教師宿舍與校舍被焚之事

（三）其他

出席者：黎中生、盧森明、陳廣建、鄭惠新、高利民、鍾光延、郭南、馬湯保、梁慶文、車保福、葉金鋒、謝傳忠、吳永地。
主席：黎中生
記錄：胡漢光
議決案：
（一）郭南提議、陳廣建附議，眾人無訛，一致通過。
（二）關於三月九日星期一晚上九時許的一場大火，燒毀了本校三間教室宿舍以及一間課室之事，董事長在席上表示非常難過。尤其是黃正立校長尊夫人也在此次的大火中不幸喪生，董事長與諸位與會的董事均表示深重的哀痛。董事長也希望黃正立校長能節哀順變，繼續為本校竭誠服務。

董事長也希望黃校長能忘記前此有關改制之事所引起的不快，打消辭職的念頭。席間，由高利民董事提起市面上謠傳這次大火是黃校長刻意燃放的流言，都被董事長阻止說下去。董事長並且肯定地說，縱使黃校長個人非常不滿意董事部的決定把群賢改制，他也不會做這種偏激的事。他希望董事會諸理事千萬不可胡亂猜疑，冤枉人家。何況黃校長在這次大火也喪失了一位至愛的親人。

董事會也議決，基於人道立場，將盡快把五百元的撫恤金送達黃校長府中。

至於被焚毀的宿舍與課室，則必須等候有關的政府部門調查結束，始另外想辦法重建。或者等候群賢改制之後再另作打算。也許政府能為群賢另外建立一座宿舍。

會議於晚上十點二十分結束。

二十四

董事會議

日期：一九五九年三月廿二日（星期日）下午七時半

地點：本校小學部教務處

議程：（一）覆準前期議案

（二）討論延聘校長事

（三）其他

出席者：黎中生、鄭惠新、郭南、陳廣建、梁慶文、高利民、車保福、吳永地、馬湯保、楊觀桂。

主席：黎中生

記錄：胡漢光

議決案：

（一）對前期議案第二項，有關派送撫恤金事，副董事長梁慶文報告，因黃正立校長失去聯絡，經於三月十六日將五百元交還給總務馬湯保，並匯入本會銀行戶口。至此，高利民提議接受前期議案，鄭惠新附議，眾皆贊成，通過。

（二）董事長報告，自從火災次日起，黃校長處理完尊夫人後事之後，即呈辭離校。（辭職信於三月十二日接獲，由三月十日起生效。董事長即席展示有關信件。）本校校務暫時由胡漢光老師代理。際此非常時刻，學生因聽信許多不利本校的謠言，人心惶惶。因此召集今晚的會議以討論如何處理這場紛亂的局面。

針對此事，與會諸理事都一致認為必須立刻登報延聘校長，掌管校務。董事會同時議決，由董事長、副董事長與總務三人組成一個監督小組，幫忙胡漢光老師維持學校師生的紀律，以避免任何不愉快的事件發生。

（三）高利民董事認為，在淡水鎮這麼小的地方要獨立維持華文中學是非常艱難且辦不到的事。為免錯失良機，校方與董事會應該再發信教育部詢問並且催促有關群賢改制的事早日實現。

與會董事一致議決，馬上著手處理改制事。

會議於晚上十一點二十分鐘結束。

二十五

我摟緊懷中母親的骨灰罈子，步下了機艙。風很大，我打了一個寒顫。

雨季從南中國海移向島國的上空了嗎？

我默默地對母親說：「您很快就要見到父親了。願你們安息吧。」

骨灰罈子頗輕，我當然沒聽見母親的迴響。黯淡的大火又在腦海裡悠悠燃燒起來。

Sayang, Oh! Sayang!

一

我是養狗的馬念素素巴杜。

二

我在我的主人拿督的武吉肯尼羅山上的花團錦簇的叫做木槿花山莊的豪華洋樓工作。武吉肯尼羅山是首都的一流高級住宅區，這裡的主人非富即貴，不是拿督就是旦士里。我住在這裡很快樂。

我的薪水微薄！你想也應該知道。但是能夠在達官顯要的山頂洋房竭誠服務畢竟不是人人可以攫取的機會。因此我非但不抱怨投訴，反而甘之若飴。我甚至沾沾自喜，私心底下還忐忑不安深恐這份薄薪工作會在一夜之間消失囉。很多人都沒有機會在顯赫的豪門立汗馬功勞，所以告訴你身為富豪僕歐的顧盼自豪的感受，我認為實在沒有必要，因為你一定不能夠感同身受，深切瞭解。

我的工作是一天廿四小時的。我並不會因為有人在旁邊唆使，就告到勞工局去指控我的主人剝削勞工，索取賠償。因為只有這樣才能讓我有很好的機會表現給我的主人看我的馴從與勤快。我像我豢養的杜賓那樣，二十四小時無時無刻都在全面戒備的狀態，想儘量保護我的主人拿督。

三

我的朋友們很多都譏笑我，說我被主人欺壓，不懂得反抗。

不過，有一些人情練達的朋友倒是頗能諒解我的服務態度的。他們都明白，我一向崇拜我的主人拿督那種任勞任怨盡忠報國的高尚精神。甚至有時候拿督即使要背黑鍋也不吭一聲。我沒有拿督的身份與地位，當然無緣為人民國家民族犧牲自己。不過，至少我應該學習主人那種鞠躬盡瘁，死而後已的精神。所以，瞭解我的朋友都親暱地鬧我的玩笑。他們眼見我那麼忘我地和杜賓混在一起不禁慨嘆一聲：

「馬念，你真是一個狗奴才啊！」

四

我並不以為忤。

事實上，我是那麼心甘情願地做狗的奴才呀！

我服侍的是狗，那麼我就必須像狗一樣的服侍牠們。這原來也就是我的主人當初聘用我的條件。

就像我的主人是做官的，那麼他就應該執行他做天地父母的職責。我的主人拿督當然也是政黨的代表。我的主人拿督上頭還有一個上頭。那麼我的主人就應該做他的上頭希望他做的事。而我的主人上頭的上頭還有上頭，而且不止一個，是有許多個上頭。那麼我的主人的上頭就要聽他的上頭的上頭的許多上頭的話了。

道理本來就是這樣淺白。

五

很多人以為養狗只是一件簡單的工作。

如果你也這樣說，那麼你就是和那許多的人一樣愚蠢沒有知識了。

不錯，垃圾堆也可以養活一窩小狗。但是你看見那種環境誕生的小狗是什麼樣的狗樣嗎？猥瑣、骯髒、膽怯、羸弱。看見陌生人，就把尾巴夾在屁股之間，生怕被人（對不起，是狗）強姦了。皮膚病滿身那是不用說了，徘徊於餐桌之下，乞求殘羹剩菜的醜態才令人忍受不了。那種狗，就像印度街頭一些饑饉的貧民一樣，那麼卑下無助同時失去人性（對不起，是狗性）的尊嚴。

牠們活是活下來了，但是活下來又有什麼意義呢？

六

要做狗就得像我服侍那隻杜賓，SAYANG。

她一誕生就降落在好人家，身價自然和其他犬隻有巨大的差異。一切的權益，不消說遠在她誕生之前就擺在那裡，等候她去享受了。

我的主人拿督為了購買SAYANG，還千里迢迢特地去英國跑了一趟。主人拿督鄭重其事，像選政黨參與那樣小心翼翼，在英國逗留了一個星期，終於看上SAYANG的媽媽，和她的主子指腹為婚，下了訂金。

半年之後，SAYANG五個月大了，才從寒冷的英國乘坐飛機（你看我這一生人飛機是在天空看過了無數次，機艙倒還沒摸過呢）來我們這個炎熱的赤道國家。那時候，已經是兩年前了。SAYANG登陸木槿花山莊的那一次，我的主人站在屋簷下與獸醫巴拉星並列，對我提出第十一次的告誡。

「馬念！SAYANG剛來我家，人生地不熟，你可得對她體貼入微呀！」

我戰戰兢兢從巴拉星的助手阿吉手中接過SAYANG的皮項鍊。眼睛眨也不敢眨直盯著SAYANG，輕聲地問主人拿督：

「拿督，她叫什麼名字？」

「SAYANG，親愛的。你懂嗎？」

主人得意地說，聲音充滿了無限的柔情。我相信SAYANG一定聽得懂他的柔情蜜意。

七

阿吉拍拍我的肩膊，安慰我：「不要緊張，名種狗是不亂咬人的。」

說完，他牽起我的右手放在SAYANG的口罩之下：

「乖，不要怕。」（我不知道他當時是和我說話還是杜賓）「讓她嗅嗅，她就知道你是服務她一生的好朋友了。」

我整個人都僵硬了。記不得當時我是否有尿濕了褲子，但是可以肯定的我的手一定比英國的天氣還要寒冷吧。SAYANG身高至少三尺半。她像女強人那樣雄（雌？）赳赳地挺著，一張嘴就頂在我的肚臍眼上。只要她的闊嘴巴朝下三吋一噬，我的一切都完了。

我兩隻腳不消說嚇得直打戰兒。

奇就奇在這裡。當巴拉星命令阿吉把SAYANG的口罩取下來，她竟然只在我的手腕上熱情地舐了一舐，又在我褲襠上嗅一嗅，拿督開心地笑了：

「馬念，她需要你！」

我真是樂開了懷。

SAYANG出自名門，大家閨秀的風範果然不同凡響。我一見她，就愛上了她。我猛烈地點頭：

「拿督，請您放心。我會好好地服侍她的。」

SAYANG開口「雌」壯地吠了兩聲。

八

根據主人拿督的耳提面命，我很快就掌握了SAYANG的全部資料：

SAYANG的父親原來是全芝加哥狗展比賽全場總冠軍。過去五年之內曾經協助美國肅毒組破獲了八百公斤的海洛因。因為漸漸上了年紀，英雄老去才讓牠退出江湖，與大不列顛的名門閨秀交配，發揮牠的專長，在有生之年為人類做出牠最後階段的貢獻。雖然，在英國狼犬比杜賓更為盛行，但是SAYANG的母親卻是一個家喻戶曉的名字：她曾經在一場大火中「搶救」出養老院的一名盲公。

SAYANG既有如此顯赫的家世，她的身價自然也不簡單。對於這一點，主人拿督曾經不止一次驕傲地強調：

「SAYANG是我花了五千美金買回來的寶貝，你可要聽清楚了！馬念。」

我想我的主人拿督他應該不會是死人報大數，因為SAYANG的確是我所見過的最聰明伶俐的狗隻。物有所值，本來就是顛仆不破的道理。

SAYANG的外貌雖然凶悍，卻非常識大體。她的判斷力強，反應敏捷。凡有主人在場的時候牠絕不胡亂吠狺。她是那麼乖順地雌伏在主人的巨大的書桌旁邊，甚至來訪的達官顯要都讓她矇騙了。

有一次，黨區會署理主席林國成PPN對拿督說：「你那隻狗好大，伏在那裡就發揮鎮懾的效果了。」

言下之意，大概是不太相信SAYANG的幹勁吧。拿督微笑不語。他讓左手拇指與中指輕輕地嗒的一聲擦響了，SAYANG突然像黑豹一樣直撲林國成的跟前。

當然，林國成給嚇得臉青唇白是不在話下了。

主人拿督這才哈哈大笑：

「做人就應該像SAYANG那樣，深藏不露。主人如有指使，就應該奮勇向前，在所不惜。」

林國成PPN頻頻點頭：

「拿督的教誨對極了。」

主人拿督又對林國成PPN開玩笑：

「你身上有太濃的豬肉味道，可別再亂點了。小心我的SAYANG把牠摘了下來。」

九

SAYANG的威猛，自然很快就讓林國成渲染得沸騰起來。至少，對整個黨區的會員來說，那一次的突發事件是具有多重意思的。

駕車的大傻在洗刷主人拿督的名貴汽車平治時得意地說：

「老虎不發威，他們還當病貓呢。」

我也正在替SAYANG洗澡，手掌擦過她發硬的乳頭：「你說什麼？」

「林國成不過是個賣豬肉的傢伙，如果不是拿督的提攜，他能夠有今天？還當什麼市議員！竟然想和中委高佬陳聯手做掉拿督！」

大傻恨恨地說。他每天都跟在主人拿督的身邊，捧大衣公事包當跑腿做司機，自然清楚主人面對的挑戰。我因為先天性的約束（我不是華人嘛），沒有機會參與其盛，待在家裡只有專心訓練SAYANG面對更嚴峻的戰鬥。雖然多少有點惆悵，卻也沒有什麼好抱怨的。誰叫我身上流的血與拿督的不一樣呢？

十

服侍SAYANG的工作事實上比領養一個孤兒還要繁重。主人拿督是個精明能幹的領導人。他除了率領黨內上千上萬的黨員同志，為他的族人、社會與國家奮鬥之外，連豢養、訓練SAYANG的工作時間表他都在諮詢獸醫巴拉星之後，編制出來讓我嚴密執行：

一、清晨七點正：牽SAYANG到住宅區四周漫步一圈，讓她在徐徐清風之下把糞尿寫意地撒還大地。準時大便可以避免SAYANG養成壞習慣，將排泄物撒在自家範圍，污染了環境。同時可以阻止她撒尿在修葺整齊草坪上。狗尿咸毒，會窒死嬌嫩的如茵綠草，留下不雅觀的黃漬。

二、清晨七點一刻：解決了開門第一件大事，必須準備一瓶的鮮奶，佐以各式各樣的鈣質、鐵質、維生素藥丸，讓SAYANG每天都有一個營養豐富的早餐來開始她一天的戰鬥。

三、早上八點正：牽SAYANG在一公頃的花園內漫步約四十分鐘，再緩身跑步另外二十分鐘。運動使人精神爽，身體健康，對於舶來狗更加重要。因為她在祖國大不列顛有更優美的氣候與山水，委屈來到這裡就應該讓她盡情發洩過剩的精力，才不會鬱鬱不樂。

四、早上九點正：SAYANG第一道正餐開始。SAYANG的食譜也有幾種，不過最主要的高蛋白質攝取來源是雞蛋及牛肉。她一天大概要吃三公斤的牛肉與四個雞蛋。牛肉雖然於我有宗教的忌諱，不過它的香濃味道有時也會誘導我嘴饞。當然，我發誓，我沒有偷吃。

五、早上九點半到下午兩點正：休息時間。

六、下午二點正到四點正：防守與攻擊的鍛煉時間。

對我來說，這是一天裡頭最難挨的一段時間。

老實講，我小時候怕狗如怕鬼。不知道為什麼，每次經過有養狗的華人門口，他們的狗總是像富人厭惡看貧賤的人那樣，狂吠之外還要猛追。我就曾經被狗追咬過好幾次。最嚴重的一次還得在醫院留醫，觀察三天。那時候瘋狗症在我的故鄉流行。

我最後會成為狗奴才，真是做夢也想不到。因為我不止一次發過毒誓，即使不能殺盡天下的狗，也一定要剷完鄉間所有犬隻。

當然我並沒有把這一份落人口實的殷殷誓言洩露讓我的主人拿督知道。主人拿督相反的竟把一份最艱辛的卻也是最光榮的任務交予我：訓練SAYANG成為攻守俱佳的良犬。

我惶惑不安。

主人拿督在我的肩膊拍了拍，微笑地說：

「你不是曾經有過無數次擺脫野狗追擊的經驗嗎？」

原來我過去那沒有被狗咬死的輝煌紀錄還是我的身家呢。

我的主人為我購買了許多卷《如何訓練你的狗隻》、《家犬訓練法》、《提升家犬的防衛與進攻能力》等等錄影片與書籍讓我參考、觀摩。

SAYANG是將相後裔，自有優良的素質。要她聽從指示做一些簡單的動作是輕而易舉的。靜伏、站立、緩步跑、快速衝鋒、撿拾報紙雜物等等行動，她都可以牢記我的手勢與暗語，發揮得十全十美。

SAYANG的成功，就是我的光榮。

只有攻擊這一門功課，我最感害怕。因為它勾起我幼時的夢魘。我還清楚記得被狗噬咬、拉扯以至折斷小手臂的慘痛經驗。

SAYANG雖然平時與我耳鬢廝磨和睦相處，而且她還是名門閨秀，可是發起脾氣來可真是翻臉不認人。這的確是極矛盾的事。激怒SAYANG，叫她向敵人撲擊本來就是我的目的，但是當她撲上我的身體時那種凶狠相貌，卻使我不寒而慄，怕到連爸爸叫什麼名字都忘記了。

老虎發威，就是她的好朋友都要遠避三舍！那個時候，哪裡還有友誼存在呢！

七、下午四點正至七點正：SAYANG休息。之前，我必須把狗屋洗刷清潔，再把地上抹乾淨，

SAYANG才肯施施然走進去，蜷伏地上。這雌兒，她已經漸漸懂得享受她的特權了。她雖然與我語言不能相通，卻明確地知道我是為她服務而來的。

八、晚上七點正至八點正：又是SAYANG的晚餐時間。從SAYANG第一天來我的主人拿督家，拿督就警告過我：

「煮給SAYANG吃的食物，必須在攝氏六十度至七十度之間。而且，你一定要以兩隻手捧到她面前。」

我的主人拿督深謀遠慮。他算準了賊人要把包有毒餡的食物餵SAYANG，絕對不會兩手捧著熱騰騰的食物。那麼SAYANG就不會被毒死了。

「千萬不准以左手拿東西！那是最沒有禮貌的行為。華人最不留意這點了！」

當然，晚膳之後，我又必須勞動筋骨，牽SAYANG出去溜一溜，解決屎尿的問題。那也是我感到最威武的一刻。我像君臨天下的大王，每家每戶的狗隻遠遠看見我來了，都競相吠猖，此起彼落，夾道歡迎。

不過，在我最得意的那一刻，還須彎曲腰肢，審視SAYANG的狗屎顏色以及它的軟硬度。幸虧我的腰頗軟，並不感覺辛苦。如果大使有鼻涕狀黏液出現，那就是SAYANG每三個月一次吃蛔蟲藥的時候到了。

十一

我有時候真的不明白，為什麼這個世界有這樣多人要詛咒狗。尤其是名種狗，因為享受特權，受到呵護備至，更常常被人口誅筆伐。

狗和人一樣，本來就有階級之分。這個世界哪裡會有絕對的平等？

我一生下來就在貧窮的家庭掙扎求存。所以有最深切的體會。制度本來就是這樣，又有什麼好抱怨的？

再拿我來說。長得英俊魁梧，不知比我的主人拿督強壯多少倍，但是人家偏就是只看見那矮小的主人，無視我的存在。然而，我雖然不能藉自己結實的身材引人注目而感到失落，卻也因為有機會服侍一個短小的主人而得以耀武揚威，尤其是牽著SAYANG蹓躂時引來的艷羨的眼光，那也是上天的一種補償呀！同樣的我的主人拿督站在他的上頭旁邊是顯得更渺小了，然而主人拿督的光榮畢竟也是從主人拿督的上頭那裡反射過來。至於主人拿督的上頭的光芒，……

十二

起初SAYANG的懨懨不樂的確使我驚慌失措。我觀察了一天。發覺SAYANG雖然食慾大減，卻龍精虎猛地常常不肯窩在她的住所，反而翹首觀望柵門外來往的過客。偶然有一兩隻土種狗流蕩而過，SAYANG就聲嘶力竭地吠狺，恨不得撞破柵門幹掉路過的野種。

我發現到地上有殷紅的斑點，馬上悄悄搖個電話給阿吉。阿吉仔細聆聽完一切症狀，在電話那一頭哈哈大笑：

「SAYANG好事近了，你還擔心什麼！」

我放下電話，哄SAYANG紋風不動地豎立原地，按照阿吉的指示把頭挪近SAYANG的私處深入觀察，果然不出阿吉所料，是浮腫了一些。

原來SAYANG春情蕩漾，發姣期到了。

接著下來幾天，我都遵照阿吉的指導，天天蹲下來觀看SAYANG的私處。它一天比一天脹得更鮮紅、更飽滿了。一天總有幾次，我在它上面輕輕拍擊，SAYANG那切短了的尾巴馬上縮了下來，企圖掩蓋受騷擾的私處。

我開心地笑了，馬上把消息捎給大傻。

大傻睜大了眼睛，一臉驚愕。

「那就慘了！難怪拿督這陣子常常碰上霉運。」

我一時間也讓他搞糊塗了。狗的春情和主人拿督如日中天的政治事業又有什麼瓜葛呢？原來華人和我們山地人一樣迷信。他們歷史源遠流長，文化博大精深，實在難以瞭解。

「你不知道嗎？這一陣子，我們的社會人人都在痛罵拿督，怎麼可以公開支持法令六十七！」

「但是我看主人天天還是那麼風光的進進出出呀！一點兒憂慮也沒有。」

「你知道什麼！報紙上天天攻擊主人拿督出賣了兒童的監護權。主人拿督、主人的上頭、上頭的上頭每個晚上都開會到天亮。已經幾個晚上了，始終找不到一個可以平息眾怒又可以不得罪雙方的兩全其美的方法。」

「那我們的主人豈不是好可憐？」我油然產生同情。

大傻也歎了一口氣。

「主人拿督也感到很沮喪。他昨天在車子裡和JP張有仁張大頭抱怨，實在不明白華人社會究竟反對什麼？更令他氣憤的是，區會裡有一部份黨同志也藉題發揮，在區部會議上炮轟他，想混水摸魚拉他下來。林國成就是其中一個反骨仔。」

「是呀，你們華人究竟為什麼那麼怕法令六十七呢？」我不解地問。

「他們擔心孩子太早離開身邊，管不了！」

「那又有什麼不好？孩子總要長大的呀！」

「我也這麼想呀！你不要問我。」

「拿督代表的是你們華人，他不明白華人的觀點和感受嗎？」

「你不知道嗎？我們是一個複雜的民族。拿督常常就說，華人是最難搞的！」

十三

寂靜的鐵柵們近日來時常出現一隻短小精悍的土種黃狗。牠伸長了脖子，一直在柵欄外探望、嗅聞。獐頭鼠目，我一見就生厭，抄起一根棍子，向牠狠狠揮擊。牠痛得汪汪大叫逃逸而去。可是隔一陣子，又再出現了。

討厭的土狗！

我知道牠一定是衝著SAYANG無邊的魅力而來的。SAYANG是名門閨秀，怎麼會看牠上眼？因此土種狗一出現，SAYANG就坐立不安，吠個不停，連聲音都走了樣。

真是不知醜的東西！

每一個清晨或黃昏，我牽著SAYANG出外蹓躂，那土狗更是寡廉鮮恥，跟頭跟尾。SAYANG發狠齜牙裂齒要咬噬牠，牠也不害怕，一直伺機想在SAYANG的私處聞聞嗅嗅。偶然SAYANG蹲下來撒一泡尿，那土狗的形象更加惡劣，竟然舐個不亦樂乎。

有好幾次，那土狗居然敢跨上SAYANG的背脊，露出那個紅艷艷的傢伙，企圖「就地正法」。牠那麼矮，SAYANG是何等高大！那副鞭短莫及的狗樣子，我看了又氣又急又好笑，一腳把牠踢開了！

十四

事情似乎進入很危急的狀態。

不止一個晚上，主人的客廳集滿了高矮肥瘦的人物。他們的年紀雖然不一樣，卻有一個共同的長處：講話很大聲。

也許他們很激動吧，大家都爭得臉紅耳赤。

我問大傻究竟又發生了什麼事？

大傻一臉沉重。

「昨天拿督已經辭職了！」

「這不是開玩笑吧？」我嚇了一跳，比看見那隻土種狗的醜態更為吃驚。

「誰跟你說著玩的！」大傻說。「但是辭職好像把事情弄得更糟了！上面的人都認為這是一種要挾，非常生氣呢！」

「那還不是很簡單？明天去把辭職信拿回來，告訴他們不要辭職算啦。你們又吵什麼呢？」

大傻白了我一眼：

「哼！你懂什麼！」

十五

我當然什麼都不懂，我只懂得做狗奴才。我想這樣回答大傻當天的輕蔑。不過還好我並沒有這麼頂回他。因為我連做狗奴才的資格都沒有！因為——

我保護不了SAYANG的貞操！

主人的太太拿汀鄭像鬼叫的尖銳聲戳破了我綺麗的無邊春夢。我慌忙從工人房趕到草場上，只見拿汀花容失色，一隻手直指花園一角的聖誕樹，一時間因為驚慌過度竟講不出聲來。

一切都完了。

觸目驚心，我整個人都癱瘓下來。

不知如何，那隻狗雜種的雜種狗，不知如何竟然跳進草場。不知如何SAYANG也沒有噬咬牠。不知如何牠們兩個就那麼幹上了。

我慌慌張張打開水龍頭，讓強勁的水筆激射在那兩隻在交媾的狗男女身上。土狗由SAYANG的身上滑下來，依然膠著，只是換了個姿勢各據一方，四隻淫眼一直對我企求。我奇怪這矮冬瓜到最後怎麼還是能夠得償所願，而且還擺得出這種是人絕對做不來的姿勢。

冷冽的水並不能降低兩隻狗男女的沸點情慾。我正徬徨，拿督這時也讓我們給吵醒了。他扯開嗓門對我怒吼：

「混賬！你是怎麼看顧她的！」

拿督手上握著一把明晃晃的巴冷刀衝過來對我揮舞。

我嚇得魂飛魄散。經驗告訴我，主人生氣時，做下人的最好噤口無言。我因此咬緊牙根，站在冷風裡顫抖。要不然大刀砍下來，我豈不是要和這座華麗舒適的洋樓告別？

然而，我卻錯怪主人拿督了。

主人生氣的並不是我。他迅速竄向聖誕樹下，在我們還會不過意來之前，手起刀落，一注血箭激射，掩蓋了一聲淒厲的哀嚎。

可憐那土種狗還沒有達到歡愉的巔峰，已經身首異處。

拿督丟掉巴冷刀，吃力地扯土狗的下半身，卻不能從SAYANG下體抽拉出來。

「拿督，你沒讓牠達到高潮是不能拔出來的！」

我回過魂來輕聲地說。這點知識我是有的。

「放屁！快送SAYANG去找巴拉星！」

大傻慌忙幫我將SAYANG和血淋淋的土狗下半身抬上車子，我們飛快地朝巴拉星的醫務所駛去。

在車上，大傻舒了一口氣：

「拿督的運氣要好轉了。」

「怎麼說呢？」我驚魂甫定，順口問他。

「狗血灑在大門口，可以避邪，你沒聽過嗎？」

「拿督也知道嗎？」

「拿督是什麼人，有什麼他不知道的？」大傻雖然還是語帶輕蔑卻難掩他的得意。

十六

局勢真的似乎急轉直下。

我是一個外人，當然不易瞭解一個歷史悠久的文化。

我想我最稱意的工作還是做狗奴才吧（雖然發生這次意外，我發誓以後再也不會有第二宗了）。

拿督自從斬狗頭事件之後，果然扭轉了頹勢。據說是因為主人拿督在最後一分鐘，又把交出去的辭職信收了回來。這一著竟然和我的建議不謀而合。當然我才不管是不是大傻把我那天的話傳達給拿督（除了暗自竊喜之外），拿督才下這麼極有機智的一步棋。要緊的是，拿督還是主人，還是拿督還住在肯尼羅山上的豪華洋樓。因此我的飯碗是穩如泰山，這才是最值得安慰的。

一名國中男生之死

一

新村血案

青少年集體毆鬥，一名中學生不幸喪生。

〔淡寧村羅合亮十一日訊〕雙溪克朗縣境內的淡寧村今晚十時許發生一宗集體毆斗的事件，一名十七歲中學生在混亂中不幸喪生。

根據目擊者說，參與此次毆鬥事件的大約有四名青年人。該宗命案是發生在淡寧村華福華文中學的草場。當時在草場外面吃宵夜的人士都曾經大聲喝止在進行中的毆鬥，但是畢竟遲了一步，有一名中學生因為受硬物的襲擊，重傷過度，終於在送往中央醫院途中逝世。

查該名去世的學生名叫李守覺，就讀於華福中學，並將於年底參加初級文憑考試。李同學的父母親於幾年前仳離，父親因故於前年被判入獄，母親則已改嫁新山某商人。他目前是跟其年邁的祖父同住。祖孫二人相依為命，僅靠一檔炒粿條的攤子維持他們的生計。

事發當晚，因為李守覺的祖父生病，正在家裡休養，所以沒有開檔。李同學的成績一向優異，品行也良好。這一次不幸被襲身亡，真是令人惋惜。

根據消息，目前在逃的三名年輕人原來也是肄業於本村唯一的改制華文中學華福中學。不過彼等於一年前已經輟學。據說，參與毆鬥的該四名青少年本來都是同班同學，究竟為了什麼原因，竟然動起傢伙鬧出人命，至今未詳。

根據警方的報告，案件發生時是晚上十時一刻左右。傷者曾被緊急送往雙溪克朗縣醫院救治，但是傷勢嚴重。雙溪克朗縣醫院當局過後動用了一部救傷車，把傷者送去中央醫院救治。不過傷者在送去中央醫院的路上不幸逝世。

根據本報探悉，當傷者李守覺被送往雙溪克朗縣醫院時，雖然在昏迷中，尚有知覺。李同學的祖父鑑於孫兒的傷勢嚴重，當時曾通過村長要求縣醫院當局馬上將他送去中央醫院。李同學的祖父淚眼汪汪，聲嘶力竭地控訴，如果不是因為醫院的職員怠惰，他唯一的孫子或許就有得救了。令人聽了不勝辛酸。

雙溪克朗縣的助理警監阿里瑪末對此次的案件並未置評。詢以是否與私會黨格鬥有關，阿里瑪末助理警監表示將會深入調查。他同時表示已掌握線索，很快就會把在逃的三名青年緝捕歸案。

阿里瑪末助理警監同時希望家長們能嚴加管束孩子們的活動，不要讓他們在街頭閒逛，遊手好閒。

二

紀律問題困擾學校・無雪

三月十一日雙溪克朗縣淡寧村發生的一宗學生集體毆鬥的事件是發人深思的。

在上述的毆鬥事件中，甚至有一位十七歲的學生不幸喪生。

這是多麼令人心寒的事實！

十七歲，正是青春飛揚的年齡！這個年紀的孩子，他們應該是屬於草場上奔馳的一群，他們更應該把時間放在學業上。在這樣美好的年齡，他們是屬於無拘無束、狂歌當哭、笑鬧無邪，只看見人間美與愛的清純青少年。

然而，這些似乎只是一種存在於歷史的景象了。

今天，我們看見許多十七歲的孩子還是彷徨。社會愈繁榮，就出現愈多問題的十七歲青少年。我們在娛樂場所、購物中心時常都可以看見一批批逃學的學生。他們雖然還穿著制服，卻罔若無人地抽煙講粗口，根本無視於身邊人的感想與感受。

這種學生難道就是我們未來的主人翁嗎？

許久以來，學生紀律一向就是每一間學校（尤其是中學）的最頭痛的問題。這些年來，隨著我國的經濟蓬勃飛揚，學生紀律非但沒有緩和，反而加劇。

在學校裡，我們雖然也有傳授道德教育，然而那只是一科無關痛癢的科目：政府既不把它列為考試科目（當然這也有待商榷）老師們一般上雖然也感嘆世風日下卻也未曾認真教導。學生的學習態度鬆散是意料中事。

今天，環顧學校周圍，究竟還有多少位老師會自動請纓，糾正學生的錯誤行為？

學校既然已成為一個不重視友愛、忍讓、諒解、互助的場所，社會自然出現敗壞風紀的青少年。這是陳陳相因的。誠然，老師的生活與生命因為學生紀律趨向惡劣而失去安全保障，因此老師可以理直氣壯地只盡一個授業解惑而不教導待人處事的職責。但是學校是社會、國家的人材培育場所，學校也是道德教育的「最後封鎖線」，老師如果失責，他是沒有辯辭的。

雙溪克朗縣淡寧村的毆鬥事件竟然是發生在神聖的學府內，而且牽涉的青少年都是該校的在籍或已離校的學生！我不禁要質問，在過去幾年，該校的道德教育究竟發揮了多少？

引申開去，全國上下幾十萬名老師究竟在教導學生應付政府考試之餘，又對學生道德意識的建設進行了多少？

三

毆斃同學

三名中學生自首。

〔本報淡寧村羅合亮十五日訊〕四天前本村發生的學生群毆導致一名十七歲少年李守傑（日前誤植為李守覺）喪生的命案，已有進一步的發展。

根據警方的消息，三名在逃的嫌兇已經在昨日於彼等之親戚的陪同下，相續向本縣警察局自首。該三名疑兇都曾經是死者李守傑的前後同學。消息說，其中一名甚至是李守傑生前同班同學且是死黨之一。另外二位少年疑兇則是李守傑中一時的同學。後來因為某種原因，已經離開學校兩年。不過，根據李守傑的同班同學說，他們都經常和李守傑有保持聯絡，時常在一起打球、看戲。發生血案，他們也感迷惑。

淡寧村過去本是一個平靜的鄉村，可是近年來因為世風日下，村內有部分不務正業的青年成幫立派，給平靜的鄉村帶來了不少困擾和威脅。命案發生之前幾個月，本村也曾發生過一宗少女被誘拐的事件，至今該名少女還下落不明。村長許維成PJK先生呼籲，警方能夠藉此機會，快馬加鞭，把村內的牛鬼蛇神一併掃蕩，那麼淡寧村才有機會恢復昔日的寧靜面貌。

另者，有關李守傑的命案，本報記者也曾走訪了華福中學校長和曾經教導過他的幾位師長。校長張春文說，李守傑是該校出色籃球員，他的個子雖然瘦小，但是肯拼敢衝，而且球藝精湛，去年曾經代表雙溪克朗學聯籃球隊出征州與聯賽奪得亞軍，為雙溪克朗的學聯籃隊立下汗馬功勞。李守傑的級任老師林老師也說他是位沉默寡言的學生，表現一向不錯。對於這一次命案，全校老師都表示惋惜。

詢以校內是否有私會黨存在的事實，張春文校長矢口否認該校學生有結社的現象。雖然市面上謠傳甚熾，謂華福中學近年來已受新崛起的小山虎及海龍王兩幫人馬滲透，該校老師們都說沒有確鑿的證據證明校內學生有牽涉在內。

針對這一次的不幸事件，淡寧村的居民都異口同聲希望學校當局與警方配合，整頓校綱，把縣內唯一的改制華文中學辦得更具聲色，才不會辜負了當地居民的厚望。

四

莫把垃圾掃入地氈下・蘇索夫

雙溪克朗淡寧村的命案發生後，近日來已在淡寧村村民之間引起一陣不安。

其中顯著的問題就是：

為什麼在籍的學生李守傑會被幾名曾經是同班的同學圍毆擊斃？

事情的背後是否另有文章？

難道這只是一個單一的案件嗎？

青少年成群結黨，是非常普遍的習性。但是這在淡寧村卻是另有含義的。因為淡寧村這幾年來的確面對私會黨的巨大威脅。青少年結社，滋事生非，已經造成本地村民的巨大困擾與憂患。

青少年的結社風氣由來已久，在華人新村這種現象更加普遍。他們不但活動於新村之內，而且滲透學府，尤其是華文中學，是一個有目可睹的事實。

本人有好友居住淡寧村，常常在淡寧村出入，多少知道該村的真實情況。因此對於昨日報章上的報導，該校老師不肯承認私會黨存在的事實，深感震撼。

這簡直是張開眼睛說瞎話！

我的好友有兒女在該所發生血案的中學讀書。近年來就常常耳聞勒索保護費的事件。好友的兒子（今年就讀初中一）甚至曾經被恐嚇加入該校校園的秘密組織小山虎黨。入會費是三令吉六十仙，每月還要交月捐二令吉。根據該黨在校內的秘密主持人（中四的一位學生！）告知，如果加入小山虎，保證好友的兒子出入平安。否則，就有得他好看。好友因為此事，曾經上下奔走，找到小山虎校外的龍頭老大商量，紅包色酒拜謝之後，才替他兒子解開死結，不必入會。

其實，改制華文中學的學生紀律敗壞，是人盡皆知的。改制的國中環境複雜，風氣不佳，良莠不齊在所難免。它不比獨中紀律森嚴，有更嚴密的管制；獨中的老師肩負民族的使命，更富獻身精神，這也是不爭的事實。

血案既已發生，挽救之策莫過於客觀正視事件之前因後果。無謂把垃圾掃入地毯之下，強辯私會黨既存於校園之內的事實，庶幾能糾正過去的失誤，把該縣唯一的華文中學扶上正規。

與此同時，也是華裔社會認真考慮將孩子送入獨中就讀的時刻。獨中有的是肯獻身的老師、森嚴的紀律以及友愛的輔導，這正是每一位在發育中的青少年迫切需要的關懷。

五

中學生命案餘波未了董家教辯鬧分歧

〔淡寧村廿二日訊〕本村不久前發生的十七歲中學生李守傑被擊喪生的事件餘波未了，昨日晚上在該校（華福中學）的董家教會議上爆發一場激烈的爭辯。參與爭論的兩方人士為不滿該校校長的董事會理事以及支持校長的小部份董事與全體家教理事。

事情的導火線是因為在該校的董事家教聯席緊急會議上，董事胡風良詢問校長為什麼校內有私會黨的存在，校方也沒有採取適當的步驟去糾正？

該校校長張春文解釋在他任內二年，事實上真的沒有任何有關私會黨的報告。張校長也強調，私會黨的存在也許只是一種很主觀的想法。

不過，當時該校的另一名董事紀大蒲卻指責校長只是自欺欺人，因為他本人擁有很多關於校內私會黨的資料。

會議上該校家教協會成員都對於紀董事的言論表示驚訝，頻頻責問為何紀大蒲沒有提早通知校方？紀、胡以及其他大部分董事都異口同聲說校長自從於二年前走馬上任以來就一意孤行，不把董事會看在眼裡。他們既不受尊重，早就對學校心灰意冷了。

在這次的聯席會議上，董事會與家教協會儼然成為兩個壁壘分明的陣營，互相責問、指控。按該校校長自從上任以來，就不獲董事會的支持，其中一個原因是校長本身不諳華語華文。董事會雖然曾經三番兩次據理力爭，要求教育部將該校校長調離華福中學都不受教育部處理。

該校董事會另一名成員許來喜在會議過後曾經表示，如果校長懂得華文，處理私會黨的事件自有靈活的手腕，那麼這種血案肯定不會發生。

董事長石明太平局紳表示，他將會進一步與張春文校長聯繫以研究如何改善學校的紀律與聲望。

另一方面，該校家教協會主席梁亞力表示，該會全力支持校長的辦學方針。他認為，校長是學有專長的專業人士，他知道應該怎樣處理學生的事務。作為家長，我們實在不應該去左右他的教育理想。

六

奇峰迭起

中學生命案另有枝節

〔本報羅合亮廿五日特別報導〕淡寧村李守傑的命案糾紛分裂當地的地方領袖！隨著該村唯一的華文中學，華福中學的董事會指責該校校長失職之後，該校的董家教多年來不咬弦的局面已明朗化。在三天前的董家教聯席會議不歡而散之後，近日來地方上就充滿流言，謂該校董事會因不滿校長的辦學作風而將於近日內和有關當局磋商，調派一位懂華文華語的校長前來整頓校紀，重建華福十多年前的雄風！

這是一場意外之外的演變。

李守傑的命案還在警方的慎重處理中，華福中學竟然鬧出董家教的對抗局面，誠屬不幸的事。

不過，該校校長自從兩年前走馬上任以來，校務無甚顯著的進步卻也是存在的事實。董事會想藉此機會將不諳華文的校長請離華福中學也是無可厚非的事。本著一顆愛護華文中學的熱忱，相信董事會的行動將會獲得當地居民的支持。

另者，這一陣子始終保持緘默的校友會已於昨日表態。支持董事會的立場，把不諳華文的校長調走。校友會主席黎星高在緊急會議之後表示，為了莘莘學子的利益以及華校的傳統，教育部應該馬上採取行動調走該校校長。

另一方面，該校教職員聯誼會也於前天中午召開緊急會議，商討近日來報章上以及地方上對該校不利的文章與言論。根據聯誼會主席多拉馬立克老師表示，華文報章抨擊該校老師的態度是非常不公平的。他也對地方上的謠言說該校老師並不關心學生的品行與福利，感到很痛心。

多拉馬立克強調，該校的老師一向來都孜孜不倦，循循善誘，栽培學生無數。他們除了傳授知識之外，同時也很強調學生的品德修養。但是學生要變壞，也是沒有辦法的事。這怎麼能夠怪罪老師們呢？

多拉馬立克特別強調，社會環境的巨大影響，是今日教師渺小的力量所無法抗衡的。

該校教職員聯誼會也議決，全力支持張春文校長的領導。

七

讀者來函照登

董事與家教對抗是否應該？

編者先生：

自從本月十一日晚上十時發生一宗中學生被毆擊喪生的血案之後，雙溪克朗縣的淡寧村就陷入一片劍拔弩張的局面。血案的事誠然是不幸的，但是一波未平一波又起，淡寧村華福中學的董家教演變成對抗的局面，更屬不幸中的大不幸。

查華福中學的董事會與家教的衝突，遠在五年前就埋下了導火線，並不始自現任校長張春文二年前開始上任之時。

原來五年前，梁亞力將他的第一個女兒送進華福中學讀書中選為家協主席之後，他五年來連續三屆都中選主席，董事會與家教協會的對抗局面就注定產生了。因為這五年來的董事會石明JP與梁亞力在政治上本來就是死對頭！石明JP是藍星黨雙溪克朗區會主席而梁亞力則是紅稻黨的淡寧村分部秘書。雙溪克朗縣本屆國會議員正是紅稻黨的全國總財政，梁亞力在淡寧村一帶影響力深遠，自然不在話下。

紅稻與藍星雖然都隸屬大捶陣營，但是面不和心亦不和早已是公開的秘密。石明JP領導的藍星黨自從在上一屆的大選中輸掉淡寧村的州議席予反對派的鎖匙黨之後，一直耿耿於懷，渴望有所突破。無奈淡寧村處在梁亞力的勢力範圍內，而且梁也雄心勃勃，希望脫穎而出，正游說雙溪克朗國會議員吳太怡PPN，在大捶陣營的會議中爭取，把淡寧村的州議席配額從藍星黨手中拿過來，拔甲上陣。因此石明JP與梁亞力的明爭暗奪自是不在話下。

張春文校長調職華福中學只是石梁之間的鬥爭的一個加速劑而已。這其中原來也是一段古。

在過去，華福的前任幾位校長都按照一般華校的傳統作風，食堂的招標工作都交由董事會全權處理。因此過去幾十年以來，華福的食堂都是董事會幾個理事的皇親國戚在經營，賺得盤滿砵滿。

但是好景不常，自從張春文校長上任之後，董事會馬上失去了這個肥缺。原因沒有別的，張春文是個接受英文教育背景的人，只懂照章行事，不諳人情世故，真所謂「紅毛直」。他引據教育部的指示，在他上任後的第一個月，就中斷了食堂與董事會的合約，由校方自己招標。

當然在上述的情形下，董事會的收入減少了，董事會幾位理事的皇親國戚也失去了肥水。無巧不成書，新得標的又是家教協會的理事，事情的演變因此就變得非常惡劣。董事會自然將校長、家教協會恨之入骨。

本人對董家教都不偏袒。寫這封信的目的只是想要提醒爭執的兩造馬上偃旗息鼓，不要把政治帶進神聖的學府，那就幸甚幸甚了。

蒙您拔出寶貴的版位刊登這封信，小弟先此致謝。

敬祝

編安

一讀者上

三月廿七日

八

還我尊嚴・山印

教師是不是應該對學生的校外行為負責？

三月十五日無雪君在本版發表大作〈紀律問題困擾學校〉的論調是令人心寒的！

〈紀〉文中引述不久前發生在淡寧村的一宗中學生參與集體毆鬥，導致一名中學生死亡的事件為例，明確地指責該校的老師們應該對四名參與格鬥的學生負責。無雪君只差沒有指名道姓，強橫地指責該名死者的母校華福中學的老師們沒有負起培育學生們的良好修養是非常荒謬而且不公平的。

無雪君是誰？他是教育部長嗎？他是上帝嗎？不管他是誰，總之他不會是清苦的老師！要不然他怎麼會信口開河，亂槍掃射！

我想，既然一個人選擇教書為他的神聖的終身事業，他絕對期望他的學生出人頭地！沒有一個老師願意看見他的學生淪喪！

老師們今日的工作壓力是愈來愈重大了。但是，老師們即使因為工作壓力逐漸增加而不能時時刻刻輔導學生的品性與道德，使他成為一個有愛心有正確的價值觀的青年，但是，我相信受過師範訓練的每一位老師都曾經在班上或課室之外教導學生做人道理。

不錯，今日的教育制度是愈來愈朝向文憑至上的目標前進。但是禮讓、友愛、禮貌、諒解，每一個老師無可或忘灌輸給學生們的做人的基本要素。

學校固然是一個成長中青少年的重要學習環境，無雪君實在不應該忽略了學生踏出校門之後面對的誘惑是非常強烈的！

一個稚弱的心靈，如果長期吸收今天泛濫於影視劇場的殘暴思想，他還能夠保持天真無邪、仁慈寬厚嗎？為什麼不怪我們的社會破壞了學校老師的努力及一番心血呢？

學校的老師們任勞任怨，即使無雪君不認為應該感激，也不應該太過嚴苛，橫加韃伐！

九

讀者來函

主編先生臺鑒：

貴報四月一日刊登由一讀者寫的〈讀者來函〉，讀來似乎公正不阿，事實上瞭解華福中學情況的人都知道一讀者並沒有講真話，文中對華福的董事部的指責，根本是一派胡言。

華福中學董事部秉承華文中學優良傳統，主持食堂的招標工作，同時鳩收年租，有什麼錯？

華福食堂的招標工作，董事部過去幾年都是公開進行的，每年都是由同一個人經營，那是由董事部經過考慮幾個因素之後才決定的。比如標價最高、是否有經營食堂經驗、是否有能力準時繳付租金、信譽、仁慈等等。

董事部向無恒產，主要經濟來源就是食堂的租金。可是自從現任校長於二年前上任將食堂租權自攬之後，董事部已是一個空殼，如何協助發展學校的建設？

食堂的出租權一向來都屬於董事部。日前的校長開了先河，從此董事部大權旁落，校長實是罪魁禍首。

另者，家教主席梁莫人居心叵測，他擔任主席一職，無非是想藉此打響知名度，影響全校一千多名家長，撈取政治資本為他的政治生涯鋪路。司馬昭之心，路人皆知。只有那個不懂華文的校長才被他牽著鼻子走。

目前的校長在轉來華福中學之初，經過董事部的奔走求助之下本來是有機會被調離淡寧村的。無奈家協主席暗中作梗，極力保皇，才導致董事部功虧一簣。這也不過是二年前的歷史，淡寧村的人民記憶猶新，並未忘記。

從這裡我們就可以看出端倪，也同時瞭解為什麼家協與校長會如此密切合作無間了。貴報一向公正不阿，報導翔實。我相信貴報的讀者也一樣是冰雪聰明的。祝

身心快樂

你的忠實讀者松林上

四月三日

十

報紙興風作浪

淡寧村人民怒吼

〔江順鋼四月六日報導〕淡寧村村民熱血沸騰，聲討正義！

一個月前淡寧村發生的一宗血案，竟然衍變成為該村唯一的華文中學董事會、家教協會與校友會三大機構的正面對抗。其中牽涉人事複雜、曲折離奇。案中之案，說穿了不外是因為本地一家報紙（不是本報）歪曲事實以刺激報份銷路。該報報導同時蓄意突出某一方面人士，原來也有某種個人因素。

根據本報特派記者深入調查，淡寧村人民雖然都很重視該宗命案，但是居民並不如報章上報導那樣分幫立派鬧得水火不容。

該村一名村民尤亞吉接受訪問時說，張春文校長、董事長石明和家教協會梁亞力前天共同乘坐一輛車子出席村內的觀音大士聖誕的千人素宴就是一個有力的證明，他們之間還能夠密切地合作。

尤亞吉也是香山寺管理委員會主席。他強調，這一次的命案是一件非常不幸的事。警方應該快馬加鞭，將三名嫌兇盡早提控上法庭。尤亞吉說，村內居民都不想看到這種局面拖延下去，影響學校師生的上課情緒。

另一受訪的人士是當地韓江公會的婦女組主席楊鳳嬌女士。楊女士認為，每一個家長都應該嚴密管教子女，不要讓孩子們遊手好閒，耽誤了大好青春。

她也請籲為人父母者，應該盡量撥出時間陪伴同時監督子女的學業，不要一味只顧為了生活而忽視了在成長中的孩子。

至於這一次發生的不幸事件，楊女士說，各方面都必須勇敢地負起責任。並不能夠只怪學校的老師而已。

校長與董事長和家協主席的糾紛實在沒有必要以顯著的版位加以渲染。這徒然讓社會人士對華福中學與淡寧村留下一個惡劣的印象而已。

本報記者也同時拜訪了多位淡寧村的小販、商人、家庭主婦及學生等。綜合大家的意見，都認為某報的報導歪曲了事實。原來，該報記者也是某黨的青年團執委。這一次藉血案來突出該黨的領袖×××，只是為了就要舉行的大選鋪路。

接受採訪的人士都認為這是非常卑鄙的手段。

記者也趁機會訪問了死者李守傑同學的祖父，李亞金老伯。

那老人家孤苦伶仃，就住在芭尾的破茅屋。當記者向他進行訪問時，他一臉無助，頻頻喃喃自語：「我的孫子很乖，為什麼他會死呢？」
在記者離開他家時，他不解地問：
「警察打算怎麼樣？」

如何建立一座花園的夢

一

「謝謝你。」漢魯西丁的聲音充滿無限的感慨。

二

漢魯西丁坐在小土堆抽捲菸。濃郁的菸草味在空中飄蕩。夕陽下的斜坡密密麻麻爬滿了人。人群並不因天色逐漸黯淡下去而萌退意，反而是漸次增加的涼意吸引更多好奇的人到斜坡上碰運氣。已經三天了，漢魯西丁在這裡等候。剎那間湧現的卻是山坡上那些蜂擁而至妄想掘寶的人。

「那些瘋狂的人啊！」漢魯西丁搖頭嘆息。自從漢魯西丁得寶的消息傳開以後，沒有一個人相信他手上的三片土瓦是一個小男孩贈送的。甚至連漢魯西丁自己的老婆也感到狐疑、迷惑。她不明白，漢到底在搞什麼鬼？他實在沒有理由，也不必否認獲寶這件好事。

漢的老婆明明看見他彎腰在土地裡翻找。夕陽的餘輝中再挺直腰桿，漢的手中當時就多出了三片東西。

這是她親眼看見的事，漢卻矢口否認。

「事情並沒有這麼簡單，」漢魯西丁嚴肅地說。「我真的還在等待那個小男孩。」

但是小男孩自從三天前來過一次，就失去了踪影。群眾因此更加有理由相信，漢魯西丁是在撒謊。有些人還認為漢甚至可能從土地裡另外挖掘到什麼更好的東西。三塊瓦片或者可能只是一個幌子。他一定還隱瞞著什麼。

「這會是真的嗎！一個小孩會無端端送他一件寶？」

挖寶的人群在略作歇息的片刻也忘不了激烈的爭議。他們最後還是下了這樣的一個結論。

漢魯西丁只能苦笑。小男孩沒有再現身，他的煩惱大極了。他已經無暇理會人們的流言與猜臆。他最迫切的困惑就是尋覓小男孩肯定自己的際遇。因此他蹲在小土堆最高的據點，雖然那也不過是一個人的高度而已。他認為這個姿勢既可以狩獵小男孩的踪影，又可以突顯自己的瘦削的形象。萬一他不能從黑壓壓的人群間找獲小男孩，小男孩或許可以抬頭一望，遠遠就知道他在那裡。

從土堆上向下掃瞄，漢魯西丁看見的盡是一片竄動的人群。說是像一群在草地上啃草的牛羊罷，卻又不盡然。因為牛羊吃草至少是悄然無聲，而且是漫踱著悠閒有致的步伐。挖寶的人卻是那麼急躁迫切啊。像土坑里蠕動的蟲罷，卻又沒有那麼密集。每一個荷鋤揹鍬的人早已劃出屬於自己的界線，慢慢挖掘。人與人之間的距離比蠕動的蟲因此就疏遠了許多。

挖寶的人近乎瘋狂埋頭苦幹。漢魯西丁感到無比的荒謬：他們竟然一直堅持土地裡一定另有寶藏，不應該只有他手上的三片瓦，根本不理睬漢魯西丁的真話，那三片瓦實在不是從土地挖出來的。

漢魯西丁認為這些斜坡上下的人一定不清楚自己在尋找什麼。

「這三片破瓦也是寶？」漢魯西丁問他的老婆。

那矮胖的婦人也和他一樣蹲在小土堆上面抽紙菸。漢魯西丁揀到寶的消息就是她情不自禁傳出去的。

「誰說不是！」她懶洋洋地說。

漢魯西丁又一次強調：

「可是，的的確確這是一個小男孩送給我的呀！」

老婆斜斜地睨了漢魯西丁一眼：

「那麼，人呢？」

三

要開發屋子後面那塊空地，漢魯西丁在還未搬進來之前就決定了。他早在三個月前已經來過這裡勘察、瞭解。那片雜草叢生的空地，對於許多人來說或許是一個負累，在漢魯西丁眼光中，無異卻是一塊瑰寶。三個月下來，他已經走過也詢問過好幾處人家，最終還是決定要租用這間房屋。

帶他來看屋子的查旺在介紹屋子時還戰戰兢兢呢。他是多麼擔心，漢魯西丁會掉頭離開。市面上不景氣，屋業蕭條，還有很多租不出去條件比這裡更好的房屋等著漢魯西丁去發掘。

「這是一個事實，」查旺不得不承認。「站在這裡就可以看見墳場。不過，也不算太近啦，是不是？白雲山的房子還不是緊挨著荒塚矗立起來。而且，還貴得離譜呢？」

漢魯西丁打開房子的後門，一陣陰涼的風馬上從看得見的墳地那頭撲面而來。地上蔥鬱的野蔓藤都爬到石階上來了。怒張的生命，就從暮氣死寂的墳場邊，一路蔓延過來。

「這一堆雜草，在您眼中算得了什麼？三兩下不就擺平了？」查旺伸手在漢魯西丁結實的胳臂拍擊：「誰不知道，漢魯西丁是蒔花種樹的老手？」

漢魯西丁心滿意足，轉回頭詢問他的老婆：

「你怕不怕？」

他的聲音是那麼興奮，跟隨他三十年的老婆一聽就知道他心意已決，當然不置可否。

「其實，真的有鬼，我倒是希望跟他們接觸呢。」

漢魯西丁豪氣十足地說。

漢魯西丁果然就在七月十五那天搬進他的新居。那天可是他五十五歲的生日。在前一天，他剛剛從服務了三十六年的消防局光榮退休。離開那座逐漸現代化的建築物以及他一手栽種培育起來的花園，漢魯西丁的心情複雜極了。

消防局局長在簡單卻不失隆重的歡送會上用盡了字典裡所有的溢美之詞，對漢魯西丁的服務讚不絕口。漢魯西丁深為動容，還悄悄掉下幾顆老淚。尤其是消防局局長重提兩件舊事，更令漢魯西丁感激涕零。

「大家如果不善忘，應該還記得去年依斯干達大街的那場大火，漢魯西丁從雜貨店二樓的火海中搶救一名九歲男孩的英勇事件。漢捨己為人奮不顧身的精神不但為他個人贏獲至高無上的榮耀，也同時提高了我們消防局的聲譽。這是非常動人的貢獻。許多人常常詬病我們無所事事，白領乾薪。尤其是當我們在黃昏時分踢藤球，鬆懈疲累的筋骨，路過消防局的行人心底一定在詛罵：『這些傢伙，只懂得玩球弄鳥嗎？』其實，我們踢藤球也是在未雨綢繆，鍛煉矯健的體魄呀！漢魯西丁不分種族歧異，搶救小孩的行動終於替我們爭回了面子！」

局長讓掌聲稍斂，又繼續發表他精闢的見解：

「愛心。是的！我們都是一群對生命非常執著，有著強烈愛心的工作人員。當生命面對危機時，我們是表現最淋漓盡致，奮力搶救生命的人。然而，愛心是須要在平時努力培養的。漢魯西丁就是一個好例子。他喜歡踢藤球，因為他愛自己的生命！他喜歡玩鳥，因為鳥的鳴唱帶來歡愉；他又喜歡種花，因為花兒帶給他一個美麗的世界。我們的市鎮雖然沒有公園，但是誰不知道本市的花園就在消防局！這些，都是漢魯西丁的功勞！」

漢魯西丁在擦乾偷偷淌下的老淚之餘，更加堅定了他在看見屋後的荒地那一刻浮現的信念。他帶著傷感離開了那座堅固整潔的消防局以及纖塵不染閃閃發亮的救火車，心頭油然浮起了無限的憧憬。

四

在新居度過一個甜蜜無夢的夜晚，漢魯西丁第二天早上梳洗完畢，精神旺盛地騎上他的豐田五十CC向法院出發。漢魯西丁不是有事要上法庭供證。他一生最感到驕傲的就是不必與法庭沾上邊。不過這天早上他要找的人畢竟還是和法庭有著密切的關係。那人就是法院旁邊大榕樹下的寫稟人，老友胡法茲。

「你真的要這樣寫嗎？」

小老頭胡法茲捻一捻他的山羊鬚。草菸叼在嘴邊，早就沒有火星了。

漢魯西丁點點頭。他的臉上充滿了正義。這是過去幾天逐漸累積起來的。尤其是昨天晚上睡了一個酣甜的覺，他更感覺活力充沛，應該好好發揮，不做一個無所適從的退休消防員。

「你這裡頭還要這樣問：你們是否在睡覺？那麼美好的一片土地竟然被荒置了許久！」

胡法茲取下老花眼鏡，緊緊盯住漢魯西丁。

「你不是和市長拿督阿邦耶伊利都明認識嗎？」

「你看我高攀得上嗎？」漢魯西丁白了胡法茲一眼。「我只認識他的助手諾瑪里亞。」

「這不就得了？」胡法茲重新把眼鏡戴上。

「但是我們早就劃清界限啦！」漢魯西丁哼了一聲。黨爭一起，我們已經成為陌路人了——你到底寫不寫？

看見漢魯西丁發脾氣，胡法茲不禁搖搖頭。他開始拿張白紙捲入打字機筒，迅速地拍出一封公函。

「我真怕了你這部救火車。」

小老頭的捲菸依然叼在嘴邊，一上一下抖動。

漢魯西丁把信接過來，存細讀了一遍，終於滿意地塞入上衣的袋子。騎上他的豐田朝回家的路上走，漢魯西丁還牢牢記得胡法茲情辭豐美的句子：

可尊貴的市議會主席拿督大人：

我現在雖然是以一個人的名義寫信給你，但是我相信有很多人一定會同意我下面提出來的簡單的要求。他們沒有寫信來打擾過你，因為他們實在是為生活所逼迫，沒有時間草擬信件；而且他們也不想打擾自己，因為你們一定不會理睬這一類意見。其實我也只不過是城市花園的一分子。我剛剛搬入這座名字優美的花園，一切還新鮮，因此注意到我們這個花園實在有愧於那富有文化的稱呼。事實上，我們整個市鎮上最缺乏的正是一座像樣的花園！也許您已經在這座市鎮住得太久了，感情麻木，視界模糊，並沒有強烈的感受。但是我是一個熱愛生命，愛花愛草愛人類的人。因為這樣，我覺得我們這一代的兒童實在是太可憐了。他們住的是擁擠的排屋公寓，空間少，不能打陀螺也不能放風箏。他們離開花草樹木愈遠，身體愈弱。少了一個廣闊的空地讓他們呼吸新鮮空氣，他們的心胸就越來越狹窄。沒有綠樹綠葉調劑，年輕人的眼光越來越短淺；老年人的眼睛也老花得很快。這都是因為我們住的花園並不是花園。請你不要告訴我今日寸土尺金來推搪責任吧。你說沒有土地發展嗎？我們城市花園後面就有一大塊。這塊地方已經許久沒有人來清理（應該不是市議會的工友在睡懶覺吧），雜草叢生，蛇豕雲集。我今天寫信就是要請你趕快派出市議會的大隊人馬，不要讓他們投閒置散，馬上開墾這一塊沒有人開發的肥沃土地。請你熱烈響應一九九〇年的大馬旅遊年吧，把馬來西亞變成一個美麗的國家，提高生產，爭取外匯……

「上蒼為什麼那麼不公平？有才華的人還得待在榕樹下替人寫稟情書？」

胡法茲就是胡法茲，漢魯西丁不明白為什麼他的才氣那麼高，竟然會輸給嘴邊不生毛只會把死人講到站起來活人氣到躺下去的律師仔？

五

當然，凌雲壯志不能發揮的人並不只是胡法茲一個。

漢魯西丁熱情洋溢的信在寄出去一個多月之後，就收到了市議會秘書的敏捷回音：

「發展城市花園一事，早已歸納入市議會的發展大藍圖。請稍安勿躁吧！」

只有這麼簡單二句話！漢魯西丁站在窄小的庭院裡把信讀了幾遍，感到血液從腳底全浮升上來，衝向頂上那顆光禿的腦袋。接近中午的陽光有點兒暴烈，然而漢魯西丁卻感到那麼寒冷。他的手甚至顫抖不止。

「真沒想到，他絕情到這個地步！」

漢魯西丁原來還有著一線希望。諾瑪里亞雖然已經與他分道揚鑣，漢魯西丁在胡法茲跟前也講得斬釘截鐵，但是私心底下還是盼望他這次能夠給點面子，成全他的心願，讓他在新認識的芳鄰面前風光風光。誰知道，諾瑪里亞真的就那麼冷酷無情！

「好！我們就走著瞧吧。」漢魯西丁恨恨地說，同時決定把本來打算與諾瑪里亞言歸於好的胸扉封閉。雖然這樣，漢魯西丁心頭多少還帶著惆悵難過。

六

出乎意料之外，漢魯西丁失敗的花園計劃馬上獲得左鄰右舍的強烈反應。這是漢魯西丁被拒絕之後，怒氣沖沖持著那封「絕情信」，挨家逐戶去投訴抗議同時招兵買馬投入花園計劃的行動的意外收穫。

根據漢魯西丁過去二個月來的觀察，芳鄰們都習慣於深鎖門戶自理家事，一副遺世獨立的狀態。然而，談起「花園」的事，卻是意見繽紛繚亂，令漢魯西丁目瞪口呆。天下間除了胡法茲之外，原來能人異士還有很多。一件簡單的事情，竟然可以從多個角度加以評析，這是漢魯西丁提水筆搶救財物的時候絕對想不到的。

「其實，你以個人的名義寫信給市議會已經開始了錯誤的第一步！」

肥胖臃腫的牛屠夫義正詞嚴，指出漢魯西丁技術上錯誤的地方。牛屠夫的肚腩擠得他坐在椅子上講話也感覺呼吸很困難，因此他站著講話的時候更多。

漢魯西丁只能默默地承認他的寶貴意見。他並不想提起，他本來是指盼諾瑪里亞的回頭。這又觸傷了漢魯西丁纖弱的心靈，恨死了諾瑪里亞。

「那麼我們再發起另一封集體公函，怎麼樣？」漢魯西丁熱切地說。「或許，我們還可以配合輿論壓力，給那傢伙一點顏色！」

當然，「那傢伙」是誰，只有漢魯西丁心理有數。

「太麻煩了！」

想不到牛屠夫肥碩的短巴掌一揮，回絕了漢魯西丁的殷切盼望。

「何必多此一舉？雖然沒有花園，十多年了，還不是一樣過得好日子嗎？」

牛屠夫反詰漢魯西丁。漢魯西丁瞠目結舌，看著牛屠夫。在斜射進來的夕陽餘暉裡，牛屠夫兩個鼻孔各有一撮濃密黝黑的鼻毛，正蠢蠢延伸至鼻翼兩側。

比起牛屠夫，沙林老師顯然就沒有那麼咄咄逼人了。良好的教育熏陶畢竟有其正面意義的。

「你調查清楚了嗎？後面那塊土地到底是屬於誰的呢？」沙林老師深謀遠慮，馬上提出土地主權的問題。

漢魯西丁當然沒有想得那麼深遠。他看見的就是那麼一塊空地，只是一塊被荒置了肥沃土地。那是一種糟蹋，也是一種罪過。他只想開發它，成為一個孩子可以去遊玩，老年人與家庭主婦可以歇息聊天的好地方。管他主權不主權。有土地不開墾，他就有理由疼惜、生氣。

「真的給我們發展成功了，土地的主人就要徵用，豈不是太不值得了嗎？」

沙林老師一直對於主權的問題耿耿於懷，當然是拉攏不成功了。何況他也提到了一些更加實際的癥結問題。

「我們也實在沒有那種能耐。講力氣，我們手無縛雞之力；講錢，一貧如洗。而且，我一天從早忙到晚，哪裡還有時間哪？」

漢魯西丁失望之餘，也多少同意沙林的真知灼見。只有一點。他存有疑惑：一名一天只工作六小時，一星期上班五天的老師，究竟有什麼好「從早忙到晚」的呢？也許新近推行的教師兩薪制太苛刻了吧。可憐的老師啊。

倒是做生意的蘇邁夫最為直接了當。漢魯西丁在他那華麗的客廳之外駐足不及一刻鐘，就馬上打道回府了。雖然蘇邁夫是唯一一個對他存有印象的芳鄰而令他竊喜一場，漢魯西丁離開那座與富麗堂皇的客廳極不相稱雜七亂八堆滿貨物箱櫃的庭院的那一刻，胸口還是鬱鬱不樂的。

「你不就是那個魯西丁嗎？」

蘇邁夫站在屋沿下熱烈握住漢魯西丁的手。

「我還認得你。」

漢魯西丁對眼前這個矮小精悍的商人沒有一點印象。他想不起來，過去三十多年大火燒毀的民房店鋪，有哪一座是屬於蘇邁夫的產業。

「上一次你救出來的小男孩，正巧是我的好朋友的小兒子呀。」

蘇邁夫終於解開了漢魯西丁的疑團。漢魯西丁鬆了一口氣，感激地回他一個微笑。

「當時你那麼勇敢，我和一班朋友們都站在大路旁觀看喝彩呢！」

蘇邁夫記憶猶新，侃侃而談。接著，他又嘆了一口氣：「只可惜那個孩子最後還是死了。」良好的開始，並沒有帶來美滿的成果。聽說漢魯西丁要大家同心協力把屋子後面的矮灌木叢清除，墾殖成一座花園，蘇邁夫馬上雙手交叉，大力搖擺。

「不不不不。你可知道，後面的曠地越荒蕪，我越有安全感嗎？」

漢魯西丁大吃一驚，這倒是新鮮事呀！蘇邁夫得意地笑起來：「蛇鼠怕什麼？盜賊不敢跨越樹叢，那才是自然的防賊林呀！」

漢魯西丁最感傷心的並不是每一個人都賞他以閉門羹。回家的路上，蘇邁夫的話還盤旋在胸際，令他不能釋懷。

「花園？我的孩子根本不需要花園。他又要學鋼琴，又要上電腦課。有空的話，我還要陪他去俱樂部游泳打網球。即使有花園，他哪騰得出時間散步蹓躂？」

蘇邁夫稍微停頓連珠炮似的育兒心得，抹抹唇角邊的口沫，向漢魯西丁撇一撇嘴：

「你有沒有子嗣，何必那麼認真、辛苦？」

七

漢魯西丁疲憊地回到自己的家。他絕對沒有想到剛剛從消防局光榮地退休，就會碰到這麼棘手的問題。他曾經撲滅過熊熊大火，碰上這件小事，他卻束手無策。

「算了吧，」漢魯西丁的老婆一邊咀嚼檳榔，一邊說。她突然一口把血紅的檳榔渣吐在水門汀上。「不再繼續嗎？」

這個問題剛剛從漢魯西丁心底浮起，就讓他否定了。

「如果沒到後面開墾土地，我要怎樣打發多餘的日子？」

漢的老婆卻沒有這種惱人的問題。她責問漢魯西丁：「你不去拿鋤頭，會死嗎？」

這倒是一句刺激漢魯西丁的話。漢不假思索，馬上回答他多嘴的老婆：「會。」

話雖然回答得很無禮，對於老婆，漢魯西丁還是感到滿意的。他的老婆嘴上雖然努力地數落漢是個愚蠢的笨蛋，手腳卻是蠻落力地進行她賢慧的夫唱婦隨的工作。雖然她的工作進度礙於先天性的癡肥而緩慢下來，但是除了可以藉機責罵她貪吃造成禍害之外，並不能怪罪她的呀！上蒼的旨意本來就是如此，漢魯西丁又能怎麼辦？

有些人擁有土地，卻情願讓它荒置路旁；有些人勞碌一生，卻依然是孑然一生，頭上沒有片瓦腳底踩不到半寸屬於自己的土地。這都是沒有辦法的事。

人家不肯協助我漢魯西丁建立花園，我也只好強迫自己接受這個不能勉強的事實。

人類是愈來愈自私，也越來越懶惰了。

漢魯西丁按照計劃，天剛亮就打開後門，從石階開始，一寸一寸地鋤墾。茁壯的蔓藤及恣意生長的矮灌木叢，在漢魯西丁老邁的餘威下，都一一向後讓開了道路。

漢魯西丁在孤軍作戰的當兒，他並不感到寂寞。他那胖碩的老婆始終跟隨在身邊，又拉又扯，幫他整理那些給擺平了的野生生命。當然，被清理的還有那些瓶瓶罐罐，臭銅爛鐵。原來這一片荒置的土地，還是芳鄰們的天然垃圾堆。肥沃的土地都讓芳鄰們五顏六色的廢物點綴得更加斑斕繽紛。

這樣又鋤又挖，披荊斬棘的日子，漢魯西丁漸漸感到頗為愜意。起初因為得不到芳鄰的合作而勾起的憤怒與失望，也隨著他每一下鋤動而消失在大地裡了。

恍惚間，腳下的土地就是消防局的花圃。當然，這塊土地比花圃可大上好幾倍。莽莽的綠意，更襯托出漢魯西丁的渺小了。在漢魯西丁退休後應該是孤寂的歲月，老天還賜給他一塊可以發揮長處的土地，他的感恩遠勝於一切的不滿。

「我們最大的吸引力竟然不是那架新添置的消防車。人們走過消防局，駐足圍觀的，是漢魯西丁一手營造花園！」

漢魯西丁想起局長在送別會上引起哄堂大笑的讚語，不禁激動地說：「我一定要實現這個理想！」

退休造成的恐慌以及開創局勢的昂奮，兩種激烈的情緒令漢魯西丁無所適從。令他更感到痛苦的，卻是夾雜在這兩種複雜的邊際心情間，又看見一個令他更不能忽略的事實：他老了。

八

人老了，真是無可奈何。體力衰退是最為顯著的。尤其是吃力艱辛的拓荒工作，本來就應該由年輕人來幹的。可是現在的年輕人已經背棄了土地。

漢魯西丁從一開始就參加悠閒舒適的公務員工作，生活雖然不是很寫意，倒也不須要在平常的日子流太多血汗。他在黃昏時分也和同事們踢藤球耍樂，鬆鬆筋骨，真要和開墾的工作比較，倒真的有天淵之別呢。

漢魯西丁感覺到他的精力漸漸消逝，是在他獲得最熱烈掌聲的那一段日子。當時他一個人埋頭苦幹，把充裕的消閒時間發揮到淋漓盡致，好不容易才在單調枯燥的消防局四周培育了一個令人羨艷的花圃。那時候，漢魯西丁已經感到他的腰漸漸失去彈性了。往往蹲個半小時，站起來就不能拉直腰肢。旁觀的人不瞭解他的痛苦，還猛力讚揚，似乎要把內心的歉疚都送回給漢魯西丁。

九

漢魯西丁砍伐了一天，拖著鋤頭在墳場邊一棵巨大的榕樹蔭影裡歇息。他掏出裝有菸紙與菸草的鐵匣子，從中取出一小撮菸絲捲紙菸。

涼風輕輕拂送，從荒蕪的墳場那一頭徐徐吹過來。穿過墳場邊的樹林沙沙作響。有幾隻斑鳩還在樹林間低沉鳴唱。漢魯西丁不禁懷想童年時期穿入叢林捕捉斑鳩意氣風發的事件。

轉眼夕陽就讓屋宇遮去了一半。燦爛的落霞瀰漫大際，橙紅輝映著墳場與樹林。

「快要下山了。」

面對夕陽，漢魯西丁咬著紙菸，全身起了一陣顫抖。

夕陽美麗，樹林也迷人。即使泛黑的屋瓦都在他眼中變成了美不可及的東西。只可惜夕陽就要漸漸沉下去。很快，黑夜就會降臨了。

日子是這樣無情地重複著日子。人怎麼會不老呢？

山羊鬚老頭子胡法茲突然癱瘓的消息傳來，漢魯西丁一直耿耿於懷。那小老頭，前陣子還寶刀未老，替他草擬一封情文並茂的上訴公函。他就這樣子給悄無聲息地擊倒了嗎？

小老頭一生並沒有渡過寬裕的生活。雖然他學貫英巫兩種重要的語文，卻只能在榕樹下依賴一架破舊的打字機糊兩口飯吃。孩子雖然總算獲得政府的栽培，成為國家企業公司的營業經理，一年也只在開齋節的時候回來過二天別緻的鄉下生活。小老頭得意炫耀不過二天，還不是一樣孤寂地倒下去了。

漢魯西丁意興闌珊，重新拾起擱置身邊的鋤頭。正要起身繼續工作，突然聽見一陣小孩的嬉笑聲。

「咦？」

漢魯西丁精神恍惚，循著笑聲來處探望，源頭是來自一叢他還沒有開伐的馬櫻丹。他不禁提高聲調，對著叢林呼喚：

「太骯髒了，快出來呀！」

三天前，漢魯西丁才看見一條五呎長的灰褐色眼鏡蛇慢條斯理向墳場那頭遊走。

馬櫻丹花叢一陣擺動，果然跑出一個黝黑枯瘦的小孩。他大概只有十來歲，一雙眼睛滴溜溜轉動，慧黠刁鑽。

「天快黑了，快點回家吧。」

漢魯西丁彎腰摸摸小男孩的額頭。流了汗，涼颼颼。小孩笑瞇瞇，對漢眨眼睛。漢魯西丁一時間竟然想不起來在哪裡見過這一雙熟悉的眼神。

「你幹什麼？」

漢魯西丁訝異地看著小男孩。他的髮際有幾朵野花瓣以及枯葉。

小孩還在笑，手裡原來還抱著一包東西。他突然將包裹塞給了漢魯西丁。

「給你！」

「為什麼？」漢魯西丁驚訝問，與小孩拉拉扯扯。擱在手中的東西突然掉落地上。

「克朗！」

轉眼間，小孩已經消失在樹林那一頭。

十

「克朗！」一聲，漢魯西丁的老婆聽得很清楚。她過後還這麼說。她的行動雖然因為臃腫的體格變得緩慢，聽覺還是敏銳的。她甚至可以在半夜三更聽見老鼠在蘇邁夫家的廚房掀鍋蓋。

漢魯西丁的老婆強調，她看的沒錯。那時候，她已經把飯煮好了。正要出來把那個呆老頭領回去吃晚餐，看見老頭子從地上拾起幾片黑褐色的破瓦交給她。

「可以做菸灰盅。」

漢魯西丁說。他揹起鋤頭、畚箕、鐮刀，徐徐走回家。漢魯西丁的老婆把破瓦抱在她豐滿的胸脯前頭。她跟在漢的背後。他看起來那麼累。她不禁嘟噥兩句：

「人老了，不中用啦。不必這麼打拼呀！」

十一

漢魯西丁的老婆其實言不由衷。當她把破瓦洗刷乾淨，上了釉的破瓦映著燈光發出幽冥的光輝，尤其令她愛不釋手。天雖然早就黑壓壓蓋了下來，她還躍躍一試，要到屋子後面去鋤墾呢。

當然，即使外面還亮著，漢魯西丁的老婆還是不能出得門去。她屋子裡頭，早就麇集了許多聞風而至的芳鄰。

消息傳得好快，左鄰右舍都知道漢魯西丁在屋子後面掘到寶了。

「瓦片上還刻有字呢？」

最開心的當然是漢魯西丁肥胖的老婆了。她雖然在三十年前愛上漢魯西丁，皈依真主阿拉，倒也沒有忘記小學時候唸過三年的方塊字。她把個像杓子的瓦片就著燈光指點。三片殘缺的瓦面浮凸鮮明，果然刻了幾個簡單的字樣，是「清潔的『清』、明白的『明』、月亮的『月』！」

漢魯西丁的老婆笑瞇瞇地說：

「真是『清』朝的寶貝呢！」

但是有人卻不表同意。

「誰說！也有可能是三寶公帶來的貢品。你沒看見明明寫著『明』字嗎？」

漢魯西丁的老婆因此更樂壞了！芳鄰的讚嘆有一陣陣傳來，漢魯西丁坐在一旁只是淡定地抽他的紙菸。其中一片有個『月』字樣的瓦片正好擱在桌面，他輕輕一彈，灰白的菸屎落在幽幽發亮的瓦片中。馬上有人發出了驚嘆：

「你可別糟蹋了好寶貝呀！」

然而，與此同時卻有人冷靜地提出了質疑：

「老實講，你們就只挖到三片陶瓦嗎？」

正在議論紛紛的芳鄰們都因為這個石破天驚的問題而安靜下來，轉頭凝視漢魯西丁。

漢魯西丁悠悠吐出一口煙。

「當然不止這些。」他慢吞吞地說。

十二

小男孩這一天又沒有出現。

漢魯西丁停止操作。他嘴巴講得輕鬆，其實心裡著實焦急。他不明白令他不能忘懷的小男孩為什麼不再回來？

這時候的山頭，已經不是漢魯西丁的山頭了。

好多好多的人，從不知道什麼地方突然湧現於這座本來荒蕪雜亂的草坡。漢魯西丁搖搖頭，不能相信這場巨變。只不過五天的工夫，斜坡上一片叢林就給翻開了。人的力量是可怕的。早些時候他挨家逐戶招兵買馬，卻碰了一鼻子灰。當時垂頭喪氣地走回家，還悲觀地不值芳鄰的自私自利的行徑。怎麼知道，麇集在山坡上的人群如此強悍，在短暫的日子裡就有這麼大的建樹，把個茂盛的叢林都擺平了。

可惜的是，儘管人們那麼落力地挖掘，除了一些不能腐爛的五顏六色的塑膠袋與腐鏽的鐵皮罐之外，瘋狂的人群卻是一無所獲。

「不如連墳場也翻開來吧。」

意興闌珊的人們互相嘲弄，宣洩心頭的悵惘。當然，他們是不敢輕舉妄動的。死人雖然不能動彈，卻比活人更威嚴。失意的群眾只敢挖掘到墓場邊緣。而且，他們不單因為有所避忌，警衛人員連日來在墳場邊的榕樹下站崗也多少起了嚇阻的力量。那些穿著綠森森制服的警員荷槍實彈，開始在熙嚷的人聲中把那片荒蕪了好多年的土地用鐵蒺藜圍了起來。

十三

群眾乘興而來，本想有所斬獲。勞累了幾天之後，依然兩手空空蕩蕩，大家不免起了懷疑：

「漢魯西丁真那麼幸運嗎？」

鋤草翻土的勞力工作，畢竟不是現代都市人所能適應的生活了。他們的生活疆場，原來屬於高樓大廈的冷氣間。這種斜坡上曝曬於陽光下的披荊斬棘，只有老一輩的人才幹得來，豈是他們所能勝任的呢？

綠色制服的部隊人員把墓地邊緣圍起來，失意而去的群眾卻又燃起了熾熱的慾望。然而這一次他們只能站在遠處觀望。誰都害怕，野戰部隊那隻槍。

人聲漸杳，漢魯西丁終於又有機會再踏足屋後的泥土。

「讓我進去收拾殘局吧，」漢魯西丁對站崗的隊員央求。

本來是一片莽莽蒼翠的矮叢林，經過幾天群眾的蹂躪，遍地盡是東倒西歪的樹屍。泥土是翻過來了，卻是高低不平，一大塊一大塊橫臥著。

漢魯西丁在站崗的隊員許可下，進行他的花園計劃的第二階段工作。他還得把那些雜亂的樹幹枯枝聚集一處，放火燃燒。

燒芭的工作進行了第二天，都是漢魯西丁與老婆寂寂進行。火焰竄升得太高，漢魯西丁就用泥土把它壓下去。熊熊的火照亮了半邊黑漆的天空。漢魯西丁突然又看見了小男孩，不知何時已站在他面前。

「嗨！」

小男孩伸手和漢魯西丁打招呼：

「這麼快，都砍光了。」

漢魯西丁搖搖頭，嘆了一口氣。

「瘋子，他們都是瘋子。」

「他們很有趣呀。」

「你是誰的孩子？」

「你猜呢？」

「我以為再也看不見你了。」

「他們真的把那些瓦片當寶呀。」

「你也真是的。」

「他們以為土地下面的寶就是這些。笑死人了。」

「總算過去了。」

「等一等。」

小孩從脇下又交出一包瓦片。

「這樣才完整。」

十四

漢魯西丁的老婆看見他手上又增加了幾片陶瓦，納悶之外，還感到不服氣。她不過離開一會兒，漢魯西丁又揀到了這些日子裡眾人渴望冀求的寶貝。

「你是否偷藏起來？」

漢肥胖的老婆不滿意地說。

「我為什麼要欺騙你？」漢魯西丁不耐煩地回答。「是真的。」一個小孩送來的。」

「人呢？」

「走了，」漢魯西丁指向墳場那一端。火光中，似乎可以看見幾頭水牛臥躺在墳頭上反芻。一切都很寧靜祥和。

「你不要嚇唬我！」

十五

漢魯西丁家又一次成為芳鄰的焦點。

大家既嫉妒又生氣。為什麼幾十隻眼睛，就是沒有一雙看見地上的陶瓦。漢魯西丁不過是爬過蒺藜，燒掉樹屍，陶瓦就出現了。真是沒有道理。

市議會的官員甚至登門造訪漢魯西丁。消息傳得深遠，這些坐在冷氣房辦公的全職人員，原來也是耳聰目敏的，並不如傳言中對建設沒興趣與昏聵、怠惰的。

「這些瓦片，真的是人家送你的嗎？」

蓄有小鬍子的卡迪爾摘下白色瓜皮小帽，語氣嚴峻，卻也不能掩飾其中的好奇。

幾片破瓦也能獲得尊貴的執行官大駕光臨，漢魯西丁有點不可置信。不過他比胖婆可以理喻，是唯一一個相信小孩存在的事實的人。漢魯西丁感激地把三片『清』、『明』、『月』的瓦片重新取出來，擺在桌子上讓小鬍子欣賞。

「莊，上面刻的是什麼？」

小鬍子轉回頭問陪他前來的白面書生。

漢魯西丁又將第二次獲得的瓦片取出來。像駁接拼圖，漢把十多片碎瓦湊成一個壺形，每一片都吻合得很好。

「啊，原來是茶壺。」

小鬍子點點頭，得意地說。他用兩手捧著拼湊出來的寶貝仔細端詳，心中讚嘆，暗自歡喜。成壺形的寶貝壺身扁長，沒有壺蓋。整具壺都是密封的。尤其特異的壺嘴粗大、短拙，與壺身成斜角，挺直。漢魯西丁最後獲得的那片瓦原來有個『風』的字樣，與原先那三片拼湊起來，成為「清風」、「明月」，別緻地嵌在壺的兩旁。

小鬍子捧著寶貝，愛不釋手。他斯文淡定，徐徐對漢魯西丁解釋：

「你說是朋友餽贈，我也真的相信你講的。但是人家卻說你是因為挖掘公墓旁邊的土地才獲得這具茶壺。沒有人認為你沒說謊。我因此只好將它帶回去，交給古物局保管了。」

漢魯西丁沒有答腔。事情既然發生了，就這樣讓他結束了好。

小鬍子卻還擔心漢魯西丁不能諒解，繼續加強語氣解釋：「你知道嗎？屬於土地的，未必是屬於你的。」

他聳聳肩，安慰漢魯西丁，聲調充滿無奈：

「這是法律，法律啊。」

小鬍子講完法律，小心翼翼地捧起受到法律保護的寶貝走出漢魯西丁的寓所。碎片只是暫時嵌在一起，隨時都可能坍塌瓦解，他得加倍提神。

「莊，這是什麼朝代的茶壺？」

白面無鬚的年青人尷尬發笑：

「這不是茶壺，波士。」

「什麼？」小鬍子走在前頭，聽不清楚。

「這是古董，沒錯。波士。」莊回答。

「這就好了，」小鬍子很開心。

莊沒有回答。他打開車門。讓卡迪爾捧著寶貝鑽進車廂。莊發動引擎，慢吞吞地說：

「這是古代的人放在床腳，懶惰上廁所用的。」

「壺嘴怎麼又短又粗？」

「那是讓你把那件東西塞進去，小便用的，波士。」

莊還想要問：「你夠分量嗎？」但是他咬緊嘴唇，不敢笑出聲來。他說：

「它叫夜壺，波士。」

十六

燒光了斜坡，看起來是一片明亮。鐵蒺藜是圍起來了。漢魯西丁蹲在屋沿下抽紙菸，煙圈輕裊若無物，在空中飄蕩。

一切都平靜了。

一切也過去了。

漢魯西丁有無限的惆悵。結實的土地到最後並沒有令他浮起一絲快樂。它的結局和小孩的驟然出現一樣，都是出乎他意料之外的。

「我真的白活半世紀。」漢魯西丁嘆了一口氣。

在涼意漸濃的夜晚，他似乎聽見小男孩的嬉笑聲：

「你早就應該知道了。」

漢魯西丁那睏了三十年的胖婆卻不以為然。

「讓我鄭重警告你，三十年來我第一次要懷疑你到底有沒有瞞騙我！」

對漢魯西丁來說，小男孩始終是一個謎。然而人的一生總難免有些不能解釋的真相。只要心裡有一種感覺就可以釋懷了。雖然到最後，他始終沒能實現最初的構想，是痛心疾首的。

「謝謝你。」漢魯西丁的聲音充滿無限的感慨。

老婆不明白他說的是什麼意思，一臉愕然望著他。

樹林

一座樹林究竟有幾棵樹？

幾株樹才能夠稱呼一座森林？

這個問題一直盤繞在我的腦際。就在那個沉悶，憂鬱的晚上。

我們的父親出去了一整天了，還沒有回來。

每天他都在天開始黯淡、星星浮現空際的時刻，一起出現在我們的跟前。

他雖然看起來那麼疲憊不堪，沉重的生活擔子將他的背脊壓駝了，但是，當他一踏進家門口，明亮的色彩在他陰霾的臉大放異彩，我們因此開開心心，圍坐在圓桌上吃一頓簡陋的晚餐。我們的晚餐不豐富。永遠都是兩碟菜，一個清湯。苦瓜、菜乾、蛋花、甘蔘魚、清蘭魚輪流交替。但是我們吃得那麼歡愉。大多時候，我們的飯粒都濺射在牛奶箱釘製的圓桌上面，因為我們吃得太快了。我們是我和妹妹兩個人。我的父親等我們推開椅子，搶著將碗送去灶旁邊的水桶裡面時，就大聲地咳了一下：

嗯——哼！

這一聲，就像潮州戲裡面，老旦的暗示，不怒而威。我們只好又縮回身子。乖乖地將桌子上的飯顆一粒粒撿起來，丟進嘴裡。

當然，我們並沒有撿地上的飯粒。我們的飯廳雖然不骯髒，卻沒有鋪西敏土。是名符其實的「地板」。天旱的時候，還頗乾爽；下雨天，就濕膩膩。

那真是一種討厭的感受。然而父親卻安之若飴。晚飯以後，他再多點燃一盞大光燈，我們兄妹二人即開始溫習各自的功課。父親也蹲在地上整理他一天裡收集回來的瓶瓶罐罐。這些，都是他白日裡去售賣冰淇淋交換回來的。父親一天裡究竟跑了多遠的路程呢？妹妹曾經坐在他枯瘦的大腿上提出來。父親一隻手在她的頭上撫摸，吐了一口那種刺鼻的雪茄煙：

「很遠，很遠。」

父親深沉地望向前方。他悠悠地吐了一口煙。

「是什麼地方呢？」

父親又悠悠地吐了一口煙。

「山頂人住的森林呀，甘榜呀。」

「你不怕他們嗎？」

「爸爸是他們的好朋友呀。」

父親低沉地笑了。他的笑聲也那麼短促。我發覺父親有點禿頭。他的額漸漸高起來。這好像是最近二年的事吧了。

「你收集這些玻璃罇回來幹什麼？」

「他們要吃冰淇淋，沒有錢，不賣給他們嗎？憨仔。」

我們家的玻璃罇是越聚越多了。差不多有我一個人那麼高呢。占了我們半個客廳。父親在我們做功課的時候就一枝一枝地拿出來刷洗。他洗得非常仔細。早上，當我們去上課，父親就將它們整齊地擺在屋子前面的空地上，讓風和陽光吹曬。第二天晚上，父親又一枝一枝的，將玻璃罇疊得好好，好似一座玻璃的牆。

父親真是一個奇怪的人。他既然有那麼強烈的潔癖，卻能夠居住在一座沒有鋪上西敏土的板屋。有時候我實在忍不住了，就說：

「這些玻璃罇，人家買回去一樣要洗的。你洗得再清潔，也沒有人會相信你已經洗得不用再洗。」

但是父親不以為然。他說：

「這樣骯髒的東西，你看得慣嗎？」

妹妹卻以為，父親是吃飽太閒空了。他不知道怎樣打發時間才好。有時候，父親收集的玻璃罇太少了，他反而不高興。我們都很納罕。人家用五分一角跟他買，不是更好更方便嗎？真是怪誕的父親。

每個晚上，當我們修習完各自的功課上床去睡以後，父親依然躺在他的懶惰椅上，閱讀當天的報章。他讀得很仔細。有時候他會問我；我國的軍隊有多少名成員？軍隊的階級怎麼區分？今天有兩個人打劫檳城浮羅地滑的銀行，一個當場被擊斃，一個還在逃亡中。真蠢的警察！幾百個人捉一個也捉不到。雖然我們兄妹二人去睡覺，會留下一片寂靜給父親。但是，父親是不會寂寞的。他有蟲豸的唧唧聲伴他讀報紙。何況他還有一個永遠不離開身邊的收音機。不論父親坐下來看報紙，或者出門去兜賣冰淇淋，那架收音機永遠是他的好朋友。

從那架收音機流出來的，除了優美的音樂之外，還有父親最愛聽的新聞報導。新聞時間到了，我們都噤若寒蟬。誰要是在報導新聞的中途打岔，父親一定很嚴厲地瞪住他。因此我們都很害怕聽新聞的父親。

父親還是沒有回來。樹林裡的蟲開始奏鳴了。黑嘴伏在地上，頭顱架在門檻上朝屋子外面等候。它也和我們一樣，在期盼著父親的出現。樹林以外，父親究竟在做什麼？

樹林以外另外還有一座樹林。父親從我們這一座樹林走進另一座樹林。他每天都在樹林間踐踏穿梭。他天天都這樣走，他不疲倦嗎？

啊，父親。

我突然對父親產生一種憐憫。人家的父親，只要坐在店子裡頤指氣使，就能夠過比我們更舒適上千倍的日子。我們的父親，天天下午就得踩腳車，從這座森林穿過那座森林，他是那麼賣命地付出，但是他只獲得那麼微薄的酬勞。父親最富有的財產，也不過是那一堵容易碎裂的玻璃罇牆。難怪他要我們小心照顧了。玻璃罇碎了，父親不知道會有多麼心痛呢。

但是父親可從來沒有苛責過我們。他甚至不曾在我們跟前發過脾氣。他的脾氣實在太好了。難怪樹林那一頭的李伯伯常常警告父親。

「你的人太沒脾性了。人家會欺侮你的。」

不過也可能是我們兄妹都乖吧。我們從來不曾罵過架的呀。父親也未曾為我們操過心。早上他煮好了飯菜擱置在那張牛奶箱釘成的圓桌上，用飯罩蓋好，就可以安心出門。他先去代理冰淇淋的南天茶室取了貨，就沿著鎮上的大街小巷兜售。他走完了新村的最後一條紅泥路，就開始踏上白沙子小徑，一直朝樹林中踩過去。這些可都是父親告訴我們的。我們曾經問過他，他一天到底能賣幾根冰淇淋。他順口回答：兩百條。兩百條能夠賺多少錢？幾塊錢啦。父親漫應道。然後他繼續講，那條小山徑很美很幽靜的咧。兩旁的山壁上，還常常有垂掛下來的山胡姬。紫色與白色的小花，有時開得漫山遍野。遠遠看去，真像我們學校借回來的圖畫。父親講得那麼迷人，妹妹吵著他：

「你帶我們去，好不好？」

然後父親刷地沉下了臉。不可以。不可以，知道嗎？

父親那種臉色，就像偶然我們追問為什麼沒有見過媽媽時，那麼低沉。

有一次李伯伯也在我們家。他就指責父親：

「大人的事情，不要在孩子心上留下創傷。」

我們真的不知道母親到底去了哪裡。在我的印象中，母親是一個豐腴美麗的女人。妹妹卻爭執著說：不。媽媽是瘦瘦黑黑的。父親有一回心情很好，他剛剛洗好一個矮矮的玻璃罇子。看起來，他是高興得不得了了。他說：你們倆都不要吵。你們兩個都對。媽媽本來是白白胖胖的，後來就變成黑黑瘦瘦了。

「為什麼呢？」妹妹問。

「因為爸爸沒有錢給媽媽吃飯呀。」

父親沉迷在那一個圓肚子的罇子，頭也不看我們。

「你騙人的。」我說。

「真的。」

「後來媽媽呢？」

「她從這座樹林走出去，就沒有走回來了。」

「為什麼你不去追她回來呢？」妹妹問。「也許媽媽迷路了。不會回來。」

「媽媽是大人，哪裡會迷路呢。」父親說。

他還是不肯看我們。

「誰說的？大人也會迷路的。」我爭辯。有一次，我自己也差點回不了家。幸虧我脫下褲子，拿在手上煽了煽，又撒了一泡尿才認清方向的。

媽媽當然不會來這一招。也許因此不懂得回來。

「也許吧。」父親突然轉過來瞪著我。

「還不去做功課？」

我聽見父親的聲音在抖動，嚇壞了。馬上從牆角將書包取過來，抽出六上的國語來溫習。這是一招取悅父親的方法。他最注重的就是國語了。他自己的馬來話也因為長年累月在甘榜出入，講得非常流利，還有土音呢。

父親仍舊沒有回來。我們坐在門檻上，面對著一座漆黑的樹林，不知道要怎麼辦。黑嘴匍匐在地上，也學我們，緘默不作聲。風在樹林裡吹。樹林在白天裡是美麗的天地。但是，太陽一下山，黑夜浮現了，陰鬱即開始蔓延。沒有陽光，美麗的地方變成淒淒慘慘的場所。尤其是有風的樹林。樹葉們在互相交頭接耳，不知道究竟在講說些什麼。那種分辨不清楚的聲音，更令我們懼怕。在那座深邃的黑暗裡，我聽見了許多不利於我們的胡言亂語。

風還在吹。這一陣風，是什麼樣的風？

在這一個季節裡，竟然會無端端地颳風。

有風就沒有螢火蟲。通常，當我們在等待父親的夜晚，總有一兩隻螢火蟲在茅草叢間飛舞。那一點點的燈光雖然照不亮我們眼前的路，卻也帶給我們無限的歡暢。

父親常常會在不知不覺間，出現在我們的眼前。他推著腳車，瓶瓶罐罐在他的腳車後面撞擊，叮叮噹噹，清脆悅耳。是我們的心情，也是父親的笑靨。

今夜，父親會以同樣的姿勢出現嗎？

我們不約而同望向父親每天都走過的路。那天路看起來更黑暗了。父親在哪裡？也許他已經回來了。只不過他的人已溶解在黑色的樹林間，我們看也看不清楚。

妹妹突然大聲地叫喊：

「爸爸，你在哪裡？」

我側耳傾聽，聽不見熟悉的叮噹聲。我說：

「爸爸還沒有回來。你聽得見他的腳車聲嗎？」

我們又頹然坐在門檻上。兩手支著頤，我們各自望向父親走過的路。

「爸爸不會這麼早回來的。哥。」妹妹突然說。

「你怎麼知道？」

「你忘啦？爸爸說今天去賣掉牆角的玻璃罇咧。」

是的，父親昨晚上飯後曾經告訴我們他今天遲一點回家。

為什麼我們會忘記了呢？

父親那時候正在聽新聞。新聞報告完了，父親突然關掉了收音機。我們將頭從飯桌上抬起來。因為父親這種突兀的行動，我們都停止了寫字的動作。

在明亮又熾熱的大光燈下面，我突然發覺沉穩的父親衰老了。

父親一字一字，啞著嗓自問：

「爸爸收集的玻璃罇，有哪一些是你們喜歡的？」

妹妹馬上應道：

「那隻黑色圓底長頸的最美麗。」

「不對。」我說：「大肚子短頸項的透明罇才美。」

其實，那兩隻玻璃罇，我們想望好久的啦。不過，我們更知道它們是父親的心肝寶貝，所以大家都只敢近近的看，靜靜的看，摸也不敢摸一把。

「好吧，就送給你們一個人一隻吧。」

父親突然慷慨大方得很。我們一時都愕然。比起剛剛他擰掉收音機的節目，還要不知所措。

「其他的玻璃罇，明天爸爸要賣掉了。」

「全部？」

「是的。」

這真是一個充滿突然的晚上。本來，父親平常時候也有將一些罇子拿去賣的。但是那些都是父親挑選過，不入流的罇子。父親說。不入流的罇了就要賣掉。留在家裡太礙眼了。但是妹妹與我都不明白父親的眼光。為什麼父親能夠囤積那麼多的罇子在角落裡，偏偏只有那些罇子那麼地不入流呢？非得第二天就賣掉。有時候，我發覺那些要賣掉的罇子牆角邊有大把呢。何況有些非要賣掉不可的罇子，甚至比牆角的罇罇還要晶瑩剔透。

無論如何，父親決定要賣掉那些罇子，我們兄妹二人都感到非常的高興。那一堵玻璃罇的牆，隨時都可能倒塌下來。萬一它傾洩下來，只有我們兄妹二人在家，那該怎麼辦呢？

父親通常都是在我們去上課，出門去取貨的時候，順路賣掉的。賣給誰呢？父親說，城裡這麼多家收爛貨的印度人，怕沒有人要呀？究竟父親講罇子賣給了誰，我們不知道。父親沒讓我們知道。我們也不想知道。也從來沒想過要知道。也許我們知道了，也不會瞭解父親的。

突然間，我聽見妹妹在廚房那邊的驚叫聲：

「蛇！哥！快點來。」

我急忙向廚房奔跑過去。一隻蛇昂首吐信，與站在灶前面的妹妹對峙。

我從門後面抓了根打蛇的藤條揮過去，正好襲擊在蛇頸上。牠跌落在地上，迅速地往客廳竄。轉眼間，牠躲進了玻璃罇那一堵牆。

要不要翻找？我心裡很快就有了決定。我們一枝一枝小心翼翼地將玻璃罇搬下來。沒有見到蛇的踪影。玻璃滑不溜丟，驀然間，有一半的玻璃牆傾塌了。蛇在哪裡？我看不到。也許壓在玻璃堆裡面吧。也許牠已經溜走了。

這時候我聽見黑嘴猛烈地狂吠。楊伯伯站在大門外喊我的名字。

「爸爸還沒有回來嗎？」楊伯伯臉色凝重。他似乎有很多的事要講，卻又不肯開口。「你們都去睡覺。我等你爸爸回來，有話同他說。」

那個夜晚的樹林異常濃黑。我在上床之前曾經再向外頭看望幾次。在那一堵黑色屏障之外，我依然看不見我親愛的父親。事實上，那天之後，我的父親也像我的母親一樣，他們兩個皆消失在大門外面那座樹林。悄然無聲。

第三天的一個下午，楊伯伯帶引一批的警察來我家搜索。他們打碎了父親洗刷得潔淨，教我們兄妹弄歪斜了的玻璃罇子。玻璃碎片濺得滿地都是。他們似乎在搜尋什麼。我聽見他們七嘴八舌，講一些我聽得懂又不明白的話。

「東西一定藏在玻璃罇裡面。」

「可憐。」

「他們是那種能夠同情的人嗎？」

「死得好淒慘啊。臉孔都砸爛了。」

「好好的冰淇淋不賣，為什麼要替人家送東西呢？」

「這是人民的一個教訓。」

我望著樹林，不知道幾時父親能夠在樹林那一邊出現。這是一座他熟悉的樹林，沒理由他會迷失的。

一九八五年

細雨紛紛

一

雪兒說：「我想出去買零食，你要陪我去嗎？」
我說：「戲就要上映了，讓我去吧。」
我離開了戲院，站在一百尺外的小攤格買豆蔻與醃芒果。
然後，我聽見一聲巨響。
牆頹柱倒，灰飛煙滅。
淒厲的哀號與恐懼的尖叫撕破了那個寧靜的午後。人群湧著從大門以及炸開的牆壁竄出來。
雪兒。
雪兒！
我奔向那個汨汨流出黑壓壓的人潮的牆洞。
地上一遍凌亂。
人椅交疊。

血。

血流滿地。

斷手、殘肢、面目模糊的軀體。

血泊之中，雪兒呢？

二

四月的春雨綿綿地下著。雨珠懸掛在會館斑駁的屋檐下，淅淅瀝瀝，織成一張細密的雨簾。

也許，我們來得真不是時候。我們在這個邊陲小城度過了一個淒迷的雨夜，依然得在古舊的會館茫然地鵠候。昨天午後，負責替我們聯絡的人跨上他那雄赳赳的爬山虎，發出三聲怒吼之後即隱逝於山林的小路，從此杳如黃鶴。而惱人的雨，就一陣一陣地傾斜而下了。

「他會不會再回來呢？」

母親焦灼地坐在長凳上向外頭張望。雨簾因風吹颳而傾斜，有一兩綹濺落在她身上。

「山路泥濘，不好走啊！」

會館的座辦老人家操著家鄉口音，安慰母親。

「你放心，他們絕對不會食言的。」

我站在會館的前廳百無聊賴地巡視牆上的一些名字。館外的一場雨，令我感到不耐煩。走出會館，人們講的是一種迥異的語言，館內卻有這許多方塊文字，孤傲地鐫刻在石壁上。這一種固執的持守，正是一個民族特徵性的具體表現嗎？

我同時也感到迷惑。

雨不停歇地流瀉。我不相信父親尚在人間。

二十年是個不短的日子，其中會有多大的變化？

二十年下落不明，我們如何肯定父親必然是藏在那座幽秘的山林？那只是母親二十年來一廂情願的想法。

山是崇高的。

森林是神秘的。

二十年來，父親擁抱的是一座不易探測的深邃的理想。而我們，尤其是母親，可能都在迷信中度過了這二十年。

細雨霏霏令人看不清楚遠處的青山。山城靜臥霏雨中，除了偶然開過的車子，出奇寂寥。

三

我沒有強烈的期盼，卻又等待一個意外。

二十年，是一般生命的三分之一。然而，二十年前的往事卻又像是昨日發生意外那麼清晰鮮明。我始終忘不了父親離家出走的那個陽光亮麗的早晨。

二十年轉眼就過去了。一切似乎都沒有發生過。逝水無痕，難道這是真的嗎？

我一向不喜歡回溯過去，並不因為回憶是不屬於年輕有衝勁的企業家的個性。每一個人身上都有一段故事，我又何必特別在意自己那一段歲月？

人是向前瞻望的。過去已是挽不回來的辛酸與滄桑，緬懷往事徒然增加憤懣與悲慟。只有把目光擬定前路，才能帶來希望與信心。

我絕少想念二十年前就失去蹤影的父親。

在我的心靈深處，毋寧說我早已認定，父親已不在人間。

我必須逐漸肯定這個未獲證實的事實，才能夠放手去面對生活中逐日增加的壓力與挑戰。這是父親離家而去的那一刻起，我就認清的現實。我沉著地應付突如其來的打擊。十八歲那年年底，應徵一份政府獎學金時，我即懂得回答面試的官員：「我的父親？他在年初已經去世。」

四

母親並不以為然。

我不知道在那段胼手胝足的艱苦歲月，她是如何堅定自己的信念，度過漫長的夢魘。母親始終不相信，父親會這樣無聲無息地撒手人間。

我想我和母親之間有一個觀念上的差距。我在十七歲以後就從泥濘的河岸遷徙市鎮，往後的日子中，生活的空間漸漸為都市所佔據。而母親的生命，一向以山林與田野為中心。蛤河岸邊的鄉居生活自然不說，即使是父親悄然出走以後的日子，母親還是每天穿梭於樹林之間。

或許，母親的信心就來自莽莽丘陵。我則在逐漸城市化的生活中，迅速淡忘父親的印象。

當然，這兩者之間如此迥異的信念偶然也會釀成莫須有的磨擦。有一年的端午，我從大學回來，發現一桌豐盛的菜餚，便嘲笑母親：「父親回來了嗎？」

母親馬上沉下了臉斥責我：「你太不瞭解你爸爸了！」

「事實本來如此，您又何必癡等呢？」我摟住母親瘦削的胳膊，疼惜地說。

「沒有正面的消息，我就要繼續等下去。」母親近乎固執地回答我。

母親堅決不為父親設立靈位，我們家因此二十年來都不祭祀父親的亡靈。

五

和解的消息被證實以後，母親就開始多方聯絡。她鍥而不捨的精神令我慚愧且感慨萬千。當然這也是不能完全責怪我，我實在是忙得不可開交了。臺資這兩年大量湧入，我豈能坐失黃金良機，不抓住它好好幹它一場，以紮好堅實的基礎呢！

「父親的事已經在二十年前結束了。」我說。

母親卻不以為然。不過她是諒解我的。

「你忙你的，不必找藉口啦。我自己會想辦法。」

她堅強地說。母親今年五十九歲，仍然健朗。她交遊廣、人緣好、我相信她真的可以解決心中的疑團——雖然那是一個肯定沒有答案的結局。

一個深沉的黑夜，我陪幾個廠家去舟山夜總會胡鬧完畢，一一遣送他們回去旅店。抵達老家，打開客廳大門，發覺母親赫然還在燈下等我。

「有消息了，」母親興奮地說。

「什麼？」我馬上從混沌的酒意中驚醒。

「原來人家在兩個月前就去會過面了，」母親遺憾地說。

「從來沒有音訊，去也沒有用啊！」我說。「他人是不是在山上，都不知道。」

然而，一向堅信事實的母親卻難於掩飾她的歡欣：「他真的還在那邊！」

「怎麼確定？」

「消息說，一年前領導巡視第三營，有一個額頭長了顆黑痣的瘦小男人陪伴他。那一定是你的父親，絕對沒有錯。」

「誰是『消息』？」我懷疑。商場上充斥的是假情報，政治鬥爭更是慘烈。我從來不相信「消息」。

「芭尾賣野菜的阿庚叔，你還記得嗎？他是最近才寫信下來的。六十九年失蹤以後就沒了消息。上個星期他的家人已經和他見過面。」

母親侃侃而談。臉頰溢滿閃閃生輝的期盼。母親相信消息。二十年隔閡，突然傳來的震撼，令她糊塗了嗎？

六

這是真的嗎？

父親還在那濃密的山林？

父親出門的那個早上，他戴著一頂草笠。

「陽光太強烈了，」父親說。「我張不開眼睛。」他推出了陳舊的腳車，逶迤踩上紅泥小路。

走了一小段的路，他突然記起什麼，停下站在巷子口，轉回頭對我說：「我不回來吃飯了。」

我不知道父親是否刻意安排投奔森林。他那個早上以後真的就沒有再回來。從那一刻開始，我必須因為父親的失蹤而與母親相依為命，在頗為陌生的新環境奮力搏殺才能打開一條血路，驕傲地建立今天的地位。在這個血跡斑斑的歷程中，雖然一直都沒有發現父親的遺體，我始終相信父親已經死了。

我寧可相信，我在十八歲以後就是一個永遠失去父愛的人。

黑夜很快就覆蓋大地。我們從父親常去聊天的華南茶室開始，一路尋覓下去，都沒有他的蹤影。

父親似乎從香草鎮的大街小巷蒸發了。

香草鎮不大，消息傳出去以後，許多人熱心地齊聚我們窄小的客廳。其中甚至有好幾位穿著制服以及便服的警察與政治部人員登門造訪。

「朱夏炎是你什麼人？」便衣之一詢問。我聽不懂他語氣中的感情。

「爸爸。」我說。

「他今天什麼時候離開你家？」

「早上九點半。」

「你知道他去哪裡嗎？」

「不知道。」

「他的朋友，你都認識嗎？」

「幾個而已。」

這是事實。我如何認識父親所有的朋友？我當時感到頗為詫異。事情都過去二十年了，現在想一想，也許他是故意那麼問的吧。我也不太肯定，他們事先向我報告「好消息」，還是要我辨認人像。

這兩間事情似乎都在同一個時候提出來。那時候，我著實太累了。其中一位警長微笑對我說：「我們找到了你爸爸的腳車。」

「真的！」母親正在一旁接受另一名女警的盤問，聽見這句話，高興地叫起來。

「你認識這個人嗎？」

報告好消息的警長突然出示一張人頭像。

我看了一眼。再抬頭注視他，不解地回答：「這是我爸爸。」

「這一張呢？」

他又取出另一張。我仔細地端詳良久，終於搖搖頭。

他慢慢將相片收妥，談談地說：「我們相信，你爸爸是不會回來了。」

「為什麼？他死了嗎？」我一臉錯愕仰望他。滿地凌亂的物事，我一時沒了主意。

警察們還在搜查，翻箱倒櫃，弄得整間屋子瘡痍滿目。當然，這時候的木屋裡，只有母親是我唯一的親人。母親堅強地坐在一隅，和我一樣疲累地回答女警的盤詰。但是我們都是無知的人，對於至親竟然無可奉告。我除了彷徨，還感覺羞愧。這原來是不必要的。面對警察的詰問，我都儘量保持積極合作，不讓他們誤會我有所保留。

警長很滿意我的表現。臨走，他在我的肩膀拍了拍，詢問我：「你在哪一間學校念書？」

「蘇丹巴力沙中學。」我馬上回答。

「好學校！」警長豎起了拇指。他繼續說：「萬一你爸爸回來，你會通知我們嗎？」

我猛烈地點頭。

他當我是單純的青年，因此也不介意自己講話前後矛盾。雖然他沒有明說，我也明白：在警方的記錄，父親就是政府努力剿滅的恐怖分子。

我已經不小了。

我知道，往後的日子將會很艱辛。上山的父親，是沒有路下來了。我和母親必須好好珍重。

我因此沒有告訴警長，除了父親，另外那張相片其實是芭尾的阿庚叔。在我們倉皇搬離蛤河鄉的時候，阿庚叔一家人已經早我們一年離開了那塊荒僻貧瘠的故土。

七

我們是一九六九年離棄蛤河鄉的。[1]

我始終不能忘懷蛤河鄉那一段黯淡貧困的歲月。

蛤河無蛤，它只是一條窄而淺、泥濘的河床常年暴露在陽光底下的髒黑小河。蛤河鄉則是一座只有幾十戶人家的小村落，簡陋破舊的木屋沿著河岸，東倒西歪地撐著。蛤河貧瘠，養不起河岸的人口。蛤河的老鄉，過的是艱苦的割膠生活。許多年下來，蛤河已漸漸成為死鄉，只有年老與稚幼的還在孤苦地枯守著河水的春訊。稍微有志氣的青年，早就離開蛤河到膠林之外謀生去了。

每一天早晨，我打開大門，抬頭望見盤踞在蛤河另一端綿延不絕的山脈，總感到這是一種沒有指望的姿勢。飄渺的薄霧經年籠罩山顛，徒然增加揮灑不去的沉鬱感。

1 馬來西亞自一九五七年建國，各族一向互相忍讓、和睦相處。不幸於一九六九年五月十三日爆發一次最嚴重的種族騷亂事件，死傷無數。自一九七〇年起，執政政府即推出《新經濟政策》二十年，重組社會，全力扶掖土著從商，造成頗多的華裔不滿。一九六九年之後數年間，不滿政府的華裔有一部份投效馬共，為馬共的巔峰時期。

父親卻能夠默默地佇守。

天剛亮，父親就出門去了。他每天踩腳車到八公里外香草鎮的同鄉會館當座辦，低頭在文牘與理事之間賺取生活。

我不明白父親何以能夠忍受這種淡樸灰茫的日子。他們那一代那麼謙卑、內斂。他本是一個極有才情的文人。父親寫得一手好字，這個可以從他自書的遒勁的門匾與春聯看得出來。

除了孤寂，父親究竟從蛤河獲得什麼？

他早就應該結束這種平淡的生活了。但是父親卻甘願滯留在這一座河岸邊的森林小鎮。他與左鄰右舍的馬來同胞相處得很融洽，不外是因為他寬容的胸襟沒有種族歧視的偏激，更重要的是父親尊重他們做為窮人的骨氣。這使他成為老鄉們樂意親近的烏真（orang chin）[2]。這是多麼具嘲諷的意味啊。

父親的善良確實為他贏取一次寶貴的生機。

在六九年那段不平靜的日子，我們那些居住在偏遠的蛤河鄉的父老雖然膚色有異，畢竟都是守望相助多年的老鄰居。

然而，蛤河岸外的森林，颳起的風太慘烈了。微風吹送血腥，自河口迅速逆流而上。

有一個黃昏，督瑪末氣急敗壞地趕到我家門口。他急促地叫喊：「烏真！烏真！」

父親慌忙向外迎接。

「你今晚一定要離開這裡！趕快去準備！」督瑪末說，轉頭吐掉一口血紅的檳榔渣。

「為什麼？我們不是好兄弟嗎？」父親堅決地說。

---

2 Orang Chin，華人。

「是！烏真！我們永遠都是好兄弟！」督瑪末說，雙掌按住胸口。「我們絕對不做傷天害理的事情。」

「那不就得了！這裡是你的故鄉，也是我的家園，沒有理由要我放棄，也沒有人能叫我們分離！」父親依然不肯動身。督瑪末嘆了一口氣，頹然坐在圓凳上。

「烏真！我告訴你，我聽到消息，二十哩外的一班小伙子開始動身向這裡出發了！」父親這才張大了眼睛，瞪視督瑪末。一時間，父親竟然不說句話。

「烏真，你聽我的話，暫時一定要避開他們！你是唯一的華人住戶呀！」督瑪末握住父親擱在膝蓋上的手，耐心地說。

八

事件平息下來之後，我和父親曾經回蛤河鄉。那時候，我們已經在香草鎮住上三個多月。日子一直在苦悶與彷徨中度過。我們聽到太多令人髮指的傳說。報章上雖然不發表令人不安的消息，但是香草鎮天天都有由外地湧入的悲慘故事與人物。

這一段日子的衝擊，我相信對父親，一定有頗巨的影響。我們在香草鎮租房子住了下來，父親因此有更多的時間讀書寫字。我不知道他結交了什麼新朋友。不過父親始終念念不忘蛤河兩岸的老鄉。有一個上午，他終於借了一輛老邁的奧士汀，開上蛤河鄉的道路。我硬纏不放，他只好也讓我跟著回鄉。

蛤河並沒有變。污濁的河水迸射白日的亮光，如銀箭刺人的眼睛，不同於我們慌張離棄時月光下的淒迷。

河兩岸的木屋依然東傾西歪地偎貼著，像往日那樣寒磣、萎縮。圍著沙龍的婦人在河岸邊揮打衣服。有幾個小孩裸露身子在水中嬉戲玩樂。這是多麽熟悉的和諧啊。然而，我們卻看不到自己的屋子。它整間消失了。

原來的住址上，只留下幾根焦黑的柱子與幾片殘破的鋅板。

一切都燒成了灰燼。

督瑪末遠遠走了過來，他緊緊抱住父親，顫抖著聲音說：「瘋狂！他們都是一群被仇恨蒙蔽了眼睛的狂人！」

父親激動地說：「督[3]，我們還是兄弟嗎？」

督瑪末大聲回答：「怎麼不是？」

父親因此壓抑情緒說：「那麼，請你停止哭泣吧！他們都是受誤導的一群。要怪，就怪別的吧！」

「什麼？」督瑪末不解地問。

「制度，」父親說：「整個制度都有問題，人們因此有了錯誤的印象。馬來人貧窮，華人和印度人也一樣沒有土地耕種！督，沒有錢的人太多了！我們窮人要團結自愛啊！」

九

蛤河鄉的馬路在我年幼時常有深綠色的軍隊大卡車列隊呼嘯而過。多數時候是白天，偶爾也會在

3 督（Tok），馬來語，對老人的尊稱。

深夜。我往往不知是因為木床震撼還是卡車低沉的號叫而驚醒。白天，卡車隊來了，我們為那浩浩蕩蕩的威武隊伍而雀躍。第一輛卡車令我們措手不及，我們只能對第二輛及後來者歡呼。卡車上靜坐的馬來青年，個個臉色木然，抓住槍桿淡漠地看著馬路迅速滑走。

我和鄰居小孩們一直輪流交替呼喚：「Askar!Askar!」[4]「Abang!Abang!」[5]轉眼間，他們從我家門口由左至右，疾馳而去。

「他們去哪裡？」

「殺人。」

「哪裡？」

「K鎮。」

過幾日，卡車又嗚嗚，自右而來，列隊經過，驚起蛤河鄉的小孩。

「Abang!Abang!」

「Merdeka!Merdeka!」[6]

我們又因為卡車的重現而歡騰。有些小孩甚至在地上翻筋斗。我們的胡鬧與叫囂，終於獲得卡車上青年士兵的歡顏。他們隨手一擲，糖果、巧克力就撒了滿地。大家你爭我搶，格外開心。

---

4 Askar，兵士。

5 Abang，哥哥。

6 Merdeka，獨立。

十

父親離家出走後那前幾年，我們母子兩人在冷漠與猶疑的氛圍中掙扎求存。

父親走了。

我後來漸漸相信，他真的帶著他的理想，遠遠離開了這個家。他留給我的只是最後的那一個整理草笠的姿勢。

後來，我在大學也分析過，或許他那天早晨並沒有計劃要離開他的家庭。只是事發倉促，他來不及通知我們。這樣的想法，令我過得平靜一些，也對他保留一點好印象。我從來不相信大義滅親。如果對妻子兒女都可以放棄，父親真太恐怖了。我還是不能原諒他。

他有才情，也有工作，家庭溫暖，為什麼要離開我們？

他有理想。我想父親是有理想的。但是他也太不實際了。他怎麼可能在這種環境實現他的理想？他想要靠誰的支持？華人嗎？華人雖然有極深的不滿，同時卻又享受著比大陸與臺灣更多的言論自由。戰火、饑饉、政治逼害，華人就是恐懼這些才離鄉背井，另建家園。絕大多數不會輕易犧牲在矛盾的夾縫中用血淚交換來的地位。

馬來人嗎？當然更不可能支持他的思想鬥爭。他們信奉上蒼、團結一致，堅固的堡壘是父親尖銳的思想也不能攻克的。

父親說的沒有錯。窮人的命運是要改變的，但是父親的鬥爭方式令人懼怕，還沒有正式接觸，已失去大半民心。

我不明白，為什麼父親說「整個制度都有問題」。

父親的制度是怎樣的一個制度！

這是我在大學三年一直思考的問題。

十一

雨停歇以後，我讓母親單獨在會館佇候，自己則上小城溜達。

這個小城，我來過幾次。這是我招待客戶的開心山城。有一回海外客戶小張與老吳越過迂迴曲折的山路，在險峻的峭壁間遊走，小張突然臉色凝重對我說：「老朱，如果這時候山上跑出兩個土匪，我們豈不是死無葬身之地？」

我哈哈大笑，逗弄他：「土匪沒有，共匪倒有幾個。」

小張跳起來：「什麼！你們也面對共產黨的威脅嗎？」

我瞄了他一眼，淡然一笑：「怎麼？你不信嗎？」

我指著空曠的綠草坡，那裡巨樹已被砍伐，只留下燒焦的樹頭。

「這些都是共產黨的防護林，他們曾在這裡伏擊，炸死了好幾十個軍人呢！」

每一次報章有軍警人員與共產黨駁火的事件，我都讀得很仔細。不管那是發生在極北的叢林，還是南部的山嶺，我一直都不能從報章上證實父親的生與死。

小張正襟危坐，睜大了眼睛，慌張地問：「我們現在進入禁區了嗎？」

我又放聲大笑，安慰他說：「是的。不過，我們要打的是另一場戰爭。」

轉回頭，我又對靜坐一旁的老吳說：「共產黨已經不成氣候了，是不是？他們最終也要走資本主義路線呀！」

老吳點點頭，嘆了一口氣：「只是可憐那些無辜的死者。」

我看小張不再愁眉苦臉，一副摩拳擦掌、躍躍欲試的樣子，又提出了警戒：「這個市鎮，據說除了遊客，其餘都是共產黨。你可不要折磨死人。姐兒可能是共產黨的妹子呢。」

小張馬上回答：「我們會憐香惜玉，見機行事。你放心吧。」

妓女與共產黨，他們都像天空低飛的燕子，把老巢建設在這個簡樸的邊陲小城。綿密的細雨把山巒渲染得白茫茫，更難將層疊的山嶺看個透澈了。

十二

細雨中重返會館，發覺母親正和一位衣著樸素的男人說話。那個人背著我，雖然不明白是誰，心裡不禁抖了一抖。母親看見我回來，歡欣地比了一個手勢。男人敏捷地轉過身子，和我打了一個照面。

爸爸！

真的是闊別了二十年的父親！

歲月霜白了父親的兩鬢，使他顯得蒼老一些。我仍然辨認得出來。失去頭髮的覆蓋，他的額頭上的黑痣在瘦削的臉頰上益發圓亮了。

父親的精神很好，雖然他看起來有一些疲倦、落寞。

「承恩？」

父親的嗓子低沉，不過眼睛裡精光逼射，很有一股懾人的氣勢。這是我印象中沒有的。或許那時我還年輕，沒留意；或許，我已經忘記。時間有時候會令人忘記一些不應該忘卻的事情。

「頭也禿了，」父親看了一眼，說。他的感慨引起我莫名的感傷與憤懣。我很魯莽地回答：「二十年是多長的日子，你知道嗎！我們也受過不少苦頭！」

母親企圖撫慰我的火氣，她說：「承恩這幾年很忙。他和臺灣廠家合股做生意，開電子廠。」

「啊。」父親沒有再說下去。

「幾時可以下山？」

我問父親，打破沉默。

父親微笑：「我現在不是下來了嗎？」

「出去呢？」我說。指的是重返社會，大方做人。

「我們都住在『和平村』了。」父親回答。他顯然要避開問題。他說的一切，我都從報章上閱讀過，還需要印證嗎！

「二十年來，你都在這座山嗎？」

「有時候也東奔西走的。」父親回答。

「遇過危險嗎？」我問。

父親思考了一會兒，說：「有一次差一點在而連突給擊斃。」

「而連突！」我失聲叫起來。天南地北，父親是如何從北部的山嶺到南端那個小鎮去的？父親真的去過那麼遠的地方。

「翻山越嶺，走路、搭車都有。」父親輕描淡寫。

「了不起。」我說。恍惚間如在聆聽一個不相干的人敘述身世。「很喜歡這種生活，是不是？」

父親又低頭沉吟一會，堅定地說：「森林很安全。我們相親相愛，像一個和諧的大家庭。」

相親相愛嗎？我直截了當地問：「你殺過人嗎？」

父親凝視我好一陣子，突然咧開嘴無聲地笑：「這個問題可以不要回答嗎？」

「在K鎮？」

「沒有。」

「沒有。」

「在K鎮的旋宮戲院？」

「K鎮離這裡不遠，是你們的勢力範圍內。」我堅持。

父親沒有回答。

「那一次炸死了十幾個無辜的人。」我繼續說。

「沒有，」父親突然站立。「我們這一線從來不幹懦夫的行動！」

「承恩！」母親輕叱，然後對父親說話：「你要進去了嗎？」

父親點點頭，招呼兩位袖手閑立會館兩側的黧黑青年，走向會館外頭的一部盡是泥漿的吉普車。

「明天，你們就走了？」

父親上車之前詢問。

母親點點頭，無言。父親終於揚長而去，只留下滾滾黑煙。

十三

歇斯底里的尖叫並不能排除我心中的極度驚懼。恐怖的血腥令我腹部絞痛，嘔吐不已。然而，我還是撐著顫抖的身軀，在幽暗的戲院內翻找。長排的椅子與門牆給炸得稀糊靡爛，傾壓在地上的屍體。如潮水一般湧至的群眾使肇禍地點擠得寸步難移。尋找的工作更艱難了。

警察很快就驅車而至。我也和其他湊熱鬧的群眾一起被趕出戲院。

我站在人群間鵠候良久，終於看見了雪兒。

雪兒的裙子。

我看見了雪兒的花布裙子在淒冷的風中擺盪。

她的左腳不見了。

工作人員將雪兒舁出來，置放在水泥地上。雪兒沒有呻吟。警方人員用報紙蓋上她那沒有頭顱的殘骸。

是雪兒說要到K鎮去瀏覽的。我不置可否，半開玩笑地說：「最近槍殺案件頻仍，連霹靂州[7]的警長也給做掉了。你不害怕嗎？」

「怕什麼？」雪兒天真地問。她說大學第一年碰上K鎮的饑民搶麵包車事件，引發了反貧窮的洶湧學潮。她是新鮮人，怕都怕死了，躲在宿舍避難，連校園都不敢踏進去，擔心讓催淚彈熏壞了眼睛。

---

7 霹靂州，馬來西亞一州，曾是共產黨最活躍的州屬之一。

「現在想起來真後悔，」雪兒說。「錯過了轟轟烈烈的歷史洪流。」

事過境遷，當年的憤怒揮拳、抗議貧窮，在雪兒看起來竟成了一樁趕熱鬧的事。我嘆了一口氣：「K鎮有共產黨呀！」

「那正是我的目的！」雪兒興奮地張開眼睛。

K鎮其實離開香草鎮不遠，只有一小時的車程。除了那些呼嘯而過的軍用大卡車曾經勾起我對K鎮的記憶，兒時也曾經與父親搭巴士去過二次。我們當時下了巴士就沿著一條小河走一段頗長的路，父親總算找到了他的朋友。他們談了一陣，臨走之前，那人還送父親一袋東西以及幾顆榴槤。

那是我們的大學畢業的最後一站。雪兒的計劃是在香草鎮度過一夜，第二天就回去南部的T鎮。K鎮是雪兒的「意外收穫」（她說）。

絕對沒有想到會濺血異鄉的小戲院。

十四

離開旅店，雨還是斷斷續續滴落，在馬路上敲擊成晶瑩的碎珠。極目展望，山麓漸漸恢復了黛綠中透著白亮的顏色。或許那些白色，都是山中浮起的霧吧。母親吩咐我再去會館兜一圈。

「你以為爸爸還會再來嗎？」我嘆了一口氣。

母親沒有說話，只是長吁。

二十年的隔離，再見面時只有那短暫的幾十分鐘，我也諒解母親的愁苦。和解的條約是簽了，什麼時候父親才能再回香草鎮還是遙遙無期。

「我很早就告訴你，當他不存在算了。你這又何苦呢？」我按捺不忿，對母親說。

雨絲灑在車鏡子上，讓雨刷一掃，倏忽不見了。轉瞬間，卻又重現。

「他明明還活著呀！」

沉吟良久，母親終於說了一句話。眼淚卻汨汨而下。

抵達會館，我沒有看見那部沾滿泥巴的髒卡車。父親果然不在。我把車子打了一個「U」字轉向，正要踩油門駛開，卻見會館的座辦老人家匆匆趕出來。他氣喘吁吁地說：「朱先生！朱先生！隊長先生有信給你！」我把車子煞止，那善良的老人家慌忙把手中一個赭黃色的大信封從窗口塞進來。

他如釋重負，嘆氣道：「隊長先生料事如神，你們果然再回來！」

「多謝你了。」母親激動地說。

「自己人，別客氣。」老人家用家鄉話回答。我明白他指的是什麼關係。他似乎和父親很熟，而且敬畏他。

車子終於徐徐開出了邊陲山城。

母親抽出信箋靜靜地在一旁閱讀。我沒打擾她，專心一致地看著前路。從小山城到K鎮之間是一段彎曲險惡的山路，路面狹窄徒斜，山谷深落，只見熱帶巨樹的梢末還在腳下幾百尺。我必須沿著長滿長春藤與羊齒蕨類的山壁緩慢旋轉，以避免與對面而來的車子撞個措手不及，滾落山坑。中間我迅速地瞄了母親幾次，母親一路緘默無言。

到達K鎮，我在國油站停下稍作歇息。卻發覺母親淚水如細川，汨汨流經她蒼白高額的臉頰。

「信上說些什麼？」

我從她膝頭拾起沾濕的信箋，父親的書法已有改變，更加剛勁潦草了。

十五

細妹吾妻：

今日一見，真乃恍如隔世。二十年竟如此匆匆過去！二十年前，吾不告而別，是非得已。往事如煙，真不知從何說起。所幸這些年來，多虧你調教有方，將恩兒扶掖長大，事業有成，令吾告慰。吾明白你們今日來相會，用心良苦。過去二十載，吾亦曾悄悄回去香草鎮探望你們數次，你們皆蒙在鼓裡。恩兒今日嚴詞詰問，實屬無禮之至。然則吾亦能諒解他之心情。實不相瞞，有關之突擊行動，乃吾一手策劃。我們當時之目標只有一個，即消除三名正在戲院看戲之走狗。恩兒偏偏在那個時刻出現，著實令我大吃一驚。我們好不容易始逮著機會，差一點即為恩兒所破壞。幸虧恩兒後來離開戲院，吾始能夠引爆炸藥，完成任務，炸死那幾個害群之馬，替許多為理想而獻身的兄弟復仇。殃及無辜，實非所願。大時代來臨，每一個人皆需做出犧牲。你我即是一個例子。二十年前吾匆匆離開，原已不存相聚重見的希望。你們或許以為合約既已簽署，吾回返香草鎮乃指日可待之事？那是不可能的事。此事並不關乎吾是否能適應闊別二十載的現實社會的問題。此乃一小枝節而已。更重要的是，過去我們已走了四十一年，我們猶未走到盡頭。我們的前面還有一條很長的路要走。我們答應的只是解除武裝鬥爭，銷毀武器。我們並未答應解除思想的關鍵。一個人的理想，乃是一輩子的事業，怎麼可能因為一紙契約而放棄呢？吾想當今之政府亦很清楚這個事實，因此我們回鄉的道路還頗遙遠。然則，真有那一日，政府全面放寬條件讓我們回去，吾亦不會離開壯麗的森林與原野。吾經於十五年前與山中一位女同志結合。我們的大兒子已十三歲，會扛槍作戰了。請你原諒吾沒有信義吧。吾實在沒有預料鬥爭會結束得這麼快，而你們仍舊還掛念吾！細妹吾妻，我們的日子已不多，我必須再振作奮鬥，要不然過去的犧牲豈非浪費了嗎？恩兒你要好好服侍你母親。她是一個勇敢堅強的女人。

夏炎謹識
四月一日深夜

十六

「還要轉回去嗎？」

我握緊母親瘦骨嶙峋的手掌。我們母子兩人的掌心一樣寒冷。

母親虛弱地搖搖頭，我的眼淚禁不住也掉了下來。我想，母親知道，我是為她掉的眼淚。她把手掌自我掌心抽出來，在我胳臂拍拍，安慰我：「我一會兒就會過去的。繼續開車吧。」

說完，她的眼淚卻又潸然而下。

「你真的沒事嗎？」我疼亦惜地說。

母親點點頭。我發動引擎，抬頭望見青山依舊，昔日的旋宮戲院已經不復存在。那山究竟是父親還是母親？我一時也模糊了。

注：馬來亞共產黨（馬共）自一九四八年起，即積極地在本國進行地下顛覆活動，為執政政府的心腹大患。在這數十年的對抗中，喪失了不少人命、財務，不在話下。一九八九年十二月二日，馬共因勢力劇減，戲劇性地宣布放下武器，與政府簽署和平條約，結束了四十多年的武力解放的鬥爭。

一九九〇年二月稿

白水黑山

市塵上頓時陷入一片喧嘩。消息傳得真快，當白水鎮在晨曦中甦醒，不安與焦躁即在轉瞬間籠罩了小鎮的每一個角落。街頭巷尾一夜之間竟插滿了血紅小旗。旗面上淡黃的星正發出慘然的光芒，映照著旗下一個『楊』字。

「楊武昨夜來過了！」

白水鎮的人不敢置信在警衛森嚴的戒備下，楊武的手下竟然能夠神不知鬼不覺地展示了他們的力量。但是，事實擺在眼前，他們不由得戰慄不安。然而，暴風雨將來之前固然有未知的恐懼，白水鎮的人卻難抑因為刺激與企盼所帶來的興奮。

暴風雨會在什麼時候降臨呢？

在冷靜下來以後，白水鎮的人不禁又倒抽了一口涼氣。數以千計的小旗像一片企圖淹沒白水鎮的紅海固然造成了騷動，那鎮上的菜市場正面懸掛的一條以紅漆書寫在白布上的警告，更令人膽戰心驚：

「血債血還！」

白水鎮的人知道，一場血腥的殺戮是不可避免了。

楊武的兄弟被伏擊身亡了。

楊武一定不會就此罷休的。
楊武一定會以血還血的。
楊武是強悍不屈的。
楊武是足智多謀的。
楊武一定會出現的。
楊武什麼時候來？
楊武來了嗎？
楊武來了，沒有人會知道。

——《白水、黑山》第三章

七月下旬，當我在局勢愈來愈明朗的情況下寫完今年來第一篇小說《白水、黑山》，竟然感到前所未有的筋疲力盡。這是我寫小說二十年來從未曾有過的經驗。究竟是什麼原因令我變得這麼疲累呢？我仔細分析，是我對《白水、黑山》付出太多真實的感情了。好像我這樣一個承繼了母親爽朗性格的人，竟然會在寫了上百萬字的小說之後還對小說中的人物動情，多少是有點不可思議的。然而，事實的確如此。究其原因，我想，小說中的情節固然是虛構的成份多於真實，但是小說中的人物卻是真實多於虛構的。尤其是《白水、黑山》，故事雖然曲折離奇（一反我過去那種單刀直入，只注重人物心理刻劃的風格）而顯得不太真實，事實上那些故事都是再真不過的事實。這就形成了我的一個困境：作者竟然讓真實與假真實混淆了。而且，小說中的那個主人翁，楊武，也是一個如假包換、我的親生母舅。他在小說中的英勇事蹟，看起來是那麼神奇無敵，並不是作者憑空捏造的故事。他們那一代人那麼無私地為一個理想付出慘痛的代價之後，我們始得以生活在幸福與安逸中。然而，我們也間接失去了那個時代多姿多彩的生活經驗了。而且，也因此失去了設身處地的想像空間。在二舅的那個瞬息萬變、飄忽不定的時代，隔了一個時空就像隔了一座山，即使是貧窮與苦難，今天看來都是那麼迷人浪漫，比我們這種終日朝九晚五的刻板生活更富刺激意義了。

我從來不曾為我的小說人物流過眼淚。他們畢竟是我一手創製的，是屬於平面的。這一次我寫《白水、黑山》卻破例在熄燈以後黝黑的床上暗自哭泣過幾次。我的太太有一次驚醒過來，詫異地問：

「發生了什麼事？」

我只好表現出一副茫然：

「什麼？」

太太不明白地問：

「你不是哭了嗎？」

我這才恍然大悟地說：

「大概是夢見媽媽了吧。」

太太嘆了一口氣，如釋重負地說：

「人死不能復生啊。睡吧，明天還要上班呢。」

我又閉上了眼睛。

其實，我並沒有撒謊。當我想起二舅，就會想起英年早逝的母親，以及那一生孤獨佇守家園的父親。他們三人之間的濃厚情誼常常令我輾側難眠。我在《白水、黑山》中只描繪了一些，就難以承受情感的壓力了。

尤其是當我寫到二舅赴義前那一節，我甚至必須把書房的門鎖起來，不讓兒女們與太太闖入我與我的小說人物的感情世界。這種行徑自然引起孩子們的嘲笑與抗議。她們異口同聲說：

「傻老豆，快點擦乾眼淚出來！我們要進去玩電腦遊戲呀！」

和孩子們解釋是沒有頭緒的。他們離我與二舅太遠了。雖然相隔不過幾十年，孩子們都漸漸不明白事情的來龍去脈了。歷史的真面目已模糊了。

這是因為他們跟隨我太早離開黑山鎮所造成的嗎？

夜半醒來，我這麼一想就不免悚然一驚。當時離開那三面環山、一面向海的黑山鎮，我是幾經掙扎才下得了的決心。尤其是孤苦伶仃的父親堅決不肯搬離那個漸漸成為死鎮的地方更令我自覺是一個不孝的兒子。然而，離開黑山鎮，告別了那峰巒起伏的山色，來到這麼一個沒有山只有一望無際的稻米之鄉，眼界突然變得很遼闊，更有乘風而去的豪情，那種愉悅卻是非筆墨所能形容的。這是與過去那開門即見山，黑壓壓的黑山橫臥眼前的壓迫感是絕不相同的。

儘管如此，我還是不能忘記小時候父親常牽我的小手登上黑山的情形。黑山就在我家半個小時的腳車程外。那山上種滿榴槤、荳蔻與丁香。當我十歲那年開始，父親就每星期兩次帶我去爬黑山了。如今的黑山已經有柏油石子路直達半山腰（對面那山是瀑布旅遊勝地，當年的禁區）了。這真是三十多年前絕對想像不到的氣派。

第一次上山父親就不懂得對孩子呵護備至了。他只顧自己向上走，卻讓我氣喘如牛緊跟在後頭。我一邊追一邊叫：

「爸爸，我們還要走多遠啊？」

父親卻好整以暇地說：

「不遠。快到了。」

但是，山是那麼容易走上去的嗎？抵達那充滿榴槤荳蔻與丁香三種濃郁香氣混淆不清的山腰，我已經癱瘓了。父親卻坐在巨大的榴槤樹下向我輕鬆地招手：

「過來這裡，我給你看一樣東西。」

父親攬住我的肩膊，向遙遠的青山指點：

「那邊有一棵很特別的樹，你看見了嗎？」

我瞇起了眼睛。眼前的景色是：除了青山，還是青山。真要有所分別，也不過是青山有多重顏色，以及我眼冒的金星。我正要開口，突然一群鳥噪，便驚喜地叫了起來：

「有一群鳥飛過去了。那是什麼鳥啊？爸爸。」

父親瞪了我一眼，嘆了一口氣說：

「燕子。」

黑漆漆的洞穴中，楊武掙扎站起，痛楚卻一陣陣從底下傳遞上來。他的大腿掛彩了。熱血汩汩地向下流淌，遇風竟變成涼颼颼。但是，他已沒有時間去察看傷勢。黑暗中，他咬緊牙根，依靠著石壁兀立，又對陳立安發令：

「掩護我前進！」

楊武與陳立安雖然身處伸手不見五指的洞穴，時間一久，已漸漸習慣四周的環境。炮火自洞口不斷向洞穴內閃爍發射，激烈的迴響震耳欲聾。楊武差不多是拉開喉嚨對陳立安叫喊。局勢太危急了。楊武這一組本來有二十個兄弟，橫遭突襲後已喪失了十三個，剩下的七個皆已傷殘，簡直潰不成軍了。陳立安因此直接否決了楊武的命令：

「二哥，我們再撐一會兒！」

這一次行動，他們的代號是「黃雀」。螳螂捕蟬，黃雀在後。除了他們這一組，另外還有一支更強大的隊伍應該已在路上。

「吳大哥馬上就來了！」

陳立安提醒楊武。楊武卻激動地說：

「再等下去，我們都死在這裡了！掩護我！」

話一說完，不等陳立安答話，楊武提起槍，已衝向洞口，一反他平日冷靜的作風。洞外已漸露曙光，陳立安只見楊武的黑影迅速消失在曙光中。而排山倒海的槍聲也在這個時候響起來了。

「完了！」

陳立安心中一痛，絕望地叫起來：「二哥——」

淒厲的呼喚以及淩厲的炮火，在洞穴內衝擊迴盪，久久未滅。陳立安與其他五位兄弟抓起槍即瘋狂地向洞口奔去。

——《白水、黑山》第二章

楊武喪生了嗎？

二舅是母親生前最景仰的二哥。從小我們就從母親口中聽多了二舅勇氣過人的行動，真是令人心折。我們都恨不得能夠有機會參與二舅那些壯烈的行動呢。在我們年少無知的歲月裡，二舅的形象早已鏤刻在我們的心版上，是一個頂天立地的好漢英雄了。

楊武當然不是能夠那麼輕易地犧牲生命的。他還有更長遠的路要走啊。

陳立安事後回憶，猶讚不絕口：

「二哥就是二哥！」

原來楊武在奔向洞口的一剎那之前，已經看見「黃雀」的聯合行動訊號。在隱蔽的石洞內，楊武站立的地點正是一道狹窄的石縫。再要發出命令叫陳立安掩護他前進的那一刻，他從石隙間發現了「黃雀」的燈光。山林是他們馳騁的原野。「黃雀」在神不知鬼不覺的情況下，已悄悄移動過來。這真是令楊武振奮的發現。但是，他並沒有通知陳立安以及兄弟們，反而是遽然採取果斷的行動，衝向洞口。楊武認為這固然很冒險，兄弟們在千鈞一發間搶救他的生命卻能夠達致最高的效率。

他的準確判斷果然帶給組織輝煌的戰果。

蟾蜍山穴外屍橫遍野，盡是日本憲兵的遺體。

「呸！鬼仔！」楊武狠狠地吐了一口唾沫。緊接著卻又「哎呀」一聲倒坐地上。剛才一陣激烈搏殺令他忘了痛楚；硝煙既裊，整隻麻痺的左腳竟支撐不住，身軀頹然如山倒下。

——《白水、黑山》第三章

母親說：「你二舅的神勇故事是講不完的。」

我還記得，母親述說那句話時眼睛裡飛揚的神采。那時候，我已經有十來歲了吧，竟還每天依偎在母親身邊央求她講述二舅那令人感到與有榮焉的往事。在那段貧瘠的歲月，如今想來，我更應該感激母親所扮演的說書人的角色。是她，讓我緊緊地跟踪二舅的行動，也因此比一般同年齡的孩子更早成熟，對歷史產生極濃厚的興趣，明白歷史原來就是人與事匯串起來的。至於歷史後來的真實性與可靠性，卻又因人的瞭解不同，而有了分歧，也是難免的事實。

母親是個很忙碌的人。天未亮，她已在屋後走了一趟，把那群豬玀餵飽了。二舅的英雄事蹟當然並沒有帶給她什麼好處。她餵滿足飽食終日、無所事事的豬玀以後（其實，嚴格地說，豬也對人類歷史有巨大的貢獻。養豬百日，用在一朝。當豬玀們壯烈犧牲，便是母親與全家人最開心的日子，可以點算花花綠綠的鈔票），又得在灶口起火燒水。母親把一桶又一桶的水（我家的火灶一共有四個孔）煮爛了，就將昨夜浸透的髒衣服丟進鍋裡。據說這樣會把衣服洗得更清潔。我不相信母親這種從市井小民處聽來的道理與糊塗說法。不過，經歷十四年的時光漂洗後，當我大學畢業出來工作，第一次拿薪水替自己購置洗衣機的那一刻，才明白原來母親這個讀書不多的小婦人所言也算有一點點的學問。當時我才知道，原來洗衣機也有冷熱水之分。難怪母親生前常常很自豪地說：

「我吃鹽多過你吃米，過橋多過你走路。還有，我放屁多過你呼吸！」

母親那些洗也洗不完的髒衣服當然並不是我們這些孝順孩子的傑作。它們都是母親從街的這一頭開始，沿戶收集回來的生計。

學校放假的早上，母親這一條絲綢之路總是我的驚喜。在她用一根圓棍子洩氣式地將那幾桶衣服擊打痛毆三遍之後，母親即將它們晾在屋後的曠地上。一切大功告成，我們就上路了。

母親最愛在腦下挾了一把大黑布傘，像足放高利貸的印度老頭。不過，母親比印度老頭還要慳吝，太陽出來了，她還是不把布傘撐開。我跟在她身邊嘟囔：

「媽媽的傘是買來看的嗎？」

母親即白了我一眼：

「遇到狗來了，怎麼辦？太陽又不會咬人。」

有時候，母親會拎著傘托，搖呀搖，從街頭晃到街尾，最後便搖到外婆橋。當然，她也有不怕狗的時候，偶然也把傘子張開，將太陽擋在傘的上面。

「太陽有時比狗還毒。」

在母親的諸多客戶中，有幾家是頗令人感慨萬千而留下深刻印象的。事情經過多年，我還記得新村尾端做豆腐的老錐叔一家。

從我家那窄小低矮的門走出去，一路走到老錐叔家少說也有三公里吧。這是母親的一天的生意的起點，她一踏入門檻，就將一捆用細白紗布紮好的潔淨衣服擱在神檯前那張四方紅桌上，逕自到二廳大灶上的大鍋舀了一杯豆漿。

「大嬸，今天心情好一點嗎？」

母親接著撩開了門簾，探頭向房內打招呼。房中一股很濃的虎標萬金油氣味繚繞，馬上橫溢出來。床鋪上的蚊帳內斜臥著一個正在看書的中年婦人。聽見母親這麼一說，她有時會緩緩地說：

「我心頭好像有塊大石壓著，好辛苦啊！陳三呢？他怎麼還不來？」

肅立門後、大約有六呎一的老錐叔便馬上大聲回答：

「我不是一直陪著你嗎？傻女人。」

我有點納悶，回家的路上即尋根問底，追問親愛的母親：

「老錐叔也叫陳三嗎？」

母親撐起黑布傘馬不停蹄地趕路，不理睬我。我後來才知道，原來老錐叔當年的確是老錐嬸家的長工。因為如此如此、這般這般，就把如花似玉的老錐嬸帶到番邦了。我真服了老錐叔他老人家，大概他有六呎一，身有長物才會迷倒老錐嬸吧。他的魅力可比陳三銳不可擋了，陳三還哄不動五娘為他飄洋過海哪。

老錐叔夫妻疼愛母親是我可以感覺到的。

母親雖然說的是來他家歇腳，其實她更愛逗留他家聊天說長短。（我當然也遺傳了一點點這個嗜好）。遇到老錐嬸精神好，母親的衣捆兒才擱在桌面，她老人家已在房內先說話，聲音細軟清脆：

「阿奴，你來了嗎？喝一杯豆乳，我麼就來唱它幾句！」

房內緊接著便響起叮噹聲，我好奇地闖入看個究竟，只見她老人家已撩起紗帳，坐在床頭對著手中的圓鏡細梳妝。叮噹聲就來自她手腕上兩個碧綠的玉鐲的碰擊。她真是一個美麗的女人（哎，比母親細緻多了。不過，迨自母親去世之前我都沒告訴她，罪過罪過），只須將一頭長髮往腦後一攬一盤，成了一個服服貼貼的髻，整張臉就那麼潔淨煥然。看見我癡癡地在門旁凝望，她粲然一笑，招招手：

「來，阿嬤惜一下。」

我早就溜出去了。男女授受不親，除了母親，男子漢是不可以接受婦人的疼惜的。

老錐嬸撐著兩隻拐杖，轉眼間也來到了客廳。我第一次看見這個慘然的現象，慌忙躲在母親的背後。偏偏母親卻熱情地迎上前去攙扶她：

「您小心了。」

老錐嬸停下來，左掌搖了搖：

「阿熊和你二哥昨晚上來過，我很高興啊！」

母親卻說：

「今天我們唱什麼呢？」

老錐叔不知從哪裡摸來一把二胡，早已侍候在側。他看二人都在遲疑，便建議道：

「唱個快樂的戲本吧！」

老錐嬸馬上不同意，她說：

「我今早已經很開心，再唱一個痛快的《金鑾殿上罵昏君》，那才過癮呀！」

三人既無異議，二胡即伊伊嗚嗚哭泣起來。我忙掩起耳朵，不忍卒聽。母親瞪了我一眼，就拉開嗓子喝了一聲：

「呔！昏君呀昏君！」

接著便唱道：

「朝內有事，朝外有侮

你終日鶯鶯燕燕，往那脂粉堆中打滾，

且要如何振興李氏王朝？」

我聽得目瞪口呆，母親扮起大將軍，竟然有她那威風凜凜的一面！她平日在家裡責罵我們的聲音雖然也鐵面無情，卻是秀氣多了。我真該感謝她呀！

老錐叔的二胡愈拉愈快，配合母親憤慨難抑的節奏。一個段落下來，老錐叔又放慢了手臂的動作，讓弦音又轉向遲緩，原來他自己也要唱二句呢。那兩句可簡單了，我在回家的路上一直哼下去：

「這……這這這……

寡人……」

輪到老錐嬸時，她一張白晰的粉臉馬上掛了下來。美麗的女人生氣時原來也是這麼好看呀。一進入情況後，她就以清亮的歌聲唱道：

「少卿啊少卿
昏君貪圖玩樂，已把國事全然遺忘
汝愛國愛民，一定要將那昏君
一棒打醒！」

他們三人如此一來一往，儼然是一團潮州劇班那樣熱鬧。老錐嬸雖然兩腳不良於行，兩手卻柔若柳絲，如果有戲服讓她穿上，她的水袖功架一定令人目眩神迷，真不愧是大家閨秀出身。母親的一副老生嗓子也雄壯宏亮，令我對她另眼相看。幸虧妹妹承繼了她的衣缽，母親才不至於死不瞑目。

老錐嬸哈哈大笑：

「痛快！痛快！阿奴啊，這才是人生！苦中有樂，樂中有苦！有時我們在戲中，有時在戲外。有時被小人欺負，有時也可以棒打昏君，誰奈我何？」

老錐叔送我們到了門口，眼眶盈滿了淚水。母親拎著包袱，輕聲發問：

「大嬸怎麼啦！」

老錐叔搖搖頭：

「她昨夜又再哭叫『阿熊仔回來了！阿熊仔回來了！』」

阿熊仔是老錐叔的獨生子。自從他走入森林以後，就像老錐嬸雙腿，在那一場殘酷的令人髮指的事件發生後，再也找不到了。

阿熊仔是最後一個跟二舅進入黑山的青年，母親說。她接著又補充：是自願軍。

我們不知不覺就來到了山姆根的家門口。遠遠就有兩隻黑嘴白身的瘦狗衝上來狂吠，把我們當兩腳怪獸。

「三保公！」（母親的淡米爾語發音太差了）母親大喝一聲，兩隻狗馬上退步四步。

「來了！」

一個黝黑的漢子迅速地從屋旁跑出來，只比黑嘴慢了半拍。他胸口處長了一叢捲曲黑毛直往下部滋長，蔓延、擴張至肚臍竟沒有停止的氣勢。下面是什麼局面，我就難以想像了——那時候我還未發育呢。

「你忙什麼？」母親問。

「看！」

原來是藍底白舟的旗幟。那不是昨天黃昏由直升機撒落，漫天飄舞的紙張嗎？三保公把它們用繩子串連起來，成為一支浩浩蕩蕩的帆船隊伍。

三保公搖頭擺腦，狀似不解，然而其中又不乏得意：

「阿文的腦筋最古怪，他要我把這些船貼在羅厘上呢！」

母親也笑起來：

「大哥也許想要陸上行舟吧！」

我們並沒有在三保公家裡待太久。雖然他看見我就像小主人，總是盛意拳拳吩咐他的小女兒維瑪拉捧出柴把地或者依利斯讓我大快朵頤，但是我卻很擔心他那半截白紗麗布從腰部直線滑落，過早洩露男人的偉大秘密。而且，他家有個怪異的味道，我參觀幾次以後才驚覺原來土牆上塗抹的灰青色物事，赫然就是街頭巷尾俯拾皆是牛大哥的神聖的糞便。

我很快就溜出了三保公的寶宮。母親還在與他細數上個月的洗衣費用呢。最後，母親終於追了上來。她氣喘如牛地說：

「跟他說也不清楚。月底從你大舅那裡扣他薪水好了。」

他們繼續向前走了一天一夜。這一條路極艱苦而且困難重重，常被阻延。起伏不定的山脈綿延數千里，崎嶇的山路漸漸消失了，他們走進了一個沒有路的山區。他們沒有路可以攀爬，卻必須踏出一條路來。多寧山有一個凶煞的外貌，它像一個憤怒的男人，揮拳怒擊天空——挺拔險峻的山峰直插雲霄。雖然那不是最高的山，但是那山卻是巨大高崇的。那半山腰突出的花崗岩就像漂浮在雲朵上的巨人的頭顱。

「過了那山，就不是我們的國土了。」

楊武揮揮手，示意大家歇腳休息。

河水淙淙，傳來悅耳的音符。楊武卸下行頭，肩上扛了一把機槍四下檢視。

「這裡是最安全的地方，」他企立於一塊岩石上。

放眼千里，腳下盡是連綿不絕的青色山崗，猶如大海裡的波濤，一層又一層重疊而來，教人直欲一頭栽下綠色的懷抱中而無怨無悔。從山谷深處漂浮上來的雲朵卻又癡纏山巔，久久不願離去。多麼壯麗的河山啊！楊武抬頭仰望，卻見悠悠白雲正閒適浮過碧藍的晴空。

「我多想睡一覺啊。」

陳立安濯洗完畢，癱在河岸邊。

「我們還有一段很長的路要趕呢！」

楊武不置可否，他也盤腿坐下。樹林間蟲聲唧唧，寧靜深遠。這是他們的世界了，沒有人會侵入干擾。

黃熊在悄然間吹起口哨，是一首輕快的旋律。其他幾位同志很快就和著唱起來：

青山青青
河水流過森林
親愛的朋友呀
這裡是多麼逍遙自在啊
你在想些什麼呢
你在想些什麼

歌聲愈唱愈嘹亮，楊武也消融其中。如此重複了幾次，他們才漸漸停歇。黃熊說：

「換一支吧！《高山行》！」

大家正要開始，陳立安突然提起地上的機槍，一個翻身，瞄準樹林深處喝了一聲：

「誰？！」

話聲未落，陳立安但覺一陣耳鳴，槍聲已在他的耳旁爆開。

「呼！」

是楊武放的搶。

他們迅速掩向肇事地點。地上躺著的，果然是一個人。一個皮膚深棕發亮，只以極少的布塊圍住下體的土人。將他的臉自地面翻過來一看，他們不禁冷了半截：

「Tilakap！」

那土人的高額上的「米」字痕跡，正是Tilakap族的記號。

「還有一個！」

有人叫起來。樹林暗處果然還有一個人正飛快逃逸。楊武不假思索，馬上發令：

「幹掉他！」

黃熊與陳立安兩人立即追擊而去。不久，兩聲巨大的槍響便自森林幽暗處傳來。鬱悶過後，又回復一陣死寂。一會兒，陳立安與黃熊已抬了一具屍體回來。

「Tilakap是有仇必報的土人。把他們兩個扔下山谷，馬上趕路！」

楊武臉色凝重地說。他們手腳俐落地清理血腥現場，兩具死屍也給拋擲在萬丈山崖之下，從此常埋青山秀麗的懷抱。

——《白水、黑山》第五章

雖然父親與二舅情同手足，但是他並不喜歡外祖母一家人。自我有記憶以來，我不曾看見他踏足外祖母家半步。外祖父在世時並不是這樣的局面。據說我那位用兩邊手掌圈起來抽一根香煙的外祖父，個子雖然矮小，而且稍為佝僂，早年還是一條好漢。他經營雜貨店、開墾芭場，手上有數百畝的椰芭膠林，這些都是幌子。生意雖然做得那麼輝煌，他老人家更熱心的反而是支持地下組織進行轟轟烈烈的革命運動。中國國父孫中山先生在黑山鎮外的檳榔嶼發表感人肺腑的演說，號召海外華僑積極參與革命事業時，我外祖父當時若不是有一家大小拖累，說不定黃花崗下就義的壯士就是七十三人了。有一天深夜子時，他老家突然被一陣雜沓的馬蹄聲吵醒了。緊接著，激烈的敲門聲即從樓下傳了上來。

「這個時候會有什麼人來呢？」

外祖父納悶得很。他從樓上的窗戶往外一瞧，乖乖不得了，他差一點從窗口滾落街頭。暗淡的月光下，怕不有幾百名兵士騎在高大的駿馬上，列隊停駐大門之外。

「開門！開門！」

是一個熟悉的男人聲音。外祖父再仔細一看，不正是街上「眼觀四面、耳聽八方」的白猴嗎？

這時候，樓上樓下的舅舅與阿姨都驚醒過來了。他們都緊張地圍聚一堆，不敢出聲。

「是日本騎兵！」

大舅探頭一看了一陣，說。「白猴那王八蛋也在裡邊！」

「怕什麼！」二舅嗤之以鼻。外祖父瞪了他一眼：

「去睡覺！」

他套上一件短打，即走下吱吱作響的木梯。本來睡在樓下的父親也起身了。外祖父便說：

「把門打開，看那猴子玩什麼把戲！」

門啟開處，只見白猴身後站著一位戎裝颯爽、身體魁梧的日本軍官正謙和地微笑。他們倆，一矮一高，相映成趣。

白猴趾高氣揚地說：

「田代津上大佐要見陳立安，他在哪裡？」

外祖父吃了一驚，忙挺身而出，站在父親前面：

「沒有這個人！」

「胡說！」白猴叱了一聲。那時候父親猶未揚名立萬，白猴因此有眼不識泰山。

田代津這時嘰哩咕嚕地說了一句極短促的快語。白猴的頭顱點了又點，當下堆起笑臉溫和地對外祖父說：

「你不必害怕。少佐只是想和他做個文字上的朋友。」

父親從外祖父身後站了出來。

「什麼意思？」

接下來的發展真是出人意料之外。根據我那位當時躲在樓上的大舅的闡述，他從樓板上的洞眼向下窺視，簡直不敢相信那是事實。他還擦了兩次眼睛，更懷疑那洞眼是個法眼，展現的是騙人的太平盛世。大舅說，他親眼看見那日本軍官一手攬著外祖父，一手攬著父親，左擁右抱，就那麼親熱地走向雜貨舖裡的長櫃檯邊！

父親從櫃檯底下取出一卷宣紙鋪上了長桌面上，又把一罐墨汁傾注於雞公碗內。田代津比了一個「請」的手勢，父親也不客氣，就在紙上一筆寫下一個三尺大的「仁」字。

原來那田代津雖然官拜大佐，卻是書生出身，對書法有難以形容的癖好。他一踏入黑山的邊沿即聽聞父親寫的一手好字，心癢難耐便要以筆代槍找父親比劃比劃。他並不知道這樣半夜三更的造訪，一生只許一次，七十歲的老人和十七歲的少女都讓他嚇死了。

「好！」

田代津鼓掌讚嘆。他脫下了佩劍，站穩馬步，拈起狼毫大筆，也迅速地在紙上寫了一個大字：「義」。

「我從樓上看下去，甫爺母，想不到日本仔竟然能夠寫那麼好的中國字！」

大舅談起這件事情往往感到非常激動，以致於粗口也四濺，因為他目擊了一個曾經用槍尖佔領我們的國土的軍官用溫柔的筆寫出筆力萬鈞的書法。而他自己卻是讀書遇見生字即將它挖掉的高材生。

那個晚上，父親與田代津這麼一來一往地比劃，一直殺到清晨雞啼三遍才打成平手。

田代津臨走之前緊緊擁抱父親。他躍上馬，緩緩向前走了十來步又折了回來，逕自往長櫃走去。外祖父與父親都有點愕然，忙跟進去看個清楚。原來田代津不為別的，又提筆在宣紙上題了一首詩：

浮雲遊子意

落日故人情

田代津寫完後又從腰間取出圖章落了款，再將它雙手捧交予父親。

「把這副題辭掛起來，勝過符咒！」

白猴慌忙大拍馬屁。

我相信大舅並沒有說謊（雖然人家都稱他是「三十六吋」的大炮）那副題辭的確幫了外祖父很大的忙。在那三年零八個月的黑暗日子裡，外祖父家是唯一倖免於騷擾的人家。這給了二舅與父親很大的方便去進行水深火熱的救國活動。不過大舅卻認為那副題辭的重要並不在於它的歷史所扮演的救人角色，而是眼前的經濟價值更大——只可惜它已經給蟑螂噬咬得破爛不堪了。對我來說，這些蟑螂也是應該被詛咒的。因為它們，害我與題辭緣慳一面，只能憑想像去體會當年驚心動魄的歷史，也不管歷史是否真實了。

儘管父親與大舅老死不相往來，他並沒有阻止母親一天回娘家一次；正如下落不明的二舅的曖昧身份對大舅升官發財的機會構不成威脅。因為我們身處的畢竟是一個有八十多年自由、民主歷史的國家，每一個人都是一個獨立的個體，互相影響未必互相牽累——如果隔離得巧妙的話，那當然。

外婆家與我家之間只隔了一條長街;兩個家庭卻有那麼顯著的不同。我家人丁單薄:父親是孤苦伶仃一個,沒有兄弟姐妹;生下的下一代也是叮噹兩個,只有我和妹妹二人。大舅那兒,可熱鬧了。他們是大家族:單單大舅一房就有兩房妻妾十個孩子;再加上三舅父一家人口,嘿,夠瞧的了。母親一擱下黑布傘,「姑姑」的叫聲從店鋪門檻直達廚房,不絕於耳。母親是個豪爽的人,每當這個時候,她便佯裝微怒地說:

「姑姑叫、姑姑叫!阿姑沒有錢啊!」

「姑姑叫」就是小雞雞,表弟妹們都哈哈大笑。他們最喜歡母親了。

大舅媽更喜歡母親的出現。她是個典型的鄉下婦人,溫柔敦厚;被大舅的小妾欺負,只能倚靠母親替她出頭。

「三姑一來,大家都快活。」

大舅媽倒了一杯黑咖啡給母親,那是母親的命根子。

「大哥呢?沒有人看顧店啊!」

母親詫異地問:

「大伯?最近忙啊。」

三舅媽正在天井洗衣服,突然插嘴。我有點不明白,水龍頭開著,水聲沙沙,她竟然聽得見母親的話。女人的耳朵比獵犬的鼻子還要靈敏呀。

「又開了沙場嗎?」母親問。

「比沙場還好呀,」三舅媽一邊揉衣服一邊說。「大伯不是要競選議員嗎?他大有收穫呢。」

母親不明就裡,傻愣愣地說:

「是呀，我在三保公那裡看見帆船的布條了。那是競選用的嗎？」

大舅媽淡淡地說：

「你莫聽三嬸亂講。」

這時候大舅的小妾剛好從後院懶洋洋地走進來，她白了三舅媽一眼：

「三嬸，小心閃了舌頭！」

三舅媽若無其事低頭刷她的衣服：

「我也不清楚真相。只是聽人家那麼說，我就那麼講給三姑聽。三姑也許愛聽，是不是？」

母親這下可是冰雪聰明，一聽三人的語調就猜到個七八分。她嘆了一口氣：

「阿兄那個白鼻習性，這一次又是哪家女孩遭殃？」

「我可沒這麼說啊！」三舅媽沒想到目的這麼快得逞，慌忙矢口否認。

大舅媽與「小」大舅媽都三緘其口。「小」大舅媽臉泛紫黑，快要爆炸了。

樓上施施然又走下一個人，是三舅。他搔搔將要脫光的頭髮，又伸手入柳條紋睡衣內抓背，一副睡眼惺忪。

「早啊！」母親狠狠地說。「昨晚又賭到幾點了？」

「回到家，天早黑了，哪看得見時鐘？」三舅濁重的聲音回答。他拉了一條長凳，跨馬般騎了上去，然後對著默不出聲、正在努力洗衣服的老婆說：

「嘯的[1]，你說話破壞了好事，我可救不了你！」

1 嘯的：瘋狂的，可當親暱稱呼。

「那是什麼事?」

母親堅持打破沙鍋問到底，非要看見底下的青蛙不可。

三舅猶自孤芳自賞、撫摸他那逐漸光可鑑人的禿頂（親朋戚友都異口同聲讚美我遺傳了他那四平八穩的頭顱，老天啊！），不著邊際地說：

「白猴今年幾歲啦?」

「關他什麼事?我最討厭他!」母親一臉鄙夷，不願多說。

「那你就錯了，」三舅輕描淡寫地說。「阿兄就要替我們復仇啦。」

「你說什麼?」

「還記得二兄嗎?他和白猴是鐘靈的同學。」

「應該是四十四歲了。」

「多年輕的丈人呀。你們猜阿兄叫得出口嗎?」三舅依然好整以暇，大概是在賭桌上打橋牌磨練出來的好本領。

「白猴的女兒!」母親尖叫一聲，差一點沒有暈倒。

「老白鼻，有什麼事他不敢做的?」

「小」大舅媽哼了一聲。大概是感懷身世，突然又住了嘴。她才三十歲，嫁給大舅那當兒也不過是二十五。曾幾何時，狐狸精只好拱手讓人了。

「哪，豆腐是越軟越好吃，椰子是愈嫩愈多汁。這還用問嗎?」

大舅媽好像是在議論別人家的家事那麼斯文淡定。

不管大人怎麼說，我還是認為大舅，是眾親戚中最風光十足的人。我去外婆家，很少遇見大舅;

不過，偶然見到他的時候，他總是衣履光鮮，臉帶和善的笑容。他的聲音宏亮中略帶沙啞，母親說是酒割傷的。雖然如此，反而成為他的無可躲避的魅力之一。大舅的性格豪邁，出手闊綽，所以交遊滿天下。這是我後來長大了對他的認識與評價。雖然每一個兄弟姐妹都嘲笑他白鼻好色，生活中還是以他為核心。這不但因為他是外祖父的大兒子，是當年最受倚重的助手，也為的是他過人的才幹使得眾兄弟姐妹打從心底服了他。即使外祖母也由得他縱橫商海政壇、出入脂粉陣地，也不說句話。更不要提大舅媽和小大舅媽了。

我還記得有一個清晨，我又在母親的黑布傘陰影的蔽護下踏入外祖母家所見到的駭人事件。啼哭聲與吆喝聲從後院不斷傳來，敦促我們母子倆加疾了腳步。我們的腳剛跨過後院的門檻，即聽見一個女人尖叫聲：

「啊——」

說時遲，那時快，一道白光如銀蛇遊走，迅速地沿地竄來。

「橐！」

在我驚魂未定的剎那，只見一把白晃晃的圓肚豬肉已緊緊嵌在小大舅媽腳下的木屐。若再上半寸，小大舅媽那隻雪白的腳掌早就被大舅剁豬腳一樣，切下來煮鹹菜湯了。

「你——」

小舅媽食指向大舅一戳，整個人即癱瘓在地上，不省人事了。只可惜這一招對大舅已不再管用了。

「我喜歡幫助誰，是我的事，要你多嘴！」

大舅狠狠地說，一邊大步跨出院子，開動那部有動銜徽章的座車，揚長而去。

那一次「菜刀事件」發生在小小大舅媽的艷聞之前。事情的起因我聽說是大舅另外又與一個有夫之婦有不乾淨的關係。小大舅媽當時進門還不過四年，以為有恃無恐，誰知道大舅就是條男子漢，不吃她這一套！當時聽到這件引人入勝的桃色事件，人小鬼大，也聽得津津有味。雖然是發生在自己的舅父與舅媽身上，自有一股悲況的味道，心中還真認為大舅夠威水呢！

親戚與好友們即使當面笑罵大舅是「垃圾桶」，大舅也笑嘻嘻地說：

「命中注定這樣的福氣，有辦法嗎？」

其實，我長大以後分析，才覺得大舅的確是個策略精密的政經人材。我的三舅跟他比，門兒都沒有。三舅只會依靠桌面上的運氣來決定前途。偏偏運氣不在他這一邊，所以他後來潦倒一生。大舅則不愧是從小就跟在外祖父身旁出生入死，知道如何發揮身長之物，而且物盡其用，終於佔盡優勢，搶盡天機，往往一箭就定了江山。（一妻三妾對大舅來說，還是雕蟲小技，雖然那也是要一箭就射中紅心的。）

關於這一點，父親一向不以為然。所以他後來即使生活不順遂，也不肯再回頭去幫大舅的生意，寧可窩在樹林深處，躬耕於黑山腳下。

「巧取豪奪，你阿公若還活著，不吐血才怪！」父親冷冷地說。

父親尤其不能原諒大舅納白猴的大女兒美麗為小小大舅媽的事。白猴的年紀比大舅小三歲，大舅反還要尊稱他「丈人」，這是多麼丟人現眼的事？美麗不過二十歲，做大舅的女兒還太小；大舅卻要一樹梨花壓海棠，哼！哼！父親七竅生煙，差點變成恐龍。

當然這些都是不明白事情真相的人的「一般憤慨」。世界總是因為充滿了見義勇為、路見不平即開口相譴的英雄好漢才變得可愛。大舅左擁右抱在前，又要攬抱美麗於懷，野心真大得可以。春風得意那一刻，自然遭人唾棄了。

父親的憤怒並不盡是「巨樹與嬌花的問題」所引發。這一點，他和母親倒是站在同一陣線的。自從他擺明陣勢，不與「楊家」苟同之後，許多年來，他已沒有和母親發表共同聲明。只有這一次，他們又站在同一陣線，發表措辭一致強烈的聯合公報。因了大舅的第三個小老婆，而促成父親與母親的親密戰友關係，這也算是一件天作之合了。

父親與母親最難忍受的是，因為一場「楊白」聯婚，即莫名其妙和白猴拉上了親戚關係。親戚這碼子事，真是無可奈何。在那一次「楊白」聯婚的喜筵上，父親與母親的感受是最強烈了。為了表示他的鮮明立場不因這一場小鎮上的世紀婚姻所混淆，父親因此堅決不出席那一次的敬酒場面。倒是母親，畢竟是女人，性情剛烈亦有脆弱的時刻，在最後的關頭，還是出席那盛大的場面，接受新娘那親暱的稱呼：

「三姑。」

就是那麼一聲，化解了母親胸中積鬱多年的憤慨。不過，這麼一來，母親與父親之間的默契又再消失了。當天夜裡，父親在母親卸下高聳的髮飾上叮叮噹噹的珠片時，淡淡地說：

「大義滅親畢竟不是平常人做得到的。」

母親未因此發脾氣。她嘆了一口氣：

「左右為難啊！」

「你擔心失去那一門無恥的新親戚嗎？」

父親反而漸漸動了肝火。母親不看父親的臉，說：

「媽媽都不說一句，我又何必拂逆她老人家的心意，掃她的興？」

父親還是那麼具有侵略性：

「你媽媽是做豆腐的世家，當然知道多水多豆腐，也希望多子多媳婦。哪管什麼身世、背景呢！」

母親洗完身體即入房休息。父親剛坐在客廳破舊的藤椅上，獨自一個在那裡說話：

「你們楊家，正應了《紅樓夢》那句話。全家上下，除了二哥，只門口那兩棵檳榔樹是有氣節的。」

一片死寂過後，母親突然出現在房門口。她痛哭涕零：

「你以為就只有你一個人想二哥嗎？他也是我的二哥啊！」

父親雖然也有一陣錯愕，還是有一肚子牢騷：「為什麼還和那個無恥的人結為親戚？」

「你問我，我問誰？你真可笑，那是大哥的選擇，又不是我！」母親生氣地說。

父親一時也啞口無言。

過了一會，母親止住哭泣，輕聲說：

「冤家宜解不宜結，也許這才是一個正確的開始。」

父親馬上斬釘截鐵地說：「不可能！」

他「呼」的一聲把前門關在身後，跨入夜色中。

父親的倔強雖然為他贏得一聲「硬骨頭」的薄名，實際上他並無任何實質收穫。一直到他晚年，他都是那麼硬朗，真應了親戚朋友們背後給他的「屎坑石」的稱號。反而是母親較靈活。也許是從大舅那裡取得靈感（不敢說是楊家的因子遺傳這種科學化的論點，因為楊家也有一個脾氣很強的二舅這個異數），母親不止一次說：

「時代變了，我們堅持的未必永遠不可以改變。」

有了這一層領悟吧，母親一直過得很快活。在黑山那個小鎮，除了外祖母一家，我們還真有蕃藷藤那般糾纏不清的皇親國戚，他們沒有一個不認識母親，也沒有一個不讚嘆：

「奴娃是嘯的——不知道憂傷怎麼寫！」

其實，說母親是嘯的（瘋的），那是疼愛的稱呼。說母親不知憂愁，並不真實。母親也會傷心的。不過，她也會唱歌。她會唱潮劇，也會唱嚴俊和林黛。她傷心時，就開口唱歌。她偽裝得很好，反而是許多人都讓她誤導了。

在那段少年無知的歲月，母親在她燙衣服的時候最愛教我唱二舅教她唱過的歌。但是，在那段朦朧朧的歲月裡，那些都是學了不能唱，唱了等於沒有唱的歌曲。（時代的確是不可能永遠不變的。現在我的孩子們因為生活在健康與光明的環境，對我們那時候的偷偷摸摸都表示詫異。他們甚至不可置信地問：「爸爸，你在編故事嗎？」）這樣一來，我的學習興致反而很高昂。能夠在朋友面前露一手禁歌，那是很刺激、驕傲的。尤其在營火會的晚上，你會唱禁歌（啊！），自然很快就成了那一盆火之外的焦點人物了。在風聲、雨聲、海浪聲以及女孩子的讚美聲中，我不止一次引吭高歌：

起來！不願做奴隸的人們
把我們的血肉，築成我們新的長城
中華民族到了最危險的時候
每個人被迫發出最後的吼聲

——《義勇軍進行曲》

我們都是神槍手
每一顆子彈消滅一個仇敵
我們都是飛行軍
哪怕那山高水又深！

——《游擊隊歌》

啊！黃河！你是中華民族的搖籃
五千年的古國文化，從你這兒發源
多少英雄的故事，在你的身邊扮演
我們民族的偉大精神
將要在你的哺育下發揚滋長！

——《黃河頌》

我們今天是桃李芬芳，明天是社會棟樑
我們今天是弦歌在一堂
明天要掀起民族自救的巨浪！

——《畢業歌》

我至今猶不能忘記，母親每每唱完這些歌曲時眼睛噙著淚光、泫然欲泣的神情。她以她的眼淚，教會了我無知的驕傲。其實，這些歌曲對我並無多大的意義——就像孩子們不瞭解我當時的興奮，我終究是離開那個時代太遠了。距離使視覺模糊，也讓感情漸漸稀化了。

母親的感覺絕不相同。她唱完第一首《游擊隊之歌》便說：

「這是你二舅在毛坑邊的香蕉樹下教我唱的歌。」

又再唱另一首《明天的祖國》，母親卻說：

「當時我唱得有氣無力。你二舅還哄我，只要唱對了，就替我煮豬菜。」

我好奇地問：「後來二舅煮了嗎？」

「沒有，」母親說。

「怎麼你是那樣笨的啊！」我笑了起來。

母親卻黯然地說：「不是我笨。」

我詫異地問道：「為什麼呢？」

母親提起熨斗，到大樹下去搖掉灰燼，又轉回來。她打開熨斗蓋，添了幾塊木炭，再擱在地面的鐵皮墊子上扇了幾下，火漸漸旺了起來。

「我第二天醒來，二舅已經離開黑山鎮了。」

母親說完，又哼起那首歌曲：

啊，祖國！

蒼蒼山林，江山多嬌美

颯颯兒女，志氣最高昂
掌握自己
奮鬥前進
明天會是我們的天下

（四十年的歲月，淘汰了多少人的觀念與思想？在人類歷史的長河中，四十年不過是一滴水珠，卻足以教人目擊許多巨大變易的前後面貌。四十年前那個色彩混淆不清的年代，白色、紅色、黑色的陰影籠罩下，每一根的搖擺都被懷疑是一種行動的開始，人的面目也因此變得模糊難辨。回顧過去，最可悲的還是那種天天都在過驚弓鳥的生活心態了。

我們到底害怕什麼？

我們害怕，半夜三更給敲門聲驚醒，被請進去吃咖哩飯——而我們自認是一等良民，奉公守法，愛國愛家。我們害怕，半夜三更給敲門聲驚醒。被請進去打游擊戰——而我們自認是一等良民，奉公守法，愛國愛家。）

在外祖母家，表兄弟姐妹有二十來個（托大舅的福，他能幹也），我的童年過得也蠻熱鬧。那時候的玩意兒也簡單，除了女孩兒家瑣碎又耗人的家家酒，男孩子最愛玩的還是在後院的木箱、米袋、破工具之間打游擊戰。我們每一個都有一把木槍，或長或短，上面都珍貴地刻上我們的名字。戰爭未開始之前，我們先分為三個國家。那幾個年紀、體格最大的表哥都會搶先自封為中國，手腳慢了一點的就當蘇聯。剩下我們幾個小不點兒，即使眼明手快也只能無可奈何地去做「資本帝國主義的走狗美國」了。

戰爭還沒有開始，戰果已經昭然若揭了。

當然，中國永遠是常勝軍。資本帝國主義的走狗美國？挨打好了。儘管如此，戰火還是如火如荼地進行著。

「大人也是這樣打的嘛！」

代表中國的大表哥世輝這樣安慰我。最後他還理直氣壯地說：

「繼續挨打吧，同志們！」

「難道我們就沒有勝利的機會嗎？」我絕望地抗議。

「當戰爭停止，你不是勝利了嗎？」

二表哥蘇聯說，其他勝利者都哈哈大笑。

我正發窘，突然想到一個出奇制勝的問題：

「好，我問你們，二舅是中國、蘇聯，還是美國？」

他們都不能給我一個統一的答案。我說：

「既然如此，我要做二舅，不要做資本主義的走狗。」

戰爭繼續慘烈地進行。不過，我還是不能脫離美帝資本主義的戶籍，理由是二舅的身份我們都搞不清楚。

「而戰爭是一件很嚴肅的事，」世輝表哥判決：「過兩年再說吧。」

二十多年後，我收到世輝表哥從美國科羅拉多大學科學研究院的來信說：

「……最近參加一個中國水利工程的研究工作，才驚覺中國是這樣落後。和我一般年紀的工作人員，雖然都有熱忱想為國家服務，但是，過去二、三十年的鬥臭、鬥垮，造成他們在學術知識上遠遠落在先進國家的後頭。這種巨大的差距，是多麼令人扼腕的事啊！……」

收到世輝表哥的信，我也有頗深的感觸。那個晚上我即秉燭夜書，給他寫了一封比麵線還要長的信：

「……世局變幻無常，人情殊難預料。兒時你是中國，我是美帝。你以中國為榮，我則以美國資本主義為恥。如今你卻代表美帝到中國進行技術傳授。我這個過氣的美帝則還在新生的土地上快活地誤人子弟。看起來，還是美帝吃得開，不管是過去還是現在。你走了半個世界，我還是駐守一個據點。對人生有什麼領悟呢？如果我告訴你，我還是覺得這一個據點最可愛，不知道你同意不同意？我想，我今天還算很快樂，那是因為我們固然也有中國、蘇聯與美資本帝國主義的走狗之爭，不過是兒戲而已，並沒有來真的！

阿彌陀佛！」

……包圍住這一大片平原的是三面高聳的山脊。那暴露在外的另一面，則是慕拉河的源頭了。

這是一個非常令人矚目的景緻。一端是蒼翠蓊鬱、茂密繁雜的森林，另一端則是光禿發亮的白岩山崖。在赤道的炎日下，它正閃閃生輝，幻化迷人的光芒。

楊武走在隊伍中間，沒有說話。其他幾個與他並肩作戰已有一段日子的隊友，如陳立安與黃熊，也沉默無言。剛召募入伍的新人們，更因新環境天天改變，陌生、險峻，苦不堪言。雖然他們的理想支持著向上攀爬與向下俯衝，絕不言悔。

這一條路，楊武、陳立安與黃熊都走過幾次，是「回家」路程中最艱險的一段。他們都知道，已進入了Tilakap人的禁區烏布里山，大家都噤口不言。

沒有一個Tilakap人在進入這個山區時敢開口說話。他們的族人有一個古老的傳說：在這座隱蔽的森林特區，住著一個不喜歡凡夫俗子打擾清夢的四面惡魔。那三面由尖峰組成的濃密山脊，以及寸草不生的石壁就是一個警示。任何人在攀越這座山峰時開口說話，都會有悲慘的意外發生。濃霧會突然間從山谷底下如浪頭一樣洶湧翻滾而起，以致伸手不見五指。或者，在艱苦地攀爬岩壁時，手勁會莫名其妙地消逝，身軀直墜萬仞山崖。

四面惡魔的法力無邊，根據Tilakap人的說法，從這座雨水豐腴、林木蒼蒼的森林居然聽不見一聲鳥啼蟲鳴，即可以見到端倪。他們甚至不曾在潮濕的泥地上發現任何走獸的足跡。

黃熊褓著沉重的背包開始。他長得挺拔驃悍，雖然還不足二十一歲，卻天生沉穩的性格，少年老成。楊武看著他踏出一步步堅定的腳步，心裡除了安慰，還有疼惜。黃熊跟隨他身邊已有一年有餘，學習得很快。恨意令他走在其他隊友的前頭。

是黃熊自己決定跟隨楊武上山的。他瞞著父母親，一個黑夜裡突然通過陳立安找上了楊武，撲地一頭跪在地上：

「楊大哥，請你帶我上去！」

楊武當時也糊塗了。他看了一眼陳立安。陳立安點點頭：

「錐叔的孩子。」

楊武恍然大悟。他幾年難得悄悄回來一次看老母親，對鎮上的大事倒也有留意。黃熊幹下的那件事情發生在端午節前後，那時他人在黑山鎮北五十哩外的雙溪克朗村，多少聽到了一點風聲。

「年輕有為啊？」

楊武上下看了一眼黃熊，是一個魁梧結實的青年。楊武一家與錐叔是世交，兩家的祖父都是潮陽縣西門外的製豆腐世家。一同落籍黑山鎮後，來往更加密切。

「我的勇氣是環境所迫，楊大哥。只是失誤了，非常可惜。」

黃熊恨恨地說。他還跪在那裡，楊武伸手攙他起來，安慰他：

「我們有的是時間，你不必焦急。」

黃熊站起來，右手握拳在左掌上猛擊了一下：

「我恨不得再幹一次！」

楊武低沉地喝了一聲：

「不可以！」

黃熊刺殺白猴未遂使楊武的活動受到阻撓。事發後、警衛人員傾巢而出，馬上封鎖了方圓二十里的地區。楊武當時雖然在地毯式搜查活動之外，為策安全，他在事發次日使喬裝東出，向東北的山路挺進。

黃熊一直不能忘記母親的那一聲慘號。那時他只有九歲，當白猴打恭作揖，畢恭畢敬引導五個日本軍士拐進路口朝他家邁進，他就感受危險的壓力步步迫近了。他繞過矮灌木叢，抄小徑直奔老家。

「媽——」

黃熊上氣不接下氣，驚慌叫喊。

秀貞聽見兒子的呼喚，急忙從沖涼房跑出來，衣襟上的兩顆布鈕也忘了上扣。潮濕的雲鬢凌亂地貼在白細的額上。

「日本人！」黃熊摟住母親的腰。他的身子還在發抖。

秀貞很鎮定，她反應靈敏，迅速跑進廚房，揭開煮豆漿的一個大鍋，母子二人沿著灶底下一條隧道爬行。這是豆錐很早就佈置好的逃生之路。黃熊很害怕，在寂靜的黑漆裡摟緊母親，一直不敢放手。

「跟著媽媽，我們很快就可以看見陽光了。」

秀貞哄黃熊。隧道狹窄，只容一人匍匐爬行。黃熊必須放棄摟抱秀貞的小腿，他們兩人才能一前一後，繼續前進。

隧道的另一個出口在屋後的叢林間。只要他們母子兩人能夠支撐下去，他們就可以逃出生天。

秀貞爬了一段路，突然聽不見後面的聲音。她心中吃了一驚，輕聲問：

「熊仔，你在哪裡？」

隧道內陰晦潮濕，當時的挖掘工作都是在偷偷摸摸進行，地面凹凸不平。而且從未啟用，四壁有許多蟑螂飛竄，蟾蜍也靜待其中。

沒有回音，秀貞驚慌地提高了聲音：「熊仔——」

她一邊坐下來，再轉一個身，向來路爬回去。

黃熊被嚇呆了。他停在原地閉住嘴悲慟地哭泣。秀貞摸索向前，黃熊即緊摟不放。

秀貞無法，只好放棄爬行。

然而，這也不是辦法。隧道內的狹長構造，本來就缺少氧氣。待久了，母子兩人便感到呼吸艱辛，有暈眩的感覺。秀貞因此對黃熊說：

「你在這兒等，媽先出去。沒有危險了，你再出來。」

秀貞掀開鍋蓋成一細縫，凝神聆聽。寬大的廚房沒有一絲聲音，只有清新的風擠進縫隙，使秀貞沉重的頭腦頓覺清醒。她從細縫中看見花貓芝芝在灶面上悠然走過。她再靜候片刻，終於在自認為最安全的時候將大鍋舉開，扶著灶沿，彈跳出去。

黃熊不知道母親離開那黝黑的隧道跨入燦爛的陽光那一刻迎接她的是什麼恐怖事物。鍋蓋驟然摔了下來，偶然得來的一束光線頓時消失，黑暗重新包圍他、侵噬他。他駭然蜷縮。母親的驚惶、恐懼尖叫與憤怒、無助的斥責隱隱由鍋面上傳下來，變得那麼遙遠、絕望，黃熊震顫發抖，暈倒在地上。

整個強暴的經過究竟是怎樣發生的，除了當事人，沒有人知道。

長大以後的黃熊常常想：

如果當時他能夠堅強地向前爬，從隧道的另一個出口離開，通知鄰居來相救，母親的腿是否可以保留下來？

這個揣測很快就讓他否決了。

他在隧道內暈厥之前，母親的尖叫是多麼淒厲，如果有援助，援助已及時趕來。每一次想到這裡，黃熊即悲慟、氣憤。雖然如此，破壞是不能彌補了。

秀貞幾乎喪失了她的記憶，如同她斷送了兩隻腿。亘錐趕回來時，赤裸躺在血泊中的她像一根由泥地裡抽起斷了半截的蘿蔔，噏動雙唇：

「熊、熊。」

自責撕裂黃熊的心房，怒火又將它燃燒。十年如一日，母親常常眼神惘然地坐在客廳，或者床上。她依然酷愛清潔，將自己修飾得頗為清爽，然而，她卻講不出一句完整的句子。病情有點起色時，母親會輕輕地呼喚：

「熊、熊啊。」

這使黃熊更加痛苦。高中畢業以後，黃熊馬上離開黑山鎮，兩年沒有踏上故鄉的泥土。鎮上的人漸漸對他印象朦朧，甚至忘記他曾經是黑山鎮的人了。

兩年後的一天，他搭了巴士回去黑山鎮。下了巴士，他逕自走入大樹下的生果鋪。那是級任胡老師黃昏散步後歇腳的地方。他站了一會兒，胡老師果然出現了。他走到老師跟前輕輕地叫了一聲：

「胡老師，您好嗎？」

胡老師愕然地看了一陣眼前鬍腮滿臉的青年，竟記不起他是誰。

「我是李明隆，你忘了嗎？」

黃熊冒認鄰座一位出國工作的同學。

「啊！你長高長黑了啊！」

胡老師恍然大悟，高興地握住他的手。黃熊既高興，又悲哀。他在學校的功課與運動一向不出色，品行性格也只是中規中矩，是一個模糊的角色。級任忘了他的名字，他固然高興、卻也難掩神傷。黃熊雖然是離開了黑山鎮，但是他的心還留在黑山鎮。兩年的隔離，他對這個小鎮的愛與恨更深更濃。

尤其是對白猴，他從來沒有忘記他。十年前那一瞥已深鐫腦海。白猴在黑山鎮過得很快活。從英國人佔領的時代開始，經過日治到今天，白猴的手腕靈活使自己躋身當權的政治圈，因此生活永遠高人一等。許多人唾棄他，但是沒有一個人想到撼動他。戰火帶給許多人苦難，他卻是少數從中謀得利益的人。

在不定期的星期五，黃熊會送貨去哈里遜園坵內的小雜貨店。雜貨店旁邊有幾家印度膠工居住的宿舍，黃熊一來就跟印度妹東南西北地胡扯，吃她們的豆腐。

「你這人有特別嗜好。」雜貨店老闆看在眼裡明白在心裡，有時也取笑他。

「愛是不分等級，也不分膚色的。」黃熊一臉認真地說。

老闆也迷惘了。

一直到白猴的邁拿車子從雜貨店右側的紅泥路上出現，捲起滾滾紅霧，絕塵而去，黃熊才依依不捨地告別印度西施：

「下一次我會給你爸爸帶來三加侖的椰花酒。跟我出去看電影，好不好？」

妲妮雅信以為真，開心地問：

「什麼時候啊？」

黃熊臨上貨車，白了她一眼：

「星期五，你不記得了嗎？」

星期五是白猴到哈里遜園坵巡視的日子，黃熊從未忘記。命案發生的前一個月。他預先通知雜貨店的老闆阿春：

「我就要去怡保的曠場工作了。下個月有新伙計來，請你照顧他。」

但是白猴洪福齊天，命不該絕。

星期五那天，黃熊沒有來送貨。老闆阿春也不奇怪，那是黃熊的習慣了。只有妲妮雅傻呼呼地坐在木箱子上癡盼。阿春一邊撿鹹魚頭裡匿藏的肥蛆，一邊開妲妮雅的玩笑：

「阿興仔有新的女朋友囉。」

妲妮雅噘起嘴，哼了一聲：

「我才不理他呢！」

星期五黃昏，黃熊駕了電單車從另一條小路進入哈里遜園坵。他拉了一截樹幹橫置在紅泥路面，好整以暇地等候白猴。

沒有多久，那部老舊的邋拿施施然抵達了。路障在前，白猴打開車門，下車處理。黃熊在他彎腰扛柴的時候適時出現。

「須要幫忙嗎？這不是大書記做的工作啊！」黃熊叉腰站在一旁說。

「你是誰？」白猴聽見聲音，猛然放下手中的樹幹，警惕地問，聲音中充滿憤怒與威嚴。

黃熊不再說話，亮起白晃晃的刀一戳，直沒入白猴鬆軟的肚腩。再拔出來時，血如噴泉，洶湧激射。白猴只悶哼了一聲，即暈倒地上。

「再補一刀，所有的仇恨都解了，」黃熊無限惋惜。

楊武微笑問道：

「就一刀？」

黃熊仔細一想，又搖搖頭。

「為什麼？」楊武問。

「該殺的白猴還有千萬個。」

黃熊低聲回答。楊武在他的膊頭拍了拍，表示他的欣慰。

漏夜送楊武與黃熊等人出門的還是楊文。他剛剛賣完椰乾從北海回家，看見黃熊坐在客廳不禁嚇了一跳：

「你不是熊仔嗎？青衫隊還在追緝你啊？」

「大哥認得他？」楊武也吃了一驚。

「和錐嬸一個模子印出來。早幾天都是他天天給我送豆腐。」楊文驚魂未定，站在大門旁沉思。

楊武一拍桌面，當機立斷：

「我們馬上走！」

楊武一群人終於克服艱辛，攀越陡峭的烏布里山。站在高山的巔峰向遠處眺望，每一個人都有干雲的豪氣，以及豁朗的胸襟。山嵐強勁，四面八方撲襲而來，颳得衣袂颯颯，大有君臨天下的氣勢。

「征服高山的滋味的確不同。」

面對嫵媚的青山，陳立安嘆了一口氣。

楊武淡淡一笑：

「我倒認為，山是不能被征服的。山永遠在那兒，人類何其渺小，怎麼去征服巍峨的高山呢？」

陳立安凝目沉思。勁風吹在身上，有一種要乘風而去的衝動突然襲上心頭。因為山在那裡，他才在那裡。一會兒，他終於點點頭：

「你說得沒有錯。山比人類更早屹立在地面上。人更應該去親近它。妄想征服山，是注定失敗的。」

下山的路更陡斜難行。走著走著，樹木漸漸變得稀少。有一段路他們甚至必須將繩索的一端緊繫在腰際，然後手腳齊用，沿著寸草不生的花崗岩石壁緩緩下墜。這是一段極嚴峻的考驗，他們必須小心翼翼地進行。

一個多小時後，他們終於在風聲與河濤中抵達慕德拉河中游。楊武一指前頭的山峰：

「白水鎮不遠了。」

儘管人家笑罵大舅是垃圾桶、大白鼻，甚至在我幼年時父親就對他沒什麼好評，卻無損我對他的親密。事實上，我們每一個小孩都很喜歡他，因為他是一個那麼沒有脾氣的人。（是因為他喜歡小孩才娶了三妻四妾努力生產報國呢，還是因為更愛女人糊里糊塗製造了一長串的buah ramabai[2]？就像先有雞還是先有蛋一樣複雜，有待深入考查）在大舅沒有出門辦事的日子，我們甚至可以爬上他的長櫃

---

[2] Buah Rambai：楠楣果，如葡萄結果成串。

檯捻他的鬍子，或者胸口上的黑毛。他會像個頑童，樂得哈哈大笑。

兩年前，我決定搬離黑山鎮到二百里外濱海一個小鎮居住。臨行前，我去向大舅辭別，我又看見幾個小猢猻在他的肚腩上蹂躪。

「歷史又重演了，」我微笑地說。

「命中注定，沒辦法，」大舅笑嘻嘻。

「哪一個是孫，哪一個兒子啊？」我好奇地問。

「這些傢伙亂亂來，有時候阿公，有時候阿爸，真不像話。」大舅回答，聲音中竟然充滿得意。他是那麼嬌寵他的子、孫呢。

「那麼，你自己呢？」我忍不住，也哈哈大笑。

「我？」大舅抱住其中一個最小的只有三歲左右的男孩磨他的鬍渣。那男孩咕咕發笑，左閃右躲，就是不敢靠近大舅的臉頰。

「有時候我也會認錯人呢！」大舅開心地說。

這也許是大舅一年比一年進步，妻妾越「聚」越多、財富也愈囤愈高的原因。他是那種隨和到沒有立場的人。雖然如此，他那精明的頭腦卻又絕頂靈活。沒有立場其實就是他的立場，這和無為而為一樣，是最深奧的生活哲學。以娶妻納妾這一件人生大事來說，大舅即處理得頭頭是道。他步步為營，遠遠勝過我們這些只懂得奉行一夫一妻制的一等良民、標準丈夫、凡夫俗子了。

大舅最得意的人生十大建設之一就是娶到一個會替他生八個兒子的大舅媽。八個兒子也！想想看，在那個沒有女強人的封建時代的封蔽社會的傳統家庭，八個兒子是何其彪炳輝煌、光宗耀祖，令人趾高氣揚的戰績！的確，這些兒子也曾為我的大舅媽穩住了她的正宮寶座好一段日子。雖然，除了世輝表哥立功異域，後來這七個表兄弟不過是庸庸碌碌，對國家與社會的建設不及他們的老爸，因此不能為大舅媽錦上添花——那可是一樁小小的憾事，不過，這還是多年以後的事了。最令大舅媽難受的還是在她捷報頻傳、連續生了五個兒子之後，還要蒙受不白之冤的飛來橫禍——大舅堂堂皇皇地迎入他的第二件珍藏品，出納小姐小大舅媽。

母親與大舅媽當然義憤填膺，揭竿起義。聲討大舅背信忘義。然而，敢於破舊立新的大舅卻臨危不亂，還義正辭嚴地說：

「生來生去，都是牽人力車的小子。我可是替阿大著想，希望老二可以生個坐人力車的幫阿大啊！」

生米既然已成炊，還能夠倒掉白糟蹋嗎？雖然在那個女權低落的時代，要隨便處理也有個辦法。但是，大舅天生是女人的擁護者，最懂得憐香惜玉。他說得極有道理：

「肥水不落外人田。老二如今是一家人了，賬目就更可靠了。」

我們初見大舅的老二還真傷腦筋。大家（包括大人與小孩）因為都沒這方面的經驗，也不知道如何稱呼？最後還是母親常常在黑山鎮跑動，見多識廣，腦筋就轉得快，她迅速回答：

「玉嬌大，叫大舅媽；阿香是老二，當然就叫小大舅媽了。」

旁邊的三舅媽卻不以為然。她提出一個關鍵性的看法：

「假如明年大伯又娶一個老三，又如何稱呼？小小大舅媽？」

母親乍聽便狠狠瞪了三舅媽一眼：

「烏鴉嘴！」

原來母親要我們叫大舅的老二為「小大舅媽」是隱含殺機，有這麼一個好頭彩的預圖的。她也知道自己的哥哥有一種「不知哪裡遺傳的風流性格」。她擔心，有了老二，以後會有老三、老四接踵而來，所以就要我們叫老二為小大舅媽。既然老二是小的大舅媽，下面就不會有更小的大舅媽出現了。然而，大舅「命中注定的」桃花劫，就能夠為母親那一個小小的法術所改寫嗎？

當然不是。

許多年後，談起大舅與白猴女那樁婚事，母親還悻悻然對三舅媽說：

「如果不是你多嘴，孩子們就可以少了一個小小大舅媽，而我們楊家就不必與白猴結為親家了。」

三舅媽另有異議。她提出了一個非常突破性的意見：

「大伯與美麗攪在一起，也沒有虧待我們楊家呀。」

母親哼了一聲，話中帶刺：

「是沒有什麼蝕本。你們現在都好啦。」

母親固然是替大舅媽與小大舅媽深感不值，然而小大舅媽卻沒有感激，反而不同意母親的說法：

「三姑，阿文早在老三進門之前就發達了。」

言外之意大概暗示她才是旺大的阿二。這句話在多年前也許可以受到考慮，可惜滄海桑田，她的身價如股價早晚不同，現在正處於熊市，只有賣家沒有買家，慘啊。當年她最有恃無恐的就是一進門就給大舅連生三個「坐人力車的」，可惜大舅又漸漸忘記早期的甜言蜜語了。女人的身價，晨昏有別，她竟然忽略了這麼重要的一點，唉。

女人的見識雖偶有建樹，難免會有偏頗。

雖然事實就是歷史，歷史卻未必是事實。

大舅會不顧歷史背景，將白猴女兼收並蓄，但卻是帶有政治與經濟企圖的。從國家政治發展的宏觀角度來看，「楊白聯婚」不但是一件白髮紅顏的政壇佳話，而且還給地方政治帶來穩定，消弭了一場劍拔弩張的緊張局面。地方上，上自社會賢達，下至流氓地痞、楊派白家，從此因了這門婚事而攜手言歡，共同為地方的繁榮與國家的進步而努力。這種巨大的貢獻，肯定將會名留青史，在國家發展的檔案佔有一定的角落。

原來那時候的大舅已經是藍天黨的黑山鎮的區會主席，聲名顯赫，威蓋方圓六百里。想不到他那嬉皮笑臉、人緣隨和的人也可以在波濤詭譎的政海冒出頭，而且領袖群論。我在最近這幾年回頭尋找家族的根源，發現這偉大的一章，也不禁嘖嘖稱奇，真是服了大舅。

我國的第二次歷史性大選降臨了，大舅的支持者如火如荼地籌備，提名他競選黑山鎮州議會議席。一切進行得太像熱刀子切牛油那樣順暢了。

黑山鎮只是個小山區，民風淳樸，政治意識不高。方圓六百里，除了藍天黨睥睨天下，誰與爭鋒？眼看州議席的席位大舅是手到擒來了，支持者們也開始籌備另一個盛大的慶功大會，為將來自己的官運亨通預支油水。

然而，政海洶湧，畢竟不如湖水平靜無紋。就在提名日之前一個月，黑山鎮突然出現了一股逆流。有一天，大舅的支持者阿扁突然氣急敗壞衝進店鋪向他匯報最新的軍事情報：

「甫爺母！[3]白猴放出風聲，他也要插上一腳！」

「什麼！」

3 甫爺母：潮州粗口。

大舅的另一個支持者阿圓正在大嚼花生，大喝對你有益的黑狗啤，聽到這句話竟然嗆住了。一陣咳嗽後，他說：

「白猴是黑山鎮藍天黨的署理主席，沒有理由不支持老大！甫爺母！」

晴天霹靂，這真是應了一句「明『搶』易躲，家賊難防」。阿扁與阿圓都亂了方寸，愁眉相對。心煩意亂，也沒有心思剝花生了。

「政治講究現實力量。白猴如果要爭，會有很大的威脅呢！」

大舅反而氣定神閒，安撫他的哼哈二將：

「吃，吃，吃飽了再打算。」

「你不擔心嗎？」圓扁二人詫異問道。

「我早料到他有這一著。」大舅笑咪咪地說。「我的大槍與大炮已布署半年了。明天就點燃它！」

一直到今天，還有人對大舅所謂的「大槍與大炮」有不同的解釋，既有非常寫實、傳統的看法，也有極富想像力的現代的、超寫實的構思。雖然眾說紛紜，那一次的戰役，出乎意料之外竟沒有人遭受損傷。事情不但急轉直下，而且和氣收場，當事人還從此過著美麗快樂的日子，白頭偕老。

鎮上的人，尤其是藍天黨主席與署理主席的兩班人馬，都對大舅的策略讚不絕口，嘖嘖稱奇，咸認大舅調兵遣將大有麥帥阿瑟之風；他用兵奇詭多詐，直追孫吳。至此，有人不禁恍然大悟：

「原來槍炮也有情呢。」

說完即淫淫而笑。

只有父親一個對此盛事嗤之以鼻，不恥大舅的「卑劣作風」：

「時間與環境是兩件可怕的東西，竟然可以改變當年響噹噹的一條漢子！」

當然，大舅是不必父親的祝福的。他的彈藥，正如他所說的，早在半年前即裝備妥當，如今時機一到，他就提槍上馬，引爆火力，一夜之間就攻陷白猴女，白美麗的城池了。原來白美麗自從三年前修道院女子中學修道完成畢業出來以後，就被大舅的藍天黨網羅為區會婦女組的總秘書。她一張粉臉雖然長得像柑橘一樣有粗糙的特色，嘴巴卻似旱天的甘蔗般甜蜜，大舅對她也不免油然產生惜才恨晚的疼愛來。他既是區會主席，又是伯父的身份，因此也常常給她多方照顧、善意的批評與諄諄善誘的實質鼓勵。兩年下來，他們兩人竟然培養出不為人知的超級友誼。本來這件事情大舅準備得頗為周詳，想要在不驚動父老鄉親的情況下，把白美麗私藏他的垃圾桶。

「誰知道會發生這樣的危機？為了政治穩定與民族的尊嚴，我只好犧牲自己，委曲求全當白猴的女婿了。」

大舅慷慨就義之前對支持者說：

「好在紅毛丹雖然粗糙多毛，肉還是細嫩白雪雪的。白美麗還年輕呀。」

大舅的突襲行動果然馬到成功，立下汗馬功勞。他的第三個婚姻不但化解了楊、白兩家的宿怨，還為他掙來楊家移居南洋九十年後的第一個官銜，順利當上黑山鎮的州議員。

據說這種至高無上的榮耀在中國是要殺豬宰羊、祭拜列祖列宗的。大舅父當然不敢例外，雖然他平日是個敢於破除傳統的人。慶功筵席開百席，把整個藍天黨黑山鎮的小小區會禮堂擠到爆炸，還真是黑山鎮開埠以來的第一盛事呢。而且，殺豬宰羊不算，還殺了一隻大水牛哩，因為大舅的勝利，並非靠得全是藍天黨的黨員的支持；藍天黨以外的異族友人，不管是吃牛吃羊不吃豬肉，還是吃豬吃羊不吃牛的好朋友，都在這一次的競選時全力以赴，發揮了團結就是力量的美德。當夜，大家呼盧喝雉，痛快淋漓。爛醉如泥，嘔吐一地的支持者更擠滿了藍天黨會所，多元種族親如手足的和諧局面真個是一覽無遺。

大舅父還未坐上他的官椅，四周的支持者先已得到好處。一俟大舅正式走馬上任，把個官印捧回老家，他的氣勢自是有增無減了。左鄰右舍，以致黑山鎮方圓六百里的大城小鎮、水村山郭從此便有大舅那輛前後掛了閃閃發亮的州議會徽章的馬賽地油屎轎車的影子了。好像書本上所說，千古不變的道理，州議員大舅的活動範圍逐日擴大以後，他的事業也緊跟著一發不可收拾——太廣了。

「人一走運，你想不發達都難呀。」

大舅除了「命運中注定」要娶幾個小老婆的口頭禪之外，最愛講的就是這一句話了。他並沒有誇張，他說：

「我不過上下樓梯幫他們走一趟、講兩句話，他們就要安排我一個職位。唉，做人真難啊——你想，在這種情形下，我能拒絕嗎？我是發得不明不白呀。」

大舅父的飛黃騰達，也帶給他的支持者一些蠅頭小利；至於白猴，那更不必說了。白猴既是藍天黨的署理主席，又是大舅的泰山大人，衝著這兩層非同小可的機密關係，大舅得道升天，白猴也至少該是一個拿督公了。

白猴是黑山鎮內大舅以外最傳奇的人物了。英國人統治馬來亞，搜刮園坵、錫礦的油脂，一船一船載回祖國倫敦的時期，白猴不過是大園坵哈里遜中的一個小書記。耳濡目染之故，他講起英語竟然比白人的艱深有過之而無不及；處事手段比白人經理的苛刻還要不分情面。八面玲瓏、十面威風的他令人忘記他還是黃帝的子孫，索性叫他白猴這個雖然無禮卻令他頗為受用的名稱——在他眼中，凡白都是好樣的呀。這可沒冤枉了他。據說，白人經理一打道回府，他馬上就抖起來了——全靠的是白人經理的饋贈，並不是傳說中的中飽私囊，半途騎劫貧窮工友們每日的伙食費用。

日本人登陸以後，每一個好人都得偷偷摸摸挨過三年零八個月的苦日子。只有白猴，可以昂首闊步，在黑山鎮過他的極富有社會建設意義的翻譯員工作。日本軍官出差，總少不了他陪伴、帶路。

「在我手下，不知搶救了多少有罪的華人！」

和平以後的最初階段，白猴最愛在南園茶室大聲說話。人因為做了善事而氣壯，果然如此。聽的人都沉默不語。茶室外的大樹下擺賣的榴槤，異味一陣陣吹送，沁人心脾。父親正在座上，不禁點頭稱是：

「你講得不錯。」

白猴雖有幾分戒意，還是很開心地說：

「立安兄是最清楚了。田代津大佐不是我替你介紹的嗎？」

父親呷了一口咖啡，又做了一下深呼吸。淡淡地說：

「有罪的華人，你是不知道自己搶救了多少個。沒有罪的華人，又有幾個被你所害，你還記得嗎？」

外祖父在世的日子，我們楊、陳兩家與白猴一家雖然同住一個鄉鎮同在一條街上，一向既無往來。我們這些小孩雖然不知道箇中原委但是知道即使是白猴的名字，我們都不許提一提。白猴的名譽在我們兩家雖然不好，在地方上也是有頭有臉的人物，擁有一定的支持者。這就是人生最奇妙的地方了。好人固然不能得到整個世界，壞人也未必見棄於天下。白猴有園坵，一家大小在大街上開的卻是洋貨（啊，洋貨！）店，賣的是針線布匹女紅，與外祖父的雜貨店並無生意上的衝突。

年紀小小的時候我緊跟在母親的背後上街買布料，沿著店舖前的走廊走到將近白猴的女紅店，母親就會拉我下石階，在馬路上繞過他的店鋪，再走上石階，繼續下一段的腳程。有時候繞過圈子後，母親還會很湊巧的痰興大起，對著水溝吐了兩口很響的痰，然後莫名其妙地說：

「這裡很臭啊，你聞到嗎？」

母親在我幼年時叫我唱的歌曲中，有幾首也是針對白猴那一夥人的。其中有一首是：

人民的力量
戰勝虛偽的民主
獨立新生的同胞
肩並肩、站起來
創造偉大的新祖國

母親唱得很忘我，我也跟著她唱得很快樂，其實我是一無所知的。另外還有一首是這樣的，唱起來諧趣十足：

轟！轟！轟！轟！
哈哈哈哈
我們是開路的先鋒
前途沒有路，人類不相通
是誰，阻礙了我們的去路

障礙重重
我們要
要引發地下埋藏的炸藥
對準了它轟！
轟！轟！轟！
哈哈哈哈

這些都是母親在學校唸書時，早、午都要大大聲唱的歌曲。母親提起往事，竟陶醉其中，得意非凡。我詫異地問：

「為什麼要大大聲唱呢？」

母親興奮地說：

「不這樣，如何蓋過那些人的歌聲？」

原來那時候的黑山鎮雖然是彈丸小鎮、偏偈一隅，卻有兩間立場鮮明、政治觀迥異的華文小學。母親唸的人民小學，現在想來很明顯的是左傾學校。因此她平日裡唱的歌曲皆沿襲中國大陸。新中國剛剛建立，海外華僑馬上分裂成兩大主流。當時，我國尚在英殖民地的手中，華僑更肆無忌憚，各為自己的政治觀服務。支持新中國的一派在共產黨打敗國民黨的初期更是雀躍萬分，一時間，赤色的呼喚即席捲整個半島，黑山都要變色了。

然而，駱駝死了尚有一把骨，國民黨撤守大陸雖然倉惶狼狽，本地的忠貞支持者尚大有人在。國共對抗，世界各地的華僑因此殺得天翻地覆、日月無光；唉，連黑山鎮這個名不經傳的小山區也一樣拼得頭破血流、喑啞無聲。

事隔多年，母親在閒暇中回憶往事還會重複那句話：

「中正小學的歌曲軟綿綿，如何跟我們鬥呢？」

「究竟是人民大，還是中正大呢？」我好奇地問。母親並不回答。我又問母親：

「中正那麼不好，還有人唸嗎？」

「當然是少不了白猴那種人！」母親不假思索，馬上劃分界線。

「大舅、二舅，還有我，是不進那種學校的！」

母親的話雖然講得如此剛烈，大舅後來一納白美麗為三妾，楊白二家彼此的什麼鮮明的政治立場都在剎那間消融於無形了。白猴與大舅的感情更像國際間瞬息無常的變化那樣，一騰三躍，親密無間。他們岳丈女婿兩個，甚至勾肩搭背，親如兄弟（本來嘛，年齡只差了三歲），出入商場與戰場（據說曾經一同北伐泰國邊城勿洞），早已經是焦不離孟的好搭檔了。只有父親這種處理人生如提著板鋸鋸木板，直來直往的人始會在社會的大洪流出問題。這正應了大舅早幾年對我說的一句話：

「人是活的，怎麼可以讓理想綁死了？」

三十年前盛傳大舅要再納一個離婚婦人為第二個小妾而引發一場「菜刀風波」，經過一位相師點破，離婚婦人不是大舅「命中注定」的桃花運，大舅才衝出迷津。後來，他雖然又再為他的垃圾桶增添珍品，取了如蔗似柚的白美麗，畢竟沒有犯了相士高人的忌——白美麗可是黃花閨女，並不是離婚婦人。然而，人的命運是會隨著個人的修行而改變的。何況，「是你的就是你的，命運中注定的，你永遠也逃不過」。二十多年後的一個中秋節，大舅畢竟還是逃不過納妾的第三劫，就在他的岳丈白猴的園坵內與一個暹籍寡婦共結連理，同築愛巢。關於這一場神聖的愛情遊戲，大舅媽一向被動，當然不予理睬；小大舅媽自從小小大舅媽的出現，自知已如李后被打入冷宮，也不加以干預。甚至正當狼虎之年的小小大舅媽也對一個籍籍無名的小寡婦提不起一決雌雄的鬥志，感慨萬千道：

「垃圾桶，有什麼好爭呢？」

大舅因此大加讚許：

「你三個舅媽尚且是聰明人；她們都懂得順應潮流呀。」

當時已在大學唸書的我存心一逗大舅開心，便說：

「更聰明的還是大舅和親家公了。」

大舅聽了一怔，隨即哈哈大笑：

「小子，最聰明的還是你！」

畫公仔當然不必連肚腸也畫出來。大舅的第四個愛巢會建在白猴親家公的膠園內，他即使不是慫恿者，也應該是同謀。白猴為什麼如此慷慨呢？白美麗不是他的掌上明珠嗎？當然事有蹊蹺。白猴是英國人的忠誠良僕，一定明白「沒有冒險、沒有巨利」的大學問。何況以身相許的不是別人，是他的女婿，大舅！

是的，以身相許。

大舅已年逾五十，早達知命之年，沒有什麼男性魅力可言了。但是他「命運中注定」還要迎娶六十耳順的暹籍寡婦。因此，當大舅慷慨赴義以譜這一段偉大的黃昏戀曲，它比大舅第一次中選州議員贏得美人歸更轟動天下。

不過，俗人總是不信人間有真情的。緊跟著大舅的新婚燕爾期一過，市面上即有人流傳惡毒的謠言：

楊文娶暹婆，是為了她的土著地位。

「你不相信嗎？垃圾桶和白猴的運輸公司再過幾天又會有新的准證，新的羅厘了。」

「他沒有中暹婆的降頭了？」

「他會中降頭？巫師見到他都要下跪呢！」

在山脊露宿是很不舒服的經驗。刀削似的山脊浸淫在濃霧中，風吹雨打沒有天然的屏障遮攔，即使是躲在營帳內也可以感受刺骨的寒意。

一覺醒來，天氣還是那麼壞。慕德拉河一夜之間水位竟然漲了三尺，黃濁濁的水從上游滾滾而來，氣勢懾人。風急雲低，氣候愈變愈惡劣。綿密的雨淅淅瀝瀝、不間斷地穿透濃密的森林，落在楊武等人的前頭。

風繼續狂妄地呼嘯，豪雨持續而下，使到他們舉步維艱。

越過白水，前面就是老家。將近老家，卻遇上這一陣大雨，每一個人的心情反而變得很沉重，腳步不禁趦趄不前，唯恐有不祥的事件發生。

「鬼天氣！」

陳立安暗地裡咒了一聲。是因為近鄉情怯嗎？陳立安也答不上來。五年前離開老家，他們這一支隊伍共有二十人。再踏上同一條山路回來，只剩下傷殘老兵七個，其中四個還是新召募的人手。他的心情直如慕德拉河那樣洶湧翻滾。

整支隊伍就數他與楊武是同鄉，老戰友了。遠在日本大佐田代津闖進黑水鎮之前，他和楊武就配合得很好。他們兩個，一明一暗，默契相通，有共同的理想，為民族與國家戰鬥從不言悔。雖然危機四伏，他們已抱定宗旨，隨時犧牲。這一場雨又算得了什麼？

這一場雨算不了什麼！

不過，這一場雨卻擾亂了他的思緒，就像他們走過的腳印。

「日子會很苦。」

抗日結束，楊武決定繼續留在森林與高山。陳立安不同意，極力勸告他。楊武堅定地說：

「為了理想，更苦我都不怕！」

陳立安自己也感到迷惘。他沒有楊武那樣強烈的愛與恨。新的世界秩序開始出現。他的愛應該給誰？英國人不好？他倒可以過得平平安安。

「那將是一條很長遠的道路。」陳立安又說。

「誰說？日本鬼子兇殘嗎？我們也勝利了！」楊武不以為然。「英國人的氣數經過這一次的戰役，也垮了。不落日的國家遲早從地圖上除名！」

「你想得太簡單了！」

陳立安從來沒看過楊武那麼興奮激動。勝利也許真的令人神智不清。還是他太謹慎了？

「不！」楊武搖頭。他常年累月都在山中卻知道許多內幕消息，看問題與陳立安有不同的角度。「和談就要舉行了。成功的話，他們馬上就會離開！」

「這一天是什麼時候呢？」

陳立安提過這個問題。那是五年前的事了。楊武當時不假思索就回答：

「快了！不出一年，我們就是這塊土地上真正的主人！」

五年都快過去了，他們還在泥濘中艱苦地前進。那還是「白水事件」之前的問答了。一年之後，他們才抵達白水。當時的氣勢是排山倒海的。陳立安記得很清楚，因為那時他第一次縱火燒巴士、舉槍掃射黑漆的夜空。他又害怕又刺激，兩腳抖個不停。口中又喊又叫。

他們是在深夜才混入白水鎮。當天凌晨白水鎮上的同志四處張掛的旗幟猶在口中飄揚，但是因為只有微弱的月光，那白日裡紅艷艷的三角旗在這個時刻竟成了黑壓壓的招魂旗幡，加重了鬼氣森森。

陳立安起初還真動不了手。

楊武跑過他的身邊喝了一聲：

「血債血還！」

陳立安回想起白水鎮上三個在膠林中伏誅的兄弟，不禁激起同仇敵愾的心情，一把火就把第一輛巴士燒毀了。接下來，一切便進行得很順利了。他在最危急的時候，也不會像「白水事件」那樣大喊大叫了。

他們繼續在濃雨中向森林的心臟挺進。大雨造成一片泥濘，令他們進行得既辛苦也緩慢。蔓藤與蕨類任意滋長，爬滿巨樹幹上與地面。他們必須揮動巴冷刀，砍伐藤、蕨，才能順利經過。

楊武走在前，陳立安一步一腳印，踩在楊武那盛滿雨水的足跡。那是最安全的落足點。他不知道，必須在這樣的雨林還再繼續走多久遠的路。

大家都沒有答案。

大家都沒有發問，雖然心中也感到惘然。

「小組活動，服從命令最重要。」楊武在歡迎他們上山的集會上提醒大家：「不要質問隊長，凝聚我們的力量！」

「值得嗎？」

死亡並非陳立安第一次目睹，然而在山中第一次看見親密的隊友因為疾病襲擊，又缺乏藥物治療，只能聽天由命，在竹床上痛苦地掙扎於死亡線邊沿，陳立安不禁又浮起這個疑問。

楊武走過來，將手搭在他的膊頭上：

「人生即是一場奮鬥。不要想得太遠了。有戰鬥，就會有死亡。」

看見楊武，剛剛浮晃的念頭馬上又沉隱下去。楊武依然鬥志高昂，陳立安不覺慚愧地低下頭。

雨水沿著帽邊，急急地流下楊武剛毅的臉頰。那是一張多麼堅強、清癯的臉孔啊。楊武嗓子低沉地說：

「卡布隆山洞就在前面，不遠了。這要命的雨！」

「卡布隆？我們不去白水鎮了嗎？」陳立安詫異地問。這一路上都是楊武在領導帶路，雖然他走在兄弟之間。陳立安在不知不覺間走岔了路也沒發覺。雨淋濕了身體，但是陳立安依然流出了一身冷汗。

楊武打了一個噴嚏。他搖頭說：

「我們可以在卡布隆山洞歇一會再走下去。白水的記憶還很鮮明呢。」

陳立安一驚，忙問道：

「你病了嗎？」

「不，」楊武轉回身，繼續前進。「待會兒烤一烤，人就舒服了。」

陳立安可以聽出楊武的倦意。他為剛才那一陣胡思亂想感到很抱歉。他對楊武說：

「你累了，我替你背一段吧。」

楊武拒絕。他說：

「小心地上，不要摔倒了。」

他們繼續往下山的坡路下墮。山路崎嶇，雨天地滑，必須打起十二分精神，才不至於絆倒。楊武說的沒錯，卡布隆山很快就橫臥在眼前。他們從高處下來，遠遠望去，卡布隆洞穴竟像一隻巨獸的獨眼，隱藏在雜草、灌木與數棵巨大的喬木後面窺伺。最令陳立安矚目的還是洞穴的山巔上有一棵開滿紅花的巨樹。那紅艷艷的花朵，即使在如此傾盆大雨中也不能冷卻它的熾熱，似乎憤怒的火要燃燒灰暗的天空。

陳立安俯身拾起一朵憔悴的花瓣仔細地看。楊武走過來，拉他進洞穴：

「那是森林之火。只要有充足的雨水與陽光，它就可以開得荼蘼，是最耀眼的花朵。」

有數道細小的溪流從石岩上潺潺而下，匯集洞口成為一道清澈的河，直穿山的心臟。河面頗寬，不深；人在河中央，可以踩到河床，水只淹至腰際。洞穴之外是光滑的懸崖，陳立安往下俯覽，那百尺下的慕德拉河宛如一條白色巨蟒，無聲無息地緩緩游走。它蜿蜒穿越崇山峻嶺，在白茫茫的雨霧掩映下，漸游漸遠，終於隱逝於淺黛與墨綠之間，消失了去向。

陳立安嘆了一口氣：

「好美的山水啊！」

楊武自行軍袋中取出火種在洞口一處陰暗的角落生起一個火堆。他除下衣裳對隊友說：

「烘暖身體，養足精神。穿過石洞，前面就是老家了。」

黃熊卻佇立洞口，對著綿雨發呆。楊武叫了他三聲，黃熊才轉回頭來。他說：

「大哥，白猴一定要留給我！」

聲音冷肅。

楊武淡然一笑，半認真地說：

「你放心，我們還要忙另外三個。不會有人和你爭白猴。」

其他幾個都低頭不說話。雖然柴火漸漸烤暖身軀，心中總是有一種蕭索的寒意。殺人並不是快樂的事，但是他們無時無刻不在策劃消除社會的渣滓。當然，也同時得提防被人當渣滓消除掉。這是一場不知什麼時候可以落幕的致命遊戲。陳立安又有了遐想：我們是什麼角色呢？

楊武突然把一本套在薄鋼夾盒內的小冊子交給陳立安，鄭重地說：

「如果我有意外，你要挑起來。」

陳立安悚然一驚，惶惑地接過鋼盒。他打開一看，發現裡面盡是密密麻麻的密碼，原來是各地的聯絡人以及行動目標、地點、人物。他又一次濕潤了眼睛：

「二哥——」

楊武不讓他說下去。他只簡短地說：

「藏好它，要出發了。」

卡布隆山的入口雖然狹窄，山肚卻出乎意料的寬闊。寒冷的河水從他們的腰部潺潺流過。他們順著河，彎彎曲曲地在山洞內行走。才走了五十多步，光線便漸漸消失了，氣像萬千的石壁也跟著陷入一片伸手不見五指的漆黑中。即使經過一段時間，他們還是不能看見眼前的事物。

「眼不見為淨是假的，」楊武劃亮了一支火把，「黑暗就是那麼可怕。」

陳立安說：

「火光使人有信心。」

黃熊若有所思，他說：

「不點火把，我們也許可以聽見聲音。」

楊武的火把繼續向前移動，他們都默默跟隨。後壁上盡是凹凸不平的石灰岩。泉水細細地從洞頂流淌下來，一滴兩滴，滴落河面，激起清脆的響聲，在壁洞內迴旋。石峰頂上以雷霆萬鈞之勢垂懸而下的鐘乳石與地面悄悄冒出來的石筍，形狀各異，遙遙相對。在搖擺不定的火光中，閃爍詭魅的色彩。奇岩異石雖然難得一見，陳立安的心情卻愈走愈沉重。他有一種一步一步走入地獄的感覺。

陳立安搖搖頭，企圖抗拒頹喪的感覺。

「自然的力量真偉大，」他說。那麼一點一滴，一年、十年，幾百萬年的持續，終於築成這些嶙峋怪柱。

細長的河靜默穿越山脈。這巨大深長的洞穴是因為這淺顯且緩慢的河而形成的嗎？這河是多麼纖柔無力啊。或許，這河本來的面貌不是這樣的。幾百萬年前，這河也許曾經浪濤澎湃，氣雄勢壯，才能貫穿堅固的岩石。堅硬的未必難以鑿穿，柔軟也能發揮巨大的力量。在時間的長河裡，堅實的磐石終於鑿成深邃的洞穴，大河也漸次衍變成為小溪。當初，山與河有過激烈的掙扎與抗爭，在多年以後竟成為和諧並存的獨立個體。

山中自有清水靜靜地流。

山還是那山。

水還是那水。

他們突然來到一個寬闊的空間。楊武高舉火把，只見峰頂還在五十尺外。四周的石壁構成一個方圓一萬方尺的空曠場地。

「六年前，『五•一馬蘭村行動』的弟兄們就是從這裡出發的。」楊武說。他舉起火把，火光輝映背後一堵光滑的壁面。石壁上密密填滿了文字，其中有幾個紅字還很顯眼：

打倒英美帝國主義！

人民萬歲萬萬歲！

「那些都是弟兄們的手跡。」楊武說。「五•一馬蘭村行動」雖然幹掉在馬蘭村渡假的一個軍官和一營英國士兵，楊武也損失了不少弟兄。他的聲音平淡，聽不出高興，還是悲哀。陳立安也嘆了一口氣。

「好長的武士劍！」

黃熊突然叫起來。他被「大廳」中央的擎天巨柱吸引住了。

隱約間，可以看見水珠正由岩頂垂下的鐘乳石下端緩慢滴落在那幾十尺長的魚腸型巨柱的尖頂。兩截鐘乳石脈脈相對，怕已有幾百萬年的歷史了。如今兩端之間猶差十尺之距，大概又要經過一百萬年的光陰才能密切銜接起來吧。

大家都為眼前的景緻目眩神迷，趨近石劍邊撫摸劍身。

「小心劍旁的深淵！」

突然聽得楊武驚叫一聲，大家不禁止步不前。楊武說：

「那是一個無底洞，我們曾有一位兄弟失足其間。」

黃熊撿起一塊拳頭大小的石頭對準地洞一放，許久都聽不見迴聲。

雖然兩旁的石壁常常在行走間措手不及橫地裡突顯，造成只容一人側身才能擠過屏障，但是並沒有造成多大的障礙。楊武一行人魚貫而行，雖然稍嫌慢，卻可以順利地繼續前程。在山洞內行走，雖然陰森，畢竟是比攀爬原始森林簡單、寫意多了。他們高舉火把，涉入小溪，激起嘩嘩的水聲。行行停停間，突然來到一處，只見一塊凌空而下碩大無朋的巨岩橫跨溪面，切斷了去路。

陳立安聽見石岩外隱隱傳來隆隆悶響，卻又無法過去看個究竟，不禁蹙緊眉頭。

「什麼聲音？」

陳立安好奇地問。

「瀑布，」楊武回答。「這裡已是河流的盡頭。外面就是直落數百尺的大瀑布。」

「我們怎麼過去？」陳立安再問。

楊武回頭吩咐其他五位同志：

「把背包紮好，我們泅水從石頭底下穿過去。」

「很遠嗎？」黃熊問。

「五分鐘左右，」楊武回答。隊友們很快就把背包裹個紮實，相繼躍入溪中。溪水就數此地最深，將近下頜，這反而方便泅泳前進。倘若溪水只及小腿肚，軀體想要從岩石下鑽過去就成了問題。

楊武將火把交予陳立安，將行李袋抱在胸前，徐徐涉入水中。

「你殿後。前面我熟悉，由我帶路。」

楊武說完，即一頭潛入寒水中。河面只泛起幾朵漣漪，隨即消逝了人影。

陳立安絕對沒有想到，這會是他最後一次看見楊武。回憶這件往事，他不能抑制悔恨與悲慟。他甚至懷疑自己，當時為什麼會答應楊武，做為最後一個下水的人？是他的下意識令自己默默地接受這一份最安全的安排嗎？他竟然成為唯一的生還者！

這是多大的恥辱啊！

有時候，在極端痛苦的懺悔中，他又會想，這難道是楊武的安排嗎？楊武知道前面有危機四伏，卻叫自己成為殿後的人。他就這樣犧牲了。

黃熊是第二個向前潛進的人。他的游泳技術不錯，轉眼間也是失去了他的人影。緊跟著，其他四個隊友也陸續划水前進，追隨楊武與黃熊而去。靜寂中，只聽見他們六個已越過巨岩的底層，拍水潛泳的聲音漸漸被瀑布鬱悶的隆隆聲所掩蓋了。

下水之前，陳立安吹熄了火把，岩洞驟然間即為黑暗所吞噬。寒氣迅速從水底侵襲上來，令他打了一個冷顫。

習慣了光亮，他發覺眼前的黑竟是那麼黑，額外的黑。

然而，就在那一剎那間，他卻看見了火光，閃爍不停的火光。在他的欣悅還未醒轉過來之前，陳立安也聽見了不可置信的聲音——

密集的槍彈聲，從岩石的另一端達達達達傳來，那麼清晰、響亮。槍聲達達，在密封的洞穴震盪，那麼驚心動魄。火花燃亮了水面，也映照石壁上起伏不平的鐘乳石，使它看起來是那麼猙獰、恐怖。

「二哥——」

陳立安淒厲的呼叫，在急雨般的槍聲中顯得那麼微弱無助。他略一遲疑，馬上背起行囊，一手提槍，一手緊緊握住腰間的鋼皮夾盒，急遽轉回來狂奔。

——《白水、黑山》第十章

父親選擇滯留黑山鎮當然有他一定的原因——即使是我們這一代已屆四十不惑的中生代，也頗難以理解。每個人都是一座孤島，每一個做父親的更是汪洋大海中的礁石。尤其是上了年紀以後的鰥夫，更有無可透視的複雜情緒。當我決定舉家搬遷，遠離那座「開門見山」的山鎮，我曾對父親說：

「斌斌需要你的陪伴，你和我們一起搬出去吧？」

父親卻咬住半根熄了火頭的煙草，對著山巔的日落和我說：

「這裡可以看見大山把太陽一寸一寸地吞下去。你那地方，有嗎？」

「沒有，」我說。我存心跟父親開玩笑：「你卻可以看見太陽從地平線上一寸一寸地升上來。」

父親靜靜沉想。我反而有點歉疚。母親病逝以後，父親已經習慣於一個人獨坐半日。唯一可以解除他寂寞的只有斌斌。當然，他是不願我們離開的，只是他改變不了局面，因為搬家到寶石灣的稻米區服務是我的工作。

「你可以陪我在田畦裡走十里八里，那也是一種運動呀。」我嘗試緩和僵硬的氣氛。

「登山與在平地跑步，怎會一樣？」父親白了我一眼。

妹妹在一旁說：

「爸爸爬山並不只是爬山而已。爸爸，你說是嗎？」

這馬屁精既然開口，我就順水推舟：

「那麼，以後由你照顧爸爸，一起去爬山吧。」

妹妹是大舅的媳婦，這個主意沒有錯。只是她這豪門媳婦的身份有些微妙，父親一向不給她好臉色。果然，我的話一說完，就聽見父親哼了一聲：

「我還要等人家來扶呢。」

父親講得也沒有錯。這幾十年來，他風雨不改、晨昏二趟登山四小時，已練就一身銅皮鐵骨。雖然骨瘦如柴，可從來沒看見他因病而哼一聲。上山的小路，由當年的坎坷崎嶇石子路鋪成今日的水泥道，面貌改了不少，父親還是那麼熱衷於登山，忠貞不二。

黑山鎮對於父親已漸漸無意義了。父親剛正不阿，在他眼中，整個山鎮簡直找不出一個值得正眼一看的人。奇怪，他為什麼還要堅守黑山？母親在生前最愛與他抬槓：

「全世界，只有你一個是好人。」

父親聽了這話，竟然沒有回答。我們都認為父親是默認了。（其實，也沒什麼光榮的啦，父親做過伙計，不能發達；自己當老闆賣豬飼料，欠人家的錢，不敢拖；人家欠的錢，又不忍催。客戶豬賣了雞也賣了，父親收不到錢，店也關了，真不合這個資本主義的時局。）母親卻不肯見好就收，她繼續說：

「在你眼中，撒尿生泡沫，拉屎斷半截的，都不是好人。」

父親並不生氣，他反而點頭，說：

「還有一個是好人，可惜他死了。」

「還有一個是好人，可惜他還沒有出世，」母親緊接著說。

父親這下生氣了。他略為提高聲音：

「我說的是二哥！」

母親沒有再說下去。她反過來安慰父親：「那是情勢所迫，你不必耿耿於懷。」

事情真湊巧，黑山鎮兩個首富，竟然是父親最討厭的人，也同時是他的親戚。他們就是大舅，以及大舅的岳父，白猴（他是我的親家公呀）。他們三個老男人的關係本來就頗為錯綜複雜，自從妹妹嫁給世榮表弟之後，局勢更顯得尷尬，比田埂上的雜草野藤還難以處理。

老實說，問題就出在父親的身上。

時代進步了，只有父親偏要停留在他那個黯淡無光的輝煌時期。我想這是為什麼父親會從市中心熱鬧的南園茶室退出來，愈退愈遠，終於只得在黑山腳下冷清清的咖啡檔吃油炸鬼的最大原因。

南園茶室本來是父親生活的據點。幾十年來無數個清晨，他第一件必做的功課就是去南園翻報紙、喝一杯由熱到冷的濃咖啡，才能開始一天的工作。記得當年我還在唸小學，父親最愛用腳車載我到南園分享他的點心。他先叫了一杯黑咖啡，又為我叫了一杯阿華田。飲料來了，他先倒一些在沖洗盤子，再倒了三分一杯在盤中讓它涼著。那時候，他前後左右還有不少老朋友，因此，他的話題總是不會中斷——我必須不著痕跡用手蓋著盤子，有時候會有星星口水掉落我的阿華田，蕩開成輕微的漣漪。

有一天，他突然意興闌珊地騎了腳車回來，從此不再去南園茶室了。

那一天其實也沒有什麼特別。當時他正在喝黑咖啡，突然聽見一個熟悉的聲音走了進來。他回頭一看，果然是大舅，正陪著他的岳丈白猴和一個政府官員有說有笑，踏入南園茶室。

事情就這樣衍變開來，大概是仇人見面，分外眼紅吧，他們三個親家就那麼鬧起來了。怎麼說三個親家呢？大舅娶白猴女，白猴自然是父親的親家了；父親娶的是大舅的妹妹，父親自然是他岳丈白猴的親家。妹妹後來又嫁給表弟世榮，大舅與父親又是親家了。這麼一打結，白猴、大舅與父親不都是一家親了嗎？然而，世上就是有許多奇怪的事，那個早上好像並不太適合三個親家見面合家歡。開始的時候，大家倒還能夠笑臉相向，不過父親早就人單勢薄，坐立不安了，雖然他還勉強坐在那裡翻報紙。不知不覺間那陪大舅的官員得意地說：

「那瀑布有九百尺高，站在一公里外也可以感覺地在動搖呢！」

父親再拉長他的耳朵仔細聽，正巧他的親家白猴啐了一聲：

「聽你在大炮！幾百尺的瀑布也變成九百尺。」

那官員臉上一紅，即把責任推得乾乾淨淨：「人家是這樣說的呀！」

大舅卻不在乎瀑布的高低，他對那叫莫敏亞的官員說：

「瀑布幾時開發成為旅遊勝地，你要多留意啊。」

莫敏亞忙點頭說：「老大吩咐，我一定做到。」說完，他又問白猴：「那邊一向是黑區，你怎麼知道只有幾百尺？」

白猴並不正面回答莫敏亞，反而問他：

「黑區是幾年前開始的事？」

莫敏亞恍然大悟：「原來你以前去過。」

節骨眼就發生在這當兒了。白猴聽得莫敏亞欽佩的語氣，難掩心頭得意：

「我還在那裡游泳呢！」

父親這邊廂卻已「呸」了一聲，站了起來。他頭也不回向外邊走去，嘴裡卻輕蔑地說：

「洗掉你的血腥嗎？」

白猴也迅速離席而起，卻被大舅按在椅子上：

「算了！算了！」

白猴氣呼呼地說：

「懦夫！你逞什麼英雄？」

父親則站在南園的大水溝邊吐口水：

「我是懦夫，不是屠夫！我沒有帶人馬去殺死自己人！」

也許這是一件陳年往事，圍觀的年輕人一時間也摸不著頭腦。大家只能以一張愕然的臉，像看出土文物一樣看著父親。父親站的河溝前面雖然也有一道板橋，他卻少了張飛當年的煞人氣勢，所以眼前的板橋並沒人傷亡。父親只能氣憤地轉向大舅：

「你是最沒有原則的人！」

「南園事件」對父親的打擊不可謂不大，他回來以後就倒在床上，一連三天不思茶飯。到第四天下床，他即轉移陣地，到黑山腳下的小攤子喝咖啡了。那裡雖然是一個很少人出現的地方，這對父親已沒有多大差別了。因此自從「南園事件」以後，父親終於看清一個極殘酷的事實：他的老朋友都不見了。他那天多麼希望有人出來與他一齊痛罵白猴雙手沾滿血腥，一如龐涓對付孫臏，伏擊二舅楊武於黑山鎮前白水鎮後的卡布隆瀑布之巔。但是，當時站在南園河溝之前，就只有他一人。這和汨羅江畔的屈原簡直沒有兩樣。為什麼只他一人有那麼鮮明的記憶，不明白過去的人卻那麼多呢？

不過，這又要怪誰呢？歷史本來就是朦朧的。白紙黑字記載的，尚且有可能被扭曲了，更不必說憑記憶與口傳的真實故事的真實性了。父親惱怒起來，竟然斥責我：

「你還進出他家！想分一點甜頭？還是等他連你也一起做掉！」

「他」當然是大舅。父親對他恨得咬牙切齒，無端端地，我也被捲入他們的旋渦。父親堅決認為，二舅的死亡是白猴通風報的訊。那天，他和二舅兩人匿藏在大舅的牛車上，讓大舅的老牛踏著暮色送出黑山鎮以避開緊急搜查。車子才走到樹林子的岔口，迎面就來了白猴的腳車。他躲在麻袋內還聽得大舅朗聲回答白猴的詢問：

「送車草料給老李，他的牛今晚要生了！」

殘酷的事情在第二天就發生了。父親和二舅辛苦地攀登卡布隆巔峰，從艱險的花崗岩那一面滑入卡布隆瀑布的上流，正要逆水而上，潛泳進入卡布隆的山洞，槍聲突然響了。緊接著，他便看見二舅的身軀如斷線的紙鳶，一頭栽入數百尺下的卡布隆潭。泉水湍急，二舅載沉載浮，轉眼就消失在慕德拉河的支流白水的滔滔巨浪中了。

父親因此最恨白猴。他不只一次這麼咬牙切齒地說：

「多麼英武的二哥，就那樣白白讓姓白的葬送了！」

母親在患病去世之前也堅決地說：

「二哥是白猴所害，那是一定的。除了他，又有誰知道你們的行踪呢？難道是大哥嗎？」

大舅的態度雖然很明確，但是看法不一樣。有時候談起這件事，他說：

「老白是被冤枉的。」

老白是大舅對他的岳丈的尊稱。他可是比白猴大了三歲，有資格採用這種美國式稱呼的呢。

「我當時也防他這一招，放下你爸爸和二舅，馬上轉回頭。我很快就在他家煙房找上了他。我們兩人那個晚上還在他煙房喝了一臉盆的椰花酒呢！」

誰也不相信。誰說的故事才是真實的歷史？每一個說故事的人都相信他自己才是真正的目擊證人。歷史就有得看了。

不過，有一件可以確定的事實是，歷史並沒有成為大舅的包袱。他一向過得很豁達。幾十年來，他經歷無數重大的打擊，諸如叱咤風雲的二舅驟然消失、豪氣干雲的外祖父壽終正寢，大舅不但屹立不倒，而且能夠從嶄新的環境尋找到縫隙做為落足點，吸收日月精華，漸漸凝聚成一股強大的政經力量，石破天驚一聲響，楊家重新大放異彩，「光芒直追楊家猛將楊令公」（大舅得意語錄之三）。

要說歷史對父親的深重影響其實也不多。除了他在摧枯拉朽的歲月中漸漸縮小變成一個枯瘦偏激的糟老頭之外，便是他那數十年如一日的登山習慣了。靠海長大的人，夜班夢中也會有四肢揮動的興奮狀態。父親年輕時曾經在山中渡過他最青春的歲月，峰巒起伏因此成為他夢寐難忘的固執。這麼一把年紀了，我提醒他不要一入深山就三天兩夜，「迷失了，黑山鎮可沒有直升機去尋找你啊。」

他嗤之以鼻，說：「我會迷失？」

「山很大的呀，」我說。

「你也知道山很大嗎？」父親的聲音充滿譏諷，好像我不是兒子，而是敵人。當然，他很快又嘆了一口氣：

「瞭解山的人愈來愈少了。現在的人一提到山，就妄想要征服它。山可以征服的嗎？你們千方百計踐踏山、把山剷平。山是有感情，有思想的。進去山中住幾天，你就會知道，山多麼偉大！」

我並沒有進去深山住幾天，反而走向遼闊的稻田。我喜歡鮮嫩的翠綠，當風吹過，成綠色微波。

那種快樂是一覽無遺的。

「我喜歡水牛。」我說。

「你更怕深山的老虎。」父親的笑容高深莫測，真拿他沒法。他是一個偏激老人，喜歡選擇孤獨一人在深山潛行。我不清楚他又有什麼發現，或者領悟，在風燭晚年。倒是七月間妹妹突然打來的一個電話，令我驟然感覺，山的確是父親的生命中唯一的擁有了。他離不了山，不只因為它的深邃曾經是他追求的真理，更因為那裡曾經是他感情之所繫。

妹妹在遙遠的那一端焦急地說：

「哥哥，爸爸出事了，你趕快回來！」

也許豪門生活使妹妹講話變得曲折離奇，我竟然不明白她講的是什麼。

「把話說清楚！」我發出佛門神功獅子吼教她清醒。

「爸爸一個星期沒有去爬山了。他躺在床上說，山倒了，山倒了。你快點回來，好不好？」

說著說著，妹妹好像啜泣起來。

我漏夜開車，於凌晨五點雞啼過癮後才抵達黑山鎮的老家。在半明半昧的曙光中，黑山像隻威儀十足的巨獸盤踞，看不出是閉目沉睡還是徹夜不眠地瞪視山下的子民。

山，還是那山。

山，並沒有倒塌。

只是父親自己倒下來而已。不過，他的精神還很亢奮，雖然他還是那副愛理不睬的神情。問他的話，還是有一搭沒一搭地回答。

「山中沒有老虎了，」他扯 下嘴角，那清癯的臉更顯得瘦骨嶙峋了。我心裡一痛，說：

「本來就是嘛。老虎是稀有的動物啊！」

妹妹沖了一杯阿華田給我。她撫摸父親的額頭說：

「您也要一杯嗎？」

父親伸手撩開妹妹圓滑的手掌，輕輕說：

「你回去準備迎接二舅吧。」

二舅？

舟車勞頓令我的聽覺失靈了嗎？

我愕然地看妹妹一眼。她會錯意，搖搖頭，以為我質疑父親的精神狀況。她安慰父親：

「二舅明天下午三點的飛機，還早呢。」

「很好。」父親說。他又綻開笑顏說一遍：「好極了。」

妹妹說，二舅是在今年四月才聯絡上大舅的。數十年來已被宣布死亡的家人突然從廣州寄的一封信，雖然那麼遙遠卻又那麼接近，就像一顆殭屍炸彈，把大舅一家炸得天翻地覆，雞飛狗走。不過，這個秘密一直是大舅家幾個高層人士分享，甚至連妹妹這種第二代傳人的枕邊人也沒有耳福（潮州女子，多加把勁呀！）。一直到局勢的發展有了重大的突破，妹妹才有機會比本地記者提早十個小時（大舅在晚飯九時正正式召開家庭大會，詔告所有大小舅媽與二十多個子子孫孫及媳婦；再於次晨七時，假南園茶室鄭重宣布，消息於焉傳入記者的順風耳）搶先知道這樁歷史性大事，稍為挽回一點面子。

對父親來說，卻又是比記者慢了一天一夜的事了，雖然他和二舅是曾經那麼親密，大舅還是他的親家呢。這都是他倉促決定離開南園茶室黑山鎮新聞中心種下的惡果，也怪不得人家了。當父親從地方新聞版獲知「在國家的開放政策之下，黑山鎮首富楊文將於下月與令兄，也即是失踪三十九年來自中國廣州某大學的前任東方語系教授楊武正式會面，屆時將有一番盛況云云」的消息時，他就暈厥在早上八點半的黑山腳下的咖啡檔。人們（也不過是個顧客而已）七手八腳把父親既搓且捏，像搓捏麵團，搶救過來，只聽到他口中頻頻低喚：

「二哥回來了，回來了。」

是悲是喜，竟然沒有人可以從他含糊不清的微弱聲音中聽出來。

父親那戲劇性的強烈反應令我感慨萬千之外，也不無新鮮的發現。原來他那幾十年來嚴肅冷漠的外表，還蘊藏著一顆容易激動的心。父親包裝得那麼嚴密，我們都讓他瞞騙了。才一代的差別而已，我們竟然就那麼陌生了。

有一年放學途中，路上突然聚集了好幾百人的遊行隊伍。帶頭的幾個男女高聲吶喊「反抗壓制人權」、「民主萬歲」、「自由萬歲」、「最後勝利是人民」。他們的表情是那麼投入，吶喊是多麼富有感情，因此能夠撿到一張他們沿路派發的傳單，我如同獲得奇書「珍藏版真本金瓶梅」，忙把它藏在書包深處。夜晚溫習完功課，我就拿出來細讀幾遍，看得熱血沸騰。第三天早上起來整理書包，發現那幾篇「血書」不翼而飛了。我正嚇出了一身冷汗，父親卻伸手攤開來，冷冷地說：

「這裡面你明白了多少？哼！」

眨眼間，父親已將「血書」撕成碎片，丟進字紙簍。

二舅回來了。

不。二舅是出國到南洋訪問移居海外的兄弟。

這是一件四十年難得一見的大事。大舅很早就把彩旗掛上門楣了。手足情深，古人說得沒錯。八點多鐘，我抵達大舅的洋樓，看見他已牛山濯濯的頭顱在陽光下閃閃生輝，卻沒有一絲累意。我悄悄走到他身邊說：

「佈置花車娶老五嗎？」

大舅一愣，回頭看見是我，高興地說：

「你也來了！二舅現在是廣州有身分的人呢！」

大舅說完，又四下張望。我輕鬆地說：

「爸爸沒有來。」

大舅哈哈大笑，搖頭說：

「你老爸是硬漢，沒話說。明天再請二舅去你家吧。」

我正擔心如何安排父親與二舅會面，大舅這麼一說，心頭的結也舒解了。我開心地說：

「大舅的丹斯里也拿了幾年了，幾時要封拿督斯里[4]？」

「拿督斯里？我還要敦呢！」大舅又是一陣爽朗的笑聲。「沒有騙你，我是這樣告訴州務大臣的呀。」

「誰會相信你？」我也哈哈大笑。

我終於見到二舅了。

4 拿督斯里、敦：州統治者頒賜的銜章。其中以敦為最高勛銜。目前只有兩名華裔有此榮譽。

大舅那豪華的油屎馬賽地車門打開，緩緩步出一個雍容華貴、氣色紅潤、臉頰圓滑、眼睛銳利的老人，我就知道那是父親日夜思念，一生引以為榮，卻誤以為已壯烈犧牲的二舅了，雖然他已禿頭（禿頭似乎是楊家（我也是半個）的標誌了），而且比大舅還矮了半截，只及大舅的肩膊。

「老三的孩子，白水。」大舅引介我認識久聞大名的二舅。

我握住二舅豐碩的手掌，感到很溫和、軟厚。我深深吸了一口氣，才能抑制強於奪眶而出的眼淚。母親有兄弟幾個，就她一個最先離開這個世界，留下父親一人。二舅若有所思，他問大舅：

「立安的情況怎樣？」

聽他這麼一說，我的鼻子也酸了，慌忙捏住鼻端，輕揉了幾下。大舅輕鬆地說：

「很好啊。明天有空，我們一起去看他。」

他看見世榮和妹妹從屋內出來，又對二舅說：

「這是我老二世榮，和老三的女兒玉凰。他們現在與台灣廠合作，搞高科技產品出口。」

二舅搖頭微笑，他嘆了一口氣說：

「時代變得很快啊！」

二舅一直都抽不出時間與父親見面。大舅的交遊太廣了，他的事業也龐大，建築實業、種植業、砂場，甚至運輸業與畜牧業，真是無孔不入，星羅棋布，不勝枚舉。因此，他在黑山鎮雖然熱烈慶祝二舅的榮歸，卻不敢驚動生意上的夥伴，擔心他們要對二舅的蒞臨大事張羅。然而，是福不是禍，是禍躲不過。現實的商業市場是如何靈通啊，他們早就為二舅在白水鎮的香江酒家大擺筵席（香江酒家的清蒸白水河淡水蝦源自卡布隆瀑布的清涼溪水，活蹦鮮跳，遠近馳名），夜夜輪流轟炸，一口氣把個二舅俘虜了三天，七暈八素，炸得二舅暈頭轉向，樂不思蜀。

如此這般的延宕，二舅到訪父親已是四天以後，他臨上飛機南下首都「拜會幾位老朋友」的前一個夜晚了。他在世榮與妹妹的陪伴下，於華燈初上的時刻，衣著簡樸來到父親的床前。我家門前一向是車馬稀，因此那死狗黑嘴一見他們三人便見鬼似的狂吠不已。

「二哥！」

瘦弱的父親掙扎著從床上坐正起來。二舅也慌忙趨前緊緊摟住他，一句話也說不上來。只有父親枯癟的臉上滾下兩行清淚，在那寂靜的夜晚，索索滴落二舅的肩膀。好一陣子，他們二人才捨得分開，各自在臉頰抹了一把。

「能夠見到你，恍如隔世啊。」二舅說，鼻音濃濁。

「當時炮火連天，一剎那，你就受傷掉入瀑布下面的深潭，從此音訊杳然。」父親說。他的聲音微弱，但是精神很好。他像一具枯瘦的羅漢，盤腿倚坐床上。「你不知道，我有多痛苦啊。」

二舅突然目射精光，神采奕奕地說：

「二哥是那麼容易被擊倒的嗎？」

父親說：「自從你一失踪，我們也散了。」

「父親無時無刻不惦記著你呢，」我說。我又想起父親在我年幼時常常摟著我，在榴槤、荳蔻與丁香的芬芳中指著卡布隆山之巔的那一棵「開得荼蘼的森林之火」激動地說：

「看到嗎？那是森林之火。只要有充足的雨水和陽光，它就可以開得荼蘼，是最耀眼的花朵。」

在雲霧繚繞的清晨，群山皆失去踪影，父親也那麼堅持，他甚至微忿地說：

「那棵樹就在山巔，你怎會看不見？」

「沒有雲和霧，我也一樣沒看見呀！」我覺得父親真可笑。

「他每天都要上山去眺望卡布隆山呢，」我告訴二舅。

「四十多年來，我們都經歷了無盡的辛酸。」二舅輕描淡寫地說。

「我倒是過得不差，」父親說。他關心地問：

「你遭批鬥了嗎？」

二舅不作正面的回答。他淡淡地說：

「那是時代的錯誤，都已經過去了。」

父親突然從床底下摸出一個鐵盒。他說：

「我還保存著呢。」

二舅一怔，一會兒又想起似的說：

「連內容？」

父親搖搖頭：「丟進魚腸劍旁邊的深穴了。當時兵荒馬亂，好擔心被搜出來呢。」

「現在太平盛世了呀，」二舅聳聳肩。「昨天報上有家國貨的分行開幕，董事主席就是老五嗎？」

父親幽幽地說：「何止老五？很多人都過得很好。時代變了，人也變了。」

「變，是適應環境的基本求生法。」二舅若有所思地說。

「你也變了。」父親突然說。

「啊？」二舅望著父親。

「你看起來年輕了許多，並不像歷經滄桑呢。」

「我們應該向前看，生活積極，人生也更有意義了。」

「二哥——」父親叫了一聲又停下來。

二舅父凝神靜待父親繼續下去。父親想了想，終於說：

「你有什麼感想？」

二舅馬上回答：

「重逢是很開心的事。我們都在進步中呢。」

父親好像下定決心做一件大事：

「明天我陪你上山走一趟。卡佈隆瀑佈開放了，漫山遍野的森林之火，開得很燦爛，很壯觀呢。」

二舅有些愕然，他說：

「我明天早上八點半的飛機呢。你的身體孱弱，不要再上山了吧。」

父親咧嘴一笑：

「我只是開玩笑，你放心。明天直飛廣州嗎？」

二舅搖搖頭：「我還要去首都拜會幾位老朋友。開放以後，局勢不同了。大家對內陸的投資很感興趣，想找我這個從事語文研究的老骨頭參考呢。」

二舅離開時，父親一臉憂蹙，笑容也慘然。二舅在母親的靈前上了香，又再摟住父親半晌，才依依不捨地走出大門，溶入黑色中。他們兩個老人相見不易，歡敘半夜，卻樂極生悲，變成心事重重，真是殊料不及。時勢果真如二舅所說，瞬息萬變呢。即使在這麼一件家庭瑣事上，也有深刻的體現。

多年後的早晨，推開柴扉風雨無阻地登上那半山腰的熱帶果林已成為陳立安的一種習慣了。四十多年前的森林只有雜草與野藤，沒有小徑。除了山豬與猛獸，這裡是沒有人出入的森林黑區。如今，野草馴服低頭，掛在山壁上迎風搖擺；即使是高大的喬木也得讓路——一條堅固的柏油路從山腳下開發，直驅山頂。電台轉播站的爬山車每天風馳電掣地奔跑於山路上，吼聲震顫了山林。卡布隆瀑布氣勢雄壯，漸漸成為喜歡遊山玩水者聚集嬉戲的好地方。

陳立安依舊站在黑山的半山腰。他從破舊的行軍囊取出一管黝黑的望遠鏡對準黛綠嫵媚的卡布隆山發了一陣呆。陳斌第一次陪陳立安上山，好奇地問：

「爺爺，你看什麼？」

陳立安將望遠鏡交給陳斌，指向起伏不定的山脈說：

「一棵紅色的樹，看見了嗎？」

一陣掃描，陳斌也尋到了目標。那燦爛的紅花像煙火爆開在翁鬱的樹叢間，令人感到窒息、震顫。不過，巨樹成林如綠海洶湧而至，終於將那一點點的紅艷艷淹沒了。

「那是森林之火，」陳立安激動地說。「只要有充足的雨水與陽光，它就可以開得荼蘼，是最耀眼的花朵。」

陳斌不瞭解爺爺的行為。他說：

「有什麼特別嗎？鎮上的交通圈不是種有一棵嗎？」

陳立安幽幽地說：

「我已經爬不上那座山了。」

陳斌詫異地問：

「爺爺為什麼不坐車上去呢？許多人上去遊玩呢。」

陳立安將陳斌摟緊懷中，沒有回答。

山嵐從群谷間颾上來，很強勁呢。

——《白水、黑山》第十四章

父親畢竟是鋼鐵一樣堅強的硬漢，他在二舅南下的那個下午就可以起來行走了。也許這是他四十年來天天向山朝拜，黑山賜給他的「資本」（這還是一個很敏感的字眼）吧。

父親的步伐雖然有點緩慢，精神卻不差，吃午飯的時候，還盛了半碗稀飯呢。當然，他的營養食品還是那數十年如一日的黑橄欖與滷鴨蛋，那是可以令他咀嚼一生的東西。我忍不住還是問父親：

「如果有一天這些東西斷了來源，爸要以什麼下飯呢？」

「雞蛋。」

父親不假思索地回答。

我倒是吃了一驚，不可置信地問：

「爸爸說什麼？」

「沒有錯。時代可以變，滷鴨蛋、黑橄欖也可以雞蛋、甘魚仔代替吧。」父親扒了幾口稀飯，停下來問：

「斌斌的功課怎樣啦？」

「跟我去寶石灣走走，不也知道了嗎？」

我凝視父親，微笑地說。我發覺父親的眉毛將近掉光了，而且眼珠不再黑白分明，漸趨灰黑，心頭不覺一酸。我說：

「水牛很馴良的呢。有時候我也捕捉斑鳩，還在稻田中的小河垂釣。有鰈魚、攀鱸，當然也有泥鰍和生魚。」

父親站起來將一副碗筷收拾去洗碗槽盥洗。多年鰥居生活使他養成很獨立、乾淨。洗碗槽水聲沙沙，父親說：

「你今晚回去嗎？」

我很開心，忙回答父親：

「斌斌和威威一定很高興見到爸爸。如果爸還有事情未料理，我們明天再出發吧。」

父親擦了一把臉，說：

「斌斌和威威喜歡狗嗎？除了一隻黑嘴，我還有什麼要帶走？」

一九九一年七月二十八日動筆，一九九一年八月二十日完稿

煉丹記

這一次的情況絕對不同。錢亞明和漢麗葆同時叫出一句「呀！」。能夠令漢麗葆大聲叫饒，是錢亞明夢寐以求的境界。不過這一次的情況絕對不同。他真想要告訴漢麗葆。

這一次的情況絕對不同。漢麗葆也正想要告訴錢亞明，她的叫喊絕對不是他想像的效果。他箍得太緊了！但是，錢亞明一向喜歡聽她叫，她不想掃興，只好咬緊牙根忍受錢亞明雙手的緊箍。

活到今年六十五歲，錢亞明從來沒有這麼精神充沛，感覺生命如此美好。雖然昨晚上和兒子爭吵到半夜，今早他還是準時六點起身。盥洗完畢，開始早課之前，錢亞明輕快地哼：「這是一個好地方，大家叫它人間天堂。」他的早課是先在家裡的神明前面上香默禱。

如果神能夠給他三個願望，就好像他小時候讀的童話那樣，那麼錢亞明第一想要的就是再活二十五年的生命。自從認識漢麗葆，錢亞明更加珍惜生命的存在意義。能夠活到九十歲，也算心滿意足了。

當他正要將三支清香插入香爐，忽然間一個鏡頭浮上了心頭。他不禁自個發笑。這幾個月來，他和哥巴拉兩個好兄弟，常常在矮子華經營的溫柔鄉喝椰花酒，和漢麗葆一起唱荒腔走板的卡拉ＯＫ，流連忘返。曾經有一次，矮子華告訴他們一個笑話。有一個農夫因為放走一隻受困的青蛙，神就答應他許三個願望。那位愛講粗口的農夫喜出望外，馬上說：「我什麼鳥都要！」果然，話音未落，他一身都貼滿了各種動物的陽具。這一下子可嚇壞了農夫，即刻向神求救：「神啊，我什麼鳥都不要啦！」嗤的一聲，他身上所有的外來物果然全部銷聲匿跡得無影無蹤。當然，很不幸的是他自己身上的重要器官也消失了。農夫氣急敗壞，慌忙對神祈求：「神啊，請你還給我屬於我的東西吧。」

他們笑完了，便指著矮子華取笑：「那個農夫是不是你？」矮子華拿出煙斗，敲敲桌面，慢條斯理的說：「我需要神的說明嗎？」他說得那麼神氣，但是大家都知道那是在虛張聲勢。誰不知道，他是靠小藥丸維持他的偉岸氣概。

當然，如果神要給他實現三個願望，錢亞明不但要有九十歲的生命，更希望可以有精壯的身體。錢亞明很看不起那個講粗口的農夫，白白糟蹋了大好的機會。神既然要賞賜，就得認真的告訴神：「我的身體要金剛不壞！」

這可是錢亞明的心中話。矮子華就是沒有神的眷顧，卻又操之過急，才在兩星期前魂歸天國。溫柔鄉暫時休業一夜，以表示對矮子華最高的敬禮。哥巴拉和錢亞明相約抵達喪居，發現溫柔鄉的老顧客差不多都已經到齊。大家都是六、七十歲的老人了，生活經驗豐富，有什麼事情看不開呢？七嘴八舌，場面熱烘烘，坐夜像鬧洞房，倒也算是將本來應該是哀傷的氣氛淡化不少。

眾人最興趣的還是，究竟矮子華是死在哪一個女人的懷抱？那可厲害啊。有的人說，矮子華事情完畢，伏在床上就一命嗚呼。那時候天還未亮，那女人不著聲色就溜走了。有的說，其實那女人在半途已經發覺不對，還能夠輕鬆離開，真正沉著。錢亞明冷眼旁觀，道聽塗說，半信半疑。沒有人提起漢麗葆，總算讓他放了心。至少矮子華不是抱住漢麗葆嗚呼哀哉的。

不知不覺，他們就談到了重點。如今矮子華死了，誰來管理溫柔鄉？那可是一個令人想念的地方。他們這批老人，對生命本來不存任何期盼，過著一日和尚敲一日鐘的枯燥生活。去年矮子華的溫柔鄉忽然在棕櫚園深處冒了出來，大批大批的入口故鄉來的小妹妹，語言不是障礙，感情自然馬上乾柴烈火燒起來。許多小妹妹比他們的孫女還要年輕，這些老人摟在懷裡，因為感染青春，更加生龍活虎。

溫柔鄉是矮子華的父親當年在自家的橡膠園內搭建的舊式木板洋樓。根據他那死去多年的老爸透露，在這座老洋樓內還曾經庇護過當年抗日軍的地下成員。還沒有翻新之前，洋樓的木板上猶殘留著六十多年前軍警和抗日軍駁火的彈孔。赤臉、哥巴拉與錢亞明可以見證。當然，如今沒有人談抗日軍了。抗日大本營已經給三夾板隔間，分為十二個小房間，各得其所。

矮子華生前很會說故事，這是沒有辦法的，要不然就沒有人留意他。聽故事的小妹妹們都張大嘴巴，一愣一愣的瞪大眼睛。蕉風椰雨中的抗日心酸史，豈是這些聽手機、染黃頭髮的小妹妹所能夠瞭解？

「不過，這些都是歷史了。」矮子華說。「現在呀，」他又敲了敲煙斗，慢慢的說：「我們在這裡打的也是貼身肉搏戰。」小妹妹們都是聰明人，矮子華還沒說完，她們已經蜂湧而上，全壓在矮子華身上。

這些，都將要隨矮子華去世而消失了嗎？錢亞明有一點惆悵。

最近油棕和橡膠的價格還算相當標青，每一個老人家都非常滿意。赤臉擁有三百多依格，因此最先受到眾人的關注。

「赤臉，你的水最多。溫柔鄉就由你來幹吧。」長腳阿隆今年七十歲了，也是溫柔鄉的顧客。不過他只有區區三十依格的橡膠園，還不夠資格當溫柔鄉的大菜頭。不過他還是慷慨激昂的說：「我們一定支持你。」

「自從我的女兒從澳洲回來，接管園丘生意，我已經行動不自由。」赤臉和一般的富豪沒有任何差異，總是會無病呻吟。

「你已經七十幾歲了，還能夠幹什麼？告訴你女兒吧，這也是一門投資。」哥巴拉冷冷的說。「最多不過是手癢癢。」哥巴拉只是長得黑，他可是道地的華人。雖然有人說他是抱回來養的。不管怎麼說，他黑得發亮又會講一口流利的家鄉話總是令人留下深刻的印象。早年他替洋人管理園丘，揩了不少油水。在八打靈買了幾間店屋出租，現在是清閒的人。最忙碌的工作就是出入溫柔鄉。

大家都明白哥巴拉的意思，大聲地笑，忘記了矮子華孤獨地躺在大廳中央的棺木。有人甚至誇讚哥巴拉胯下能幹，因為黑人總是給人留下威猛的印象。雖然這句話避不開種族主義的嫌疑。

還是錢亞明比較踏實。為了能夠多活二十五年，除了向神禱告之外，錢亞明每天早晨都會努力的打一套太極十八式。休息一會兒，他又開始十多年來堅持不懈的外丹功。最近他的功力大有精進，只要一擺架勢就可以抖個不停。那感覺實在舒服極了。錢亞明只覺得一股暖暖的氣流從丹田徐徐浮了上來，遊走四肢八脈，直達百匯穴再轉入會陰，收歸丹田。果然像極孫悟空吃了人參果一般暢快。最近流行三一二的保健功夫，據說對五臟六腑，尤其是腰肢，非常有助益。改天一定要找人家教導。

錢亞明收功後，兩個掌心相互搓揉，再往兩頰按摩。在溫熱的感受中，他在指縫間看見老婆子慢慢由木門出來，走向屋子西邊的豬寮。老婆子本來就矮小，再加上歲月的折騰，更形佝僂難堪，偶然站在錢亞明身邊，就像一隻被耍弄的猴子。不過，這樣的場合是越來越稀少了。錢亞明固然不想和老婆子一起出門，老婆子更加不肯和錢亞明站在一處。「那骯髒的老東西！」老婆子對兒子提起錢亞明，總是這樣開的頭。兒子也明白她老媽指的是什麼。

錢亞明可不管老婆子如何叫他。兒子很少回來，他和老婆子兩人就像兩個陌生的過客，同住一個屋簷下，彼此並不相干。實在不記得當年怎麼樣和她生了幾個孩子。錢亞明看著老婆子向豬寮走去，就邁步朝相反的方向，到雞棚間探取三個溫熱的雞蛋。自從開始照顧漢麗葆，這幾個月來，生雞蛋加野蜂蜜也是他的養生秘方之一。離開雞棚，錢亞明走到一截腐爛的棕櫚樹根處，將另外一個蛋輕輕的放下。

「阿公」錢亞明才轉過身，就看見五歲的小孫女跑過來。他心頭一愣，馬上快步迎上去將孫女抱在懷裡。他們祖孫雖然很少見面，但是這個小女孩天生會撒嬌，一直膩在錢亞明的懷抱。抱著細皮嫩肉的孫女，不知為什麼，錢亞明恍惚間好像摟抱著漢麗葆。

「阿公！」

錢亞明驚醒過來，馬上放下孫女，一同走回屋子。樹根底下有一個洞，黑壓壓，不知有多深。錢亞明從來不想去探測。他只知道，有一隻眼鏡蛇在這裡出入。本來，錢亞明年輕時候就是捉蛇高手，任何毒蛇都可以輕易手到擒來。他最近獲得前幾年拯救過的江湖異人贈送烏黑的藥丸數十顆。那人特別交代，如果要事半功倍，最好拌合劇毒的蛇液。這條眼鏡蛇也算命不該絕，這陣子碰巧是錢亞明練丹期間，姑且讓它多活幾個月。

兒子和媳婦已經起身，正在廚房準備早餐。媳婦的年齡也許比漢麗葆還要大，身材枯瘦，不知兒子究竟看上她那一點。錢亞明聯想起漢麗葆圓潤白皙的胴體，禁不住悄悄抓緊拳頭，渾身起了一陣顫抖。

錢亞明對於漢麗葆一往情深，已經是整個白水鎮人人知曉的風流韻事。白髮紅顏，比翼雙飛，即使是棕櫚園內的野狗都會敘說一、二段故事。當然，事情發展到這種境界，錢亞明自己也是始料未及的。就像馬中兩國今大的關係空前融洽，馬中人民的交往如此深入，在數十年前絕對不敢想像。

講起來，還是死去了的矮子華最有靈敏的嗅覺。很多人看不起矮子華，認為他只會遊手好閒，不務正業，但是他搞外交的手段真是一流。如果他生在恰當的人家，機會與生俱來，一定是出色的外交家。沒有那個命水，他只好在白水鎮這樣的小地方經營溫柔鄉。

錢亞明還記得第一次來溫柔鄉開心，所碰上的緊張場面。那時候，溫柔鄉悄悄營業不過三個月，已經在朋友間口語相傳，讚不絕口。

是哥巴拉款待錢亞明到溫柔鄉快活的。白水鎮縱橫不過十條大街道，哥巴拉與錢亞明年輕時候曾經在這洋樓玩過賊逃員警追趕的遊戲。沒有想到，有一天，真的在這裡看見警長帶領大隊人馬剿共一般前來捉拿大陸來的小妹妹。錢亞明的情緒正高亢，突然被吆喝聲打岔，剎那間如澆了一盆冷水。非常掃興的他打開大門一看，只見地面上蹲滿染黃了修長頭髮的年輕女孩，眼花繚亂，一時間也分不清環肥燕瘦，只覺得每一個都是青春少艾，白滑細嫩的背部閃閃發出誘人的光芒。

還是警長朱基菲眼尖，看見推門出來的錢亞明那高大的身影。

「拿督！」朱基菲行了一個禮。「你也來開心？」錢亞明看見是朱基菲，心頭也抖了一下。難得他還稱呼錢亞明拿督，那可是人家開玩笑叫的呀。不過，他幾年前當國會議員私人助理期間，常常出入警察局，為三教九流選民排解糾紛，請煙喝咖啡，也算是打通各個環節，奠立良好基礎。

錢亞明忙走上前，掏了香煙替朱基菲點燃，順便也給旁邊幾個警曹燒幾根。矮子華這時候剛從怡保趕回來，馬上與朱基菲勾肩搭背，到一邊的豪華房間議論去了。

一場風波很快就平息了。那些虛驚一場的小妹妹都圍繞在矮子華、錢亞明與哥巴拉的身邊。她們終於認識誰是南洋地方上的好漢了。尤其是高頭大馬的錢亞明，剛才那個氣勢是多麼瀟灑。小妹妹們不明白錢亞明對朱基菲說的是什麼。一個長得特別嬌小狐媚的小妹妹問矮子華，錢亞明什麼身份？矮子華大笑：「他呀，就是你們那裡的黨書記。官位大不大？」

小妹妹們滿足的點點頭。當然，錢亞明的身分沒有共產社會的書記那麼有派頭，他並不去解釋。他更興趣的是依偎在身邊的狐媚小女生。她可是很逗人哪。

「千里迢迢跑來南洋，不是很辛苦嗎？我們的先輩是沒有飯吃，無奈才飄洋過海。你們又何必呢。」錢亞明摟住狐媚女生說。

哥巴拉大笑。「不要假惺惺啦！」錢亞明很快樂的呵呵人笑。矮子華說：「哎呀，她們就是現代王昭君，來和番的。你今晚就是藩王了。不要多說。」

錢亞明畢竟是國會議員的私人助理，有本土化的覺醒。矮子華才說完，他馬上糾正矮子華：「哎，去年正巧是鄭和下西洋六百週年。搞不好她就是嫁來馬六甲的漢麗葆呀！」

「漢麗葆就漢麗葆，從今以後她就是你的寶貝啦。」矮子華順水推舟，就把漢麗葆送給了錢亞明。

為了在美人跟前爭氣，他每天鍛練身體的次數更加頻密。他可不像矮子華，迷信西藥。世界上華人最多，證明華人的房事能力世界第一。這一點他有很強的民族尊嚴。他最近常常翻閱古籍奇書，尋找青春常駐秘方，自己配製藥材。家裡無端增加許多瓶瓶罐罐，都是藥茶、藥草、藥酒、藥油。有搽的，也有喝的，不外乎淫羊藿、肉蓯蓉、蜂皇槳、蟻后等等，應有盡有。昨天黃昏，兒子回來，孫女到處亂闖，就差一點弄翻架子上已經浸了一個多月的竹節蛇酒。那蛇色彩斑斕，孫女嚇得大叫，錢亞明則因為藥酒差點給打破驚叫起來。祖孫兩人一起叫喊，老婆子只瞪一眼，罵了一聲：「骯髒的老東西！」

看見錢亞明走入廚房，兒子雖然還很不高興，畢竟還是叫了一聲。錢亞明倒沒有這麼甘心。他點點頭，含糊回應。他並不想和兒子同桌用餐。是昨晚上的氣還沒有消，也是他不知如何回答兒子的責問。

「你真的要收購那間寮子？」兒子昨天是有備而來的。消息這麼快，一定是老婆子打的電話。原來她還很精明，懂得調動精銳部隊，把兒子抬上桌面。

矮子華的葬禮過後，溫柔鄉暫時由他的姘頭玫瑰紅打理。因為作風小氣巴拉，大陸的故鄉那邊漸漸少了新鮮人前來助陣。赤臉不敢接收，大家就把眼光鎖定錢亞明。他曾經是國會議員的私人助理，出入所有政府部門諸如警察、反毒、關稅、移民廳就如進入無人之地。「只要老錢出馬，凡是來開心的人都可以高枕無憂，不怕被騷擾。」哥巴拉極力推崇。政府人員一出現，興趣索然不要緊，最擔心是上報詔告天下。

錢亞明每個早晨練功期間總要反覆思考這個問題。如何提升功力、討漢麗葆開心，以及收購溫柔鄉，三件事息息相關，已經讓他深思七八天。

他當然明白，漢麗葆撒嬌只在他懷抱幾小時。當他離開溫柔鄉，那妖姣的美人就會蟬過別枝恣意鳴唱，雖然興致高亢的時候她在耳邊說得多麼姣勁，刺激他恨不得一口將她吞下去。他明白，漢麗葆要的只是金錢。他的園丘地契大大小小數十張，只要將地皮賣掉三兩塊，帶一筆黃金陪漢麗葆回去天朝進貢，就肯定能夠換取美人陪他三幾年。如果再把溫柔鄉接收交給漢麗葆管理，那她死都不會離開白水鎮。哥巴拉說的沒有錯：「辛苦了一輩子，有這樣的最後幾年也是值得呀。」哥巴拉也正在考慮，要為美人變賣八打靈的一座房子，雙宿雙飛。

兒子忘記了當年他去美國讀書，也是他賣了一塊地皮，給他做的盤纏與學費。如今他已經是檳城巴拉拜美國電子廠的經理，豐衣足食，還來干涉老子的決定？錢亞明生氣的就是這一點。「我還有幾年快活，你知道嗎！」錢亞明憤憤不平。話說出來，錢亞明奇怪，為什麼和哥巴拉一樣的論調？想起嬌柔的漢麗葆，錢亞明就要開車出去。

「你遲早給那個女人吞掉！」兒子大聲的說。錢亞明說：「早就被⋯⋯⋯⋯」他沒有接下去，覺得對兒子不可以這麼粗俗。

突然間，老婆子的尖叫聲從油棕芭深處傳來，又驚恐又慌張。錢亞明明看見她是走向豬寮，怎麼聲音是來自東邊的雞寮？

他和兒子趕到現場，發現老婆子把孫女挾在掖下，手上一把割野山芋葉子餵豬崽的鐮刀正和眼前一條眼鏡蛇對峙。那蛇挺起身，約有三尺在半空中，昂首吐信，可以明顯看見兩朵眼睛的花紋漂亮地烙印在額頭上。它很機靈，對準鐮刀嘗試俯齧，又迅速回彈。原來是孫女看見公公早上放置的雞蛋，好奇的用竹竿去挑那黑黝的洞，將蛇給引了出來。恰好老婆子也一樣好奇走來看個究竟，卻碰上這個驚險關口。

兒子迅速地搶走老婆子的鐮刀，自己來對付這五尺長物。老婆子挾著孫女踉踉蹌蹌退到了後面。這時候，媳婦聽見吵雜聲，也奔跑過來。三個女人在一旁驚叫連連，為這極為難得一見的毒蛇吶喊。

雞手鴨腳，兒子根本不知如何應付眼前嚴陣以待的眼鏡蛇。他只是為了保護女兒，一時衝動，搶來鐮刀，又不知如何使用。錢亞明將兒子推去一邊，把鐮刀接過手。他在蛇首前面晃動幾次，電光火石間，他已經將那美麗的蛇首按在鐮刀底下。

「打死它！」兒子舉起板塊對準蛇首擊下，卻給錢亞明擋開了。

「你？」兒子不明白老子的用意，瞪住他。在他還沒有看個清楚前，錢亞明已經以右手緊緊扣住蛇頭。他將蛇提起來，尾端還有一截拖在地面擺動。

錢亞明讓蛇口的兩隻牙齒扣在瓷杯邊沿，一會兒果然有液體自口腔流泄進入杯子。

「又有古怪了。」老婆子白了一眼。「骯髒的老東西！」

錢亞明滿意後，左右兩手狠狠一扯，丟在地面。那兇狠的毒蛇起了一陣痙攣，片刻靜止下來。

「死了。」孫女說，掙脫老婆子的手。

錢亞明本來匆匆忙忙要出門會見漢麗葆，發生這樣的事故他只好留下來，提早進行煉丹功夫。雖然沒有上門找漢麗葆，幹的事也是為了討好她。錢亞明取下嘴邊叼著的沙林煙，彈掉半截煙蒂，瞇起眼繼續調勻烏黑的藥丸與蛇液。效果如何？試過再說吧。總之，人是需要冒險的。他很得意這種感覺讓他年輕不少。

甚至漢麗葆也能夠感覺錢亞明的突變。

這一次的情況絕對不同。錢亞明真想要告訴漢麗葆。他變得孔武有力，雙手緊箍漢麗葆的背，令她痛得叫出聲來。幸好，手臂帶來的疼痛，逐漸放鬆下來。漢麗葆白了錢亞明一眼。

這一次真的不同。看見錢亞明的白眼，漢麗葆再叫了一聲。

結束的旅程

紛紛五代亂離間，一旦雲開復見天！
草木百年新雨露，車書萬里舊江山。
尋常巷陌陳羅綺，幾處樓臺奏管弦。
天下太平無事日，鶯花無限日高眠。
——宋・邵堯夫

一覺醒轉，天空還朦朧未亮。隱隱約約可以聽見山中佛寺的晨鐘鳴唱。清音傳開來，在萬籟皆寂的山林逐漸擴散，越傳越悠遠。在這麼寧靜的氛圍中，真不想動身進行一切。

露臺上企立著三叔，昏黃的街燈將他頎長的身影拉得極長，更像他孤寂的心思。三叔在思考什麼？是過去湮遠的歷史？還是歷史環境的急遽變遷？時間我也不想打擾他。

再見黑山，對三叔來說，已經是六十年後的事了。這六十年來，全世界都變了天，何止是黑山與白水呢？三叔這幾天走下來，因為年紀大，身心已經漸露疲態。也許，這和他的感觸有很大的關係吧。

三叔一直以來就是我們陳家的一個傳奇名字。一九七七年，祖母輕喚著他的名字，嚥下了最後一口氣。時局不明朗，兩地政治立場迥然相異，祖母和父親雖然暗地裡努力了二十七年，還是沒有辦法聯繫上三叔。祖母溘然去世，帶走惆悵自是必然。最讓人扼腕的是，她老人家日夜思念的老么，在次年就從汕尾姑母家給香港的姨婆掛了電話，證實他尚活生生存在這個紛擾的人世間。造化弄人，原來是這樣的意義。

不知道是因為三叔的原因，還是潮州戲曲的影響，我記得在我們年紀尚小，家裡的書房雖然藏書豐富，各種各類的散文小說，不管是傳奇、話本，還是外國的翻譯書籍都有，偏偏就是缺少《水滸傳》以及《三國演義》這兩套古代名著。祖母最深惡痛絕的就是這兩套書。根據母親的說法，祖母認為我們家的三叔就是讀的《三國演義》及《水滸傳》太沉迷，受影響太深，終於丟下父母兄弟，為了所謂的正義，打到山裡面去的。祖母的見解，見仁見智，但是沒有人敢駁她老人家。三叔的失蹤，是祖母胸口的痛，誰還敢不肖地反駁她老人家呢？不過，等我們長大以後，大家都光明正大的閱讀《三國演義》以及《水滸傳》。不但如此，還深深被裡面的故事人物所迷惑。尤其是上面引用的八句詩，就載於《水滸傳》第一回，說盡人間的政治離合是多麼的詭異、無奈。江湖上，多少熱血兒女，為了一個理想，願意拋頭顱、灑熱血。另一方面，一些殘暴的政權則幻想可以奴役整個世界而引爆漫長的抗暴戰爭。當年歲增長，更加深切體會，《三國演義》中的感歎：「滾滾長江東逝水，浪花淘盡英雄。是非成敗轉頭空，青山依舊在，幾度夕陽紅。」最是人間良好的寫照。

聯繫上以後，我們和三叔曾經魚雁往還二十多年，但是家庭成員都不敢想像有一天能夠見到定居在潮州的三叔。間中，熱切期盼的父親也因為罹患癌症不幸去世了。父親曾經和三叔並肩作戰，三叔後來選擇繼續在山林鬥爭，兩兄弟分手四十多年，眼看著就要搭上會面的橋樑，最後還是緣慳一面。

父親去世時是一九八九年六月。是年十二月，政府正式與共產黨和解。我想父親一定也是和祖母一樣快快不樂的離開人世。整個家庭，就剩下我是最接近三叔那段奮鬥歲月了。但是，對於那些過去的朦朧的日子，我又瞭解多少！儘管如此，能夠見到他老人家，雖然不可思議，卻也是很開心的事情。

抵達黑山之前，我在三叔的囑咐下，先將他帶到霹靂州的班底鎮。這個漁村小鎮生機蓬勃，主要的大街上車子川流不息，都是南下西眺灣、吧生港口，北上太平與檳城。在鎮上的潮州飯館嶺成記用過午餐，我聯絡到鎮上的好朋友鄭泉。

三叔回憶，班底當年只有一排簡陋的板屋，捕魚的戶口也沒有幾家。如今變成這麼興旺，真是讓人感歎。鄭泉很快就來帶領我們去尋找三叔記憶中的海灘。根據三叔的記憶，當年他們和英國軍隊聯絡的地點，是在班底山的後頭。進入深夜，他們悄悄地從叢林間爬下來，與擱置在岸外的潛水艇隊員通過聯繫，由他們提供軍火，再迅速帶進森林。

我們需要爬過班底山頭嗎？我有些擔心。那可是很費勁的事。也許三叔還有能力，他雖然七十九歲，但是依然健步如飛。我可不行。朝九晚五的工作，把我們鍛練成為吃不了苦的人了。幸好鄭泉說，目前已經有新開發的柏油路直抵海灣。一路開車朝海邊駛去，我看見好幾座頗有規模的養雞場。三叔則默默無言。

海灣的海岸線很長，沙灘潔白，估計應該有六、七公里。海邊還有一座海龜孵育場。我涉水試探，可以感覺海床很深。眼前的大海一望無際，而且浪花頗大，實在不適合遊客泅泳。這一面大海連接印度洋，就是當年一三六部隊出沒的據點。一三六部隊在印度接受訓練完畢，悄悄在這裡上岸，經過紅土坎、怡保，再進入金寶山脈，幫忙英國軍隊在半島上打日本侵略軍。為了民族和國家，他們都是將生死置之度外的好漢。除了這些，我認識的並不多。

三叔雖然是其中一個在山林間馳騁的人，當年在這裡也只接應過二次，因此並不是很肯定我們眼前的海灣就是那個歷史的海灣。他在海灘上來回步行了幾次，也不說一句話。一直到上了汽車，三叔終於開口：「儘管不能確定真正的地點，歷史還是曾經存在的。」一三六部隊當年立下顯赫的功績，竟然沒有一處紀念他們的記錄。三叔因此不再多說。

這樣模糊的問題，當我們抵達紅土坎時就不復存在了。穿過西眺灣寬敞的大道，我們很快就抵達十二公里外的濱海市鎮紅土坎。西眺灣可比班底發展得更加良好了。不只我國最大的海軍基地之一是設立在這個新開發的城鎮，全國兩家大型的發電廠也同樣在這裡設立。很明顯的，這裡已經是國家重要的軍事基地。這也間接印證，當年英軍的潛水艇在這一帶的海灣出現是有一定的原因的。

這一路下來，三叔都對每個他當年經歷過的鄉鎮的神速進展感慨不已。紅土坎的現代化碼頭設計新穎，給人留下美好的印象。這市鎮囿於面積狹窄，許多店鋪櫛次鱗比建立起來，明顯是一個旅遊城市。三叔最高興的是發現當年屹立在市中心的廣福宮，依然是香火鼎盛。觀音菩薩默默地望著街頭熙來攘往的行人，有什麼啟示嗎？

三叔的信仰並不以神明為中心，但是他依然在菩薩前面佇立了好一會兒。過後，他也到寺廟旁邊的華文小學巡視一遍。「六十年前也是差不多這樣的狀況。」三叔說。廣福宮斜對角的清真寺這時正好播送午間的禱告，與寺廟內添油燈的鐘聲共鳴，源源不絕。

也許是菩薩保佑，我們很快就在離開觀音亭不遠的其中一排店鋪找到當年的聯絡站。三叔說，當年這裡是以經營雜貨來掩飾門面。沒有想到，眼前竟然落入印裔手中。當年的主人去哪裡了呢？他心中的感慨或許還包含當年抗日的辛酸與慘然。他們的犧牲巨大無比。時間不停的流轉，沒有人有時間停下來回顧、珍惜，這是三叔最大的感傷嗎？

我們離開紅土坎向黑山出發，經過西眺灣，三叔突然建議在市中心稍作歇息。他向四周打量一會兒，自言自語：「雖然改變了不少，基本上還是根據原來的十字路格局開發起來的。」我們的車子向右拐，走上黑山的路，三叔馬上對著路旁一排舊店鋪說：「這其中一間就是總書記的老家。」三叔並不確定，到底是那間博彩投注站還是香煙代理商，不過，可以看出來他是蠻得意的。也許是回到了年輕的歲月吧。「當時是修理腳車的店鋪。」三叔說，一邊忙碌地尋找什麼似的。

「三叔想看什麼？」我有點納悶。

「奇怪，一切都變了。」三叔歎了一口氣。「以前總書記的浮腳樓是在這一帶的呀。」

「時代在進步，他的家族早就變賣了。」我告訴三叔，修道院不遠處，路邊那一行店鋪就是當年的舊址。

我知道三叔口中的總書記是誰。在那一段湮遠的日子，可是一個不能輕易提起的名字，母親在世的時候偶爾說起那個名字，也要四周看看，雖然那也不過是無關痛癢的一些傳說。在過去的年代，有不少青年響應他的號召，和他一起並肩作戰，一時間風起雲湧，天地變色。當我們這一代來臨，他已經是陌生的名字。更不必提我們的下一代了。曾經的風雲人物，也會有黯淡的一天。湮久的歷史有時候就是如此虛幻不實。去年總書記出版回憶錄，雖然造成一陣轟動，仔細分析，年歲高的讀者遠遠比年輕讀者多出太多了。年輕人，對我們的歷史是太沒有興趣了。

「天就快亮了，」三叔看著眼前的樹林說。昔日的黑山，是今日的旅遊勝地。這是誰也不會預料到的。當年，父親離開了黑山的森林，在白水鎮隱居。每年山中的森林之火盛開，染紅了山頭，他會特別到山腳下癡癡凝望。過了一些年，我們才搬離開白水鎮，不再見到森林之火的誘惑。如今，我們竟然可以以旅客的身份入住黑山的心臟，四周就是當年父親仰望的那座被封閉的森林火海。

三叔很快就準備妥當，隨嚮導入山探奇。旅遊手冊寫得很清楚，在我們居住的黑山度假區不遠處，就是當年共產黨活躍的地盤。數十年來這裡都是禁區。如今世道不一樣，一切都可以公開了。不過，這一路上或許還有共產黨埋下的地雷或者陷阱，因此必須緊緊跟在嚮導後面，避免發生意外。

「共產黨和抗日軍有分別嗎？」團員中有一位年輕人問嚮導。也許這是一個常常被提起的問題，嚮導不假思索回答：「抗日軍就是後來的共產黨，本來是英國人的盟友，後來變成英國軍隊追剿的敵人。」這時候我們開始走入黑漆漆的狹窄山洞，大家開始調整額頭上的照明燈。我看不見三叔那一剎那的臉色。

很快我們就穿越只容一個人的山壁，抵達一個豁然開闊的大山洞。嚮導關閉播音筒聲音清晰地向我們講解，這個山洞可以容納四架空中巴士A380，是當年共產黨會合、集訓的地方。他用手電筒探照背後的牆壁，上面有幾個歪歪斜斜的大字「打倒美帝國主義」。三叔站在我旁邊，低聲說：「共產黨。」

離開巨洞再繼續前進，馬上聽見轟隆隆的水聲，原來是一匹瀑布從約有一百尺的懸崖俯衝而下造成的聲浪。水花飛濺，雖然是站在十尺外的洞口，我們依然可以感覺涼意沁人。三叔終於露出這許多天來的第一個笑容。那朵微笑是那麼詭異，讓我摸不清楚真正的含義。

「還是那麼雄偉啊！」三叔全神貫注的注視瀑布底部的深潭。他轉回頭對我說：「這潭水向下一路奔馳，就灌入白水河。」三叔緊扣我的手，走到山洞的另一個角落。他的勁道十足，完全不像一個老人。「你看！」三叔向下指，果然有一道逶迤的河流無聲地流經山下的平原。河面上隱約可見三座橋樑，正是我們熟悉的白水河。這一路進來的景色，和母親生前的敘述都非常吻合。這是怎麼一回事呢？母親曾經來過嗎？母親早逝，這肯定是我們家的歷史謎團了。

「以前下面都是沼澤與灌木叢，如今被你們的政府開發，成為油棕園了。」三叔感慨地說。「這真是富饒的土地呀。」

黑山下來，三叔的心情有了很大的轉變。他就像朝聖歸來的香客，臉上充滿了喜樂。老人家不是愛說話的人，不過在驅車向白水鎮的路上，他倒是說了不少話。我猜想，那是因為很快他就要見到老戰友張立東吧。車子跨越白水河上的第三座大橋，就是白水鎮的工業區。三叔忽然問我：「你知道嗎？我當年是如何逃過軍隊的圍剿？」

我還未回答，他不無得意地說：「我就是從瀑布上面跳入水潭，隨水漂流，從這個河口逃生！」

「我讀過你的《白水黑山》，你不是這樣寫的嗎？」三叔說，臉上有奇異的笑容。「把我和你二舅父掉了包。」

我有點不好意思，回答三叔：「那是讓給媽媽的榮耀。也是混淆視聽吧。」

張立東的父親當年也是抗日軍。他們一家從事的是火鋸廠，常常出入深山伐木，賑濟抗日軍是極自然的事。當年，三叔從河口上岸以後，得到張立東父子的援助，才有機會繼續他的革命生涯。

張立東的住家就在工廠的後面。時間不留人，我們與他見面，他已經是一個枯瘦的老人。不過，從門面看，他們的生意是非常成功的。

「想不到當年一別，就是一個甲子！」三叔說。「令尊大人的救命之恩，小弟莫齒難忘。」

他們在閒聊的當兒，我則四處參觀。原來他們的生意的確做得很遠，牆壁上的事業版圖包括美國、德國、臺灣、日本和大陸。在眾多代表他們領取素質獎狀的人中，有一位頗似日裔的年輕人最常出現。

「那是我的孫女婿。」張立東得意的說。「還是日本人的工藝好。」

張立東回頭對三叔說：「現在的競爭太激烈了，做生意和當年打戰一樣艱苦，需要動腦筋呀。」

白水鎮雖然規模不大，卻是方圓五百公里唯一面對河口的工業區。不少海外工廠都在這裡設廠，因為有一個深水碼頭方便運輸。張立東的兒子，張健，娶了一個能幹的臺灣太太，幫他打理一間餐館。我們在那裡用餐時，發現許多卡拉ＯＫ隔間進出的妙齡少女說的華語腔調有別本地。旁敲側擊，果然是福州一帶過來。

三叔從飯局開始就很少說話。張立東年歲大了，沒有出來一起用餐，影響三叔的興致索然嗎？我們和張健完全不認識，雖然他長袖善舞，口才非常好，對大陸的地理與風俗很熟悉，也表現得很尊敬三叔，但是那頓飯似乎不是很開胃。至少，對三叔來說，是這樣吧。

離開白水鎮，已經是黃昏時分。車子在大橋上望下去，河面映照西下的陽光，粼粼金光不停閃爍。來自國內外的赭紅郵輪與白帆船，靜靜地泊在遠處的河口，與沼澤地上的墨綠色棕櫚林互相輝映，一片太平盛世。

三叔歎了一口氣：「幸好後天就要回去了。家裡幾個孫子不知怎麼了？」他緊緊握住我的手，說：「侄兒，好好努力！」三叔本來是白水鎮的孩子，如今卻說「幸好要回去」，我默默地咀嚼，一時間也不知怎麼形容。

二〇〇六年

馬華文學獎大系07　PG0799

結束的旅程
──小黑小說自選集

作　　者	小　黑
主　　編	潘碧華、楊宗翰
責任編輯	鄭伊庭
圖文排版	邱瀞誼、楊家齊
封面設計	陳佩蓉

出版策劃	釀出版
製作發行	秀威資訊科技股份有限公司 114 台北市內湖區瑞光路76巷65號1樓 電話：+886-2-2796-3638　傳真：+886-2-2796-1377 服務信箱：service@showwe.com.tw http://www.showwe.com.tw
郵政劃撥	19563868　戶名：秀威資訊科技股份有限公司
展售門市	國家書店【松江門市】 104 台北市中山區松江路209號1樓 電話：+886-2-2518-0207　傳真：+886-2-2518-0778
網路訂購	秀威網路書店：http://www.bodbooks.com.tw 國家網路書店：http://www.govbooks.com.tw
法律顧問	毛國樑　律師
總 經 銷	聯合發行股份有限公司 231新北市新店區寶橋路235巷6弄6號4F 電話：+886-2-2917-8022　傳真：+886-2-2915-6275

出版日期	2012年8月　BOD一版
定　　價	480元

國家圖書館出版品預行編目

結束的旅程：小黑小說自選集 / 小黑著. -- 一版. -- 臺北市：釀出版, 2012.08

面； 公分. -- (語言文學類 ; PG0799)

BOD版

ISBN 978-986-5976-50-7 (平裝)

857.63 101012750

讀者回函卡

感謝您購買本書，為提升服務品質，請填妥以下資料，將讀者回函卡直接寄回或傳真本公司，收到您的寶貴意見後，我們會收藏記錄及檢討，謝謝！

如您需要了解本公司最新出版書目、購書優惠或企劃活動，歡迎您上網查詢或下載相關資料：http:// www.showwe.com.tw

您購買的書名：________________________________

出生日期：________年________月________日

學歷：□高中（含）以下　□大專　□研究所（含）以上

職業：□製造業　□金融業　□資訊業　□軍警　□傳播業　□自由業

　　　□服務業　□公務員　□教職　□學生　□家管　□其它____

購書地點：□網路書店　□實體書店　□書展　□郵購　□贈閱　□其他

您從何得知本書的消息？

□網路書店　□實體書店　□網路搜尋　□電子報　□書訊　□雜誌

□傳播媒體　□親友推薦　□網站推薦　□部落格　□其他________

您對本書的評價：（請填代號　1.非常滿意　2.滿意　3.尚可　4.再改進）

封面設計____　版面編排____　內容____　文／譯筆____　價格____

讀完書後您覺得：

□很有收穫　□有收穫　□收穫不多　□沒收穫

對我們的建議：________________________________

____

____

____

請貼
郵票

11466
台北市內湖區瑞光路 76 巷 65 號 1 樓
秀威資訊科技股份有限公司 收
BOD 數位出版事業部

（請沿線對折寄回，謝謝！）

姓　名：________________ 年齡：________ 性別：□女　□男

郵遞區號：□□□□□

地　址：____

聯絡電話：(日) ________________ (夜) ________________

E-mail：____